Su último día

Shari Lapena

Su último día

Traducción de
Jesús de la Torre

Título original: *The End of Her*
Primera edición: febrero de 2021

© 2020, by 1742145 Ontario Ltd.
© 2021, Penguin Random House Grupo Editorial, S.A.U.
Travessera de Gràcia, 47-49. 08021 Barcelona
© 2021, de la presente edición en castellano:
Penguin Random House Grupo Editorial USA, LLC.
8950 SW 74th Court, Suite 2010
Miami, FL 33156

© 2021, Jesús de la Torre, por la traducción
Adaptación del diseño de cubierta a partir del diseño original de Bantam Press
Penguin Random House Grupo Editorial

Impreso en Estados Unidos - *Printed in USA*

ISBN: 978-1-64473-312-7

Para Pilar

Prólogo

10 de enero de 2009
Creemore, Colorado

Lleva ya dos días nevando fuerte, incesantemente, y no parece que vaya a parar. Es una locura salir. Pero las quitanieves están trabajando, se recuerda Lindsey. Mira taciturna por la ventana, sintiéndose atrapada e inquieta. Atrapada por las montañas que la rodean en este pequeño pueblo de Colorado a cincuenta kilómetros del centro de Denver. Atrapada por la nieve infinita. La nieve trae consigo silencio. A veces, el silencio hace que le den ganas de gritar.

Su marido entra en la diminuta y atestada sala de estar por detrás de ella; la habitación está decorada con muebles baratos, con tambaleantes estanterías sujetas con tornillos.

—¿Todo listo? —pregunta Patrick cuando ella se gira y le mira con las manos apoyadas en su enorme vientre de embarazada. Siguen mostrándose cautelosos el uno con el otro tras la discusión de anoche.

Ella está contenta por salir de aquí, donde su sensación de aislamiento es tan rotunda. Con nieve o sin ella, van a ir unos días a visitar a su madre y su hermana a Grand Junction, donde el clima es más suave. Tienen las maletas preparadas junto a la puerta. Anhela estar de nuevo con su familia, ansiosa de esa compañía y atención que tanto necesita. No sabía que esto iba a resultar tan difícil. Se pasará por las cafeterías de siempre para verse con las amistades que dejó allí. Sonreirán y gritarán al verla tan gorda y querrán tocarle la barriga; se emocionarán ante la inminente llegada del bebé. Y Lindsey se sentirá mejor. Mejor por todo. Y luego podrá enfrentarse al regreso.

O puede que se quede en Grand Junction.

—Más vale que empiece a retirar la nieve para sacar el coche —dice Patrick antes de ponerse las botas y el abrigo. Se coloca también el sombrero y los guantes—. Voy a encenderte la calefacción del coche.

Ella asiente y se gira hacia la ventana.

1

Agosto de 2018
Aylesford, Nueva York

Hanna Bright deja al pequeño Teddy en su balancín en el porche delantero y se sienta a leer su novela. Luego hará calor, pero por la mañana se está bien en el porche, protegida del sol. Ve dos coches aparcados en la casa que hay un par de puertas más abajo, al otro lado de la calle. La casa está en venta. Alguien ha debido de ir a verla para comprarla.

Y enseguida se queda absorta en su novela, pero levanta la vista poco después cuando nota que hay movimiento en la acera de enfrente. Un hombre corpulento vestido con traje al que Hanna reconoce como el típico agente inmobiliario está en el camino de entrada hablando con una mujer. Hanna se queda mirándolos y se pregunta distraída si será una compradora en firme. La casa no lleva mucho tiempo en venta y este es un barrio atractivo. Imagina que la venderán bastante rápido. Espera que la compre una familia joven: quiere muchos amigos para Teddy, que tiene seis meses. Hay un par de gemelas de cuatro meses justo al otro lado de la calle con una mamá de lo más simpática —Stephanie—, de la que Hanna se ha hecho amiga. Esta mujer parece que está sola, sin marido ni niños que la acompañen.

Con un último apretón de manos, la mujer se aleja del agente y se dirige hacia donde tiene aparcado el coche. Al llegar a la calle, levanta la vista hacia Hanna y su porche y se detiene. Entonces, para sorpresa de Hanna, cruza la calle y va hacia su casa. ¿Qué querrá?, se pregunta.

—Hola —grita la mujer con voz amable.

Hanna se da cuenta de que probablemente ronde los treinta y pocos años y de que es realmente atractiva. Tiene el pelo rubio a la altura de los hombros, una buena figura y un porte envidiable. Tras un rápido vistazo para comprobar que Teddy está bien, Hanna se levanta y baja los escalones de su porche.

—Hola, ¿en qué puedo ayudarla? —pregunta con amabilidad.

—Solo estaba mirando la casa de enfrente —contesta la mujer mientras avanza por el camino de entrada. Hanna se acerca hacia ella, protegiéndose los ojos del sol con la mano—. ¿Le importa que le haga unas preguntas sobre el barrio? —continúa.

Entonces, sí que es una compradora que va en serio, piensa Hanna, un poco decepcionada.

—Claro —responde.

—Mi marido y yo estamos interesados en esta zona. ¿Cree que es un buen sitio para criar niños? —Señala con la cabeza hacia el balancín del porche y sonríe—. Ya veo que tiene un bebé.

Hanna la mira entonces con más agrado y le hace una entusiasta descripción del barrio. Puede que esa mujer esté ya embarazada, pero que aún no se le note.

Al final de la conversación, la mujer le da las gracias y vuelve a su coche. Hanna se da cuenta de que no le ha preguntado su nombre. Bueno. Ya habrá tiempo para eso si finalmente compra la casa. Hay algo que le ronda la cabeza, pero no sabe bien qué es. Teddy empieza entonces a llorar y al levantar al bebé del balancín comprende de qué se trata. La mujer no llevaba anillo de casada. Da igual. Hoy en día mucha gente tiene familia sin estar casada, aunque ella ha mencionado a un marido. Pero ¿quién va a ver una casa sin su pareja?

Stephanie Kilgour ha dejado a las gemelas en sus cunas en la planta de arriba para que echen su siesta matutina. Ahora se sienta un momento en el sofá de la sala de estar, apoya la espalda y cierra los ojos. Está tan cansada que no sabe cómo consigue levantarse cuando las bebés empiezan a llamarla entre lloros a las seis de la mañana. Nada —ni nadie— podría haberla preparado para esto.

Se relaja un momento, dejando que su agotado cuerpo se hunda en los cojines, con la cabeza apoyada pesadamente en los almohadones. Deja que el cuerpo se le afloje. Si no se anda con cuidado, podría quedarse dormida ahí sentada. Y eso no estaría bien, las gemelas solo duermen una media hora por la mañana y la dificultad de despertarse después de un rato tan corto no le merecerá la pena. Le tocará descansar cuando las gemelas duerman su siesta más larga de la tarde.

Sus hijas, Emma y Jackie, son lo mejor que le ha pasado. Pero no tenía ni idea de que iba a ser tan duro. No se imaginaba el coste que supondría para su cuerpo, y también para su mente. Los efectos del prolongado insomnio le están pasando factura. La gente que sabía que estaba embarazada de gemelas —ella no lo había mantenido en secreto— había bromeado con que tener dos bebés sería mucho más difícil. Ella se había limitado a sonreír, encantada con su embarazo, e incluso había presumido en silencio de lo bien que se sentía, de la facilidad con la que su cuerpo estaba llevando los cambios.

Stephanie siempre había sido un poco obsesiva y había pasado mucho tiempo planeando el parto, deseando que todo saliese a la perfección. No estaba tan confiada como para pensar que podría hacerlo sin medicamentos, pero quería tener un parto normal, aunque fuese de gemelas.

Sin embargo, una vez que estuvieron en la sala de partos, el plan se fue al garete. Había terminado con dos bebés en peligro y una cesárea de emergencia. En vez de música relajante, iluminación tenue y control de la respiración, fue todo máquinas pitando, ritmos cardiacos en caída libre, personal sanitario arremolinado y carrera en camilla a la sala de operaciones. Se acuerda de su marido, Patrick, sujetándole la mano con la cara pálida por el miedo. Lo que más recuerda, además de su pánico cuando se llevaron rápidamente a sus bebés a cuidados intensivos antes siquiera de que ella pudiera abrazarlas, son los temblores incontrolables y las náuseas tras el parto. Por suerte, las gemelas nacieron bien, sanas y con buen peso.

Le costó no sentirse una fracasada aquellos primeros días, luchando contra el insomnio, el dolor de la recuperación tras la cesárea y la frustración de tener que dar el pecho a dos bebés, al parecer, a todas horas... Aquellas primeras dos semanas después de que nacieran las gemelas fueron las más difíciles en la vida de Stephanie. Las bebés habían empezado enseguida a mamar bien, pero piensa a menudo en lo estresante que había sido la cesárea... para todos. «No siempre se puede elegir», se dice a sí misma. Lo importante es que ella y las niñas están sanas. Últimamente, Stephanie se sorprende de lo ingenua que era antes del parto. El control es una ilusión.

Luego, los cólicos... Las niñas no durmieron bien desde el principio, y después, más o menos cuando cumplieron las seis semanas, la cosa empeoró. Lloraban y se quejaban y no se dormían. Su pediatra, la doctora Prashad, le dijo que probablemente se les pasaría a las doce semanas. Eso fue hace más de un mes y nada había mejorado. Ahora, Stephanie y Patrick parecen estar funcionando por pura fuerza de voluntad. No han dormido bien desde el nacimiento de las gemelas. Los quejidos empiezan a primera hora de la noche y duran hasta, más o menos, la una o las dos de la madrugada. Después, se despiertan a las seis. «Cruel» es la única forma de describirlo.

La respiración de Stephanie se relaja y, en apenas un momento, se queda dormida.

De repente, un sonido penetrante —un fuerte «pi-pi-pi»— la despierta con un sobresalto. Está desorientada, su mente confusa. Es el detector de humos: hay humo en la casa, puede olerlo. Se pone de pie a trompicones, con los ojos abiertos de par en par por el miedo. Viene de la cocina. Por un momento, se queda paralizada, piensa en las gemelas que están arriba y, después, corre hacia la cocina. Hay una sartén en los fogones y se ha prendido fuego. Se queda un momento en la puerta, estupefacta, porque no recuerda haber puesto nada en el fogón. Rápidamente, entra en la cocina, alcanza con frenesí el extintor del armario de arriba junto a la cocina. En medio del pánico, no recuerda cómo funciona. Se gira hacia el fuego y ve que las llamas son ahora más altas, apuntan hacia el techo, aunque aún no lo alcanzan. Puede oír el zumbido de las llamas y el calor es casi insoportable. El corazón le late frenéticamente a la vez que tiene un momento de indecisión. ¿Debería quedarse ahí, desperdiciando unos valiosos segundos mientras trata de hacer funcionar el extintor o subir corriendo a por las bebés? ¿Tendría siquiera tiempo suficiente para sacarlas? ¿Debería llamar antes a emergencias? Entonces, de repente, sabe qué hacer: abre de un tirón el armario de abajo y coge una tapadera de metal y, después, la desliza sobre la sartén. Al carecer de oxígeno, el fuego se sofoca y rápidamente se apaga. Coge un guante para el horno, acerca la mano y apaga el fogón.

Stephanie se encorva aliviada. La habitación huele a humo. Los ojos le escuecen y le lloran y se apoya sobre la encimera, temblando ahora que el peligro ha pasado. La alarma sigue sonando con fuerza, pero se da cuenta de que no es la de la cocina la que se ha disparado, sino la de arriba. Enciende el extractor de encima de la cocina, abre la ventana que hay sobre el fregadero y sube corriendo. Tiene que sacar el taburete del dormitorio para llegar al atronador detector de humos del pasillo. Por fin, lo apaga con manos temblorosas. En medio del repentino silencio, puede oír llorar a las bebés, que se han despertado sobresaltadas con la alarma.

Entra corriendo en la habitación de las niñas mientras susurra «chsss, chsss». Coge en brazos a las gemelas, de una en una, para tranquilizarlas y besarlas en sus tiernas mejillas. Ya no van a dormirse otra vez. Están demasiado alteradas. Baja a Jackie y, después, a Emma, las coloca a las dos en el parque de la sala de estar con algunos de sus juguetes preferidos y vuelve a la cocina.

El aire está limpio, pero aún apesta a humo. Se queda mirando la sartén que está sobre el fogón como si aún le tuviera miedo. Coge el guante de horno y levanta la tapa. Parece que solo había aceite en la sartén. ¿Iba a freír algo? No se acuerda. ¿Cómo ha podido poner una sartén en el fuego, olvidarse de ella y permitirse quedarse dormida? Piensa horrorizada en lo rápido que podría haberse extendido el fuego.

Aún agitada, vuelve a la sala de estar y se sienta en la alfombra con la espalda apoyada en el sofá para acurrucar a las dos bebés contra su pecho. Las besa en sus tiernas cabezas y les acaricia las mejillas, conteniendo las lágrimas.

—Lo siento mucho, lo siento mucho... —susurra.

Tiene que acordarse de decirle a Patrick que mire el detector de humos de la cocina cuando llegue a casa esta noche.

2

El lunes, justo después de comer, Stephanie mira distraída la pared de la consulta de la pediatra, con los ojos vidriosos por el cansancio. La noche anterior ha sido especialmente difícil. Las gemelas siguen atadas en su cochecito doble, tratando de liberarse. Es la forma más fácil de contenerlas. Espera que la doctora no tarde mucho más. Una cosa que Stephanie ha aprendido como madre primeriza es que los horarios lo son todo. Espera mantener despiertas a las niñas lo suficiente hasta que acabe la consulta y que, después, puedan quedarse dormidas en el coche durante el corto trayecto hasta casa. Las llevará dentro para su siesta de la tarde, aún dormidas, una después de la otra, dejando a una sola en el coche cerrado con llave mientras mete a la otra...

La puerta se abre de pronto y la doctora Prashad le sonríe. Stephanie sabe que también es madre, que entiende lo que pasa, aunque no tenga gemelas.

—¿Qué tal estamos? —pregunta la doctora con tono comprensivo.

Hace bien en preguntar. Es una consulta que no estaba programada, pero no es la primera visita de este tipo de Stephanie.

—No muy bien —confiesa Stephanie respondiendo con una titubeante sonrisa. Nota de inmediato que los ojos se le llenan de lágrimas. Mierda. ¿Por qué últimamente a la mínima muestra de compasión se echa a llorar? Es la falta de sueño, eso es, simple y llanamente. Si no empieza pronto a dormir más, se le va a ir la cabeza.

Aparta la vista de la doctora para mirar a sus bebés.

La doctora Prashad la observa preocupada.

—Los cólicos dan mucha guerra —dice—. No me imagino cómo será con dos a la vez.

—Es un infierno —admite Stephanie con una leve sonrisa—. Las dos se pasan despiertas y llorando desde las siete de la tarde hasta la una o las dos de la madrugada. Todos. Los. Días. Patrick y yo las ponemos en sus balancines y las oímos llorar mientras engullimos algo de cena. Y, después, las cogemos en brazos y damos vueltas por la habitación durante varias horas. —Se restriega los ojos con las manos—. He leído todos los libros sobre cómo criar niños, lo hemos intentado todo, pero nada funciona. —Vacila—. ¿Está segura de que no les sucede nada malo? Quiero decir..., ¿puede ser que hayamos pasado algo por alto? —No pretende acusar a la doctora, pero...

La doctora suspira.

—Son unas bebés sanas. Les hemos realizado un examen exhaustivo. Sé que no facilita las cosas el hecho de que no sepamos mucho sobre los cólicos, pero le prometo que se pasará.

Stephanie se arma de valor y pregunta:

—Pero ¿cuándo? ¿Cuánto tiempo más va a durar esto? —Nota el agotamiento, incluso la desesperación, de su propia voz y se odia por ello. Parece una quejica que no sabe apañárselas. No soporta a las mujeres así. Siempre ha sido de las que se proponen hacer frente a las cosas y salir airosas.

La doctora niega con la cabeza.

—Me temo que no hay forma de saberlo. Normalmente termina de forma casi repentina. Lo superarán. Como ya le he dicho, la mayoría de los bebés dejan de tenerlos más o menos a los tres meses, pero puede llegar a durar hasta los nueve, más o menos. Nunca he oído de ningún niño de dos años con cólicos.

Stephanie no puede contarle a la doctora lo que ha provocado esta repentina visita. Casi incendia la casa mientras su marido estaba en el trabajo. Patrick estuvo a punto de perder los nervios cuando se lo contó. Ni siquiera recuerda haber puesto la sartén al fuego. ¿Y si la doctora Prashad considera que no es apta como madre?

No sabe por qué se ha molestado en venir. Está claro que la doctora no puede ayudarla. Le soltó el mismo rollo la última vez que fue a verla.

—¿Hay algo que esté haciendo mal? —pregunta Stephanie con bastante desesperación.

—No. No lo parece. Me ha contado cuál es su rutina diaria. Lo está haciendo todo bien. Solo tiene mala suerte, nada más. —La doctora Prashad suaviza su tono—. Esto pasará. —Stephanie asiente agotada—. Lo importante es que se cuide durante esta etapa. ¿Hay alguien que la pueda ayudar? ¿Puede contratar a una niñera o pedir a un miembro de su familia que cuide de las bebés una noche, o incluso durante unas horas, para que así logre dormir un poco?

—Ya lo hemos intentado. Pero no soy capaz de dormir con el ruido. —El sonido de los lloros desesperados de sus bebés provoca en ella una reacción visceral que no es capaz de evitar. Ahora las mira. Las gemelas se revuelven menos en su cochecito y empiezan a tener cara de sueño. Debe irse pronto para poder llevarlas a casa y echarse ella un rato. Las dos o tres horas que duerme por la tarde y las cuatro que hay entre las dos y las seis de la mañana son lo único con lo que puede contar. La mayoría de las noches manda a su protestón y avergonzado marido a la cama sobre la medianoche e intenta ocuparse sola de las niñas para que él pueda ir a trabajar y estar operativo al día siguiente.

Tras la consulta, sale empujando el cochecito por la puerta de la clínica hasta donde ha aparcado el coche. Coloca a las gemelas en sus asientos de bebé mientras se pregunta si es seguro que ella conduzca, pues últimamente ha ido perdiendo reflejos peligrosamente. Está tan cansada que después de abrochar el cinturón de las bebés a sus asientos y cerrar las dos puertas traseras, casi se va sin plegar el cochecito doble y meterlo en el maletero. Dios mío, piensa al ver el cochecito en el último momento, abandonado sobre la acera. Eso habría sido tirar a la basura mil dólares. No iba a seguir ahí cuando se diera cuenta de su error y volviera a por él. Tranquilízate, se dice a sí misma.

Con sumo cuidado, conduce los diez minutos desde el centro de Aylesford hasta el cómodo barrio de las afueras donde viven. Gira hacia su calle y hacia el camino de entrada y detiene el coche. Mira por el espejo retrovisor y ve que las dos bebés están dormidas. Gracias a Dios.

Las lleva dentro y las acomoda en sus cunas. Las dos están profundamente dormidas. ¿Por qué no pueden hacer lo mismo por la noche? Si las mete en el coche llorando a última hora y conduce por la ciudad hasta que se quedan dormidas, se despiertan en cuanto vuelve a entrar en casa. Es de lo más frustrante. Nunca se ha sentido tan impotente como cuando se enfrenta al llanto de un bebé —o, más bien, de dos— y es imposible calmarlo.

Aliviada, coge el vigilabebés y se dirige a su dormitorio sin prestar atención al montón de ropa sucia que hay en el cesto junto a la puerta del cuarto de la colada ni al olor fétido del cubo de los pañales que siempre se llena demasiado rápido. Solo quiere dormir. Ha oído que la gente puede perder la cabeza si pasa mucho tiempo sin hacerlo, que pueden empezar a imaginarse cosas.

En cuanto da con su cabeza en la almohada, se pregunta de nuevo por qué el detector de humos de la cocina no se activó el otro día —Patrick no vio que tuviese nada mal— y, a continuación, se queda dormida.

3

Patrick Kilgour vuelve a su despacho después de una reunión poco satisfactoria con un cliente. Había esperado que fuera mejor. Pero parece que ha perdido parte de su lustre, de su brillo. Patrick había notado los ojos de su socio clavados en él durante la presentación. Niall le había lanzado una mirada seria después. «Espabila», le había dicho antes de irse.

Patrick se deja caer sobre el sillón de su mesa y lo gira para mirar por la ventana, contemplando las vistas con ojos borrosos: los dos puentes arqueados que atraviesan el río Hudson y, detrás de ellos, las montañas de Catskill, una mancha en la distancia. Le escuecen los ojos por el cansancio y nota el cuerpo rígido. Demasiadas semanas sin dormir lo suficiente le están pasando factura. Quizá pueda volver a llamar al cliente cuando recupere la energía y la concentración.

Son las cuatro de la tarde y ya siente los párpados pesados. Vuelve a girarse hacia el escritorio y mira por un momento y con anhelo el sofá de piel que está en la pared de enfrente de su despacho, pero entonces dirige su atención a su ordenador, se afloja la corbata y se desabrocha el botón de arriba de la camisa. Tiene cosas que hacer antes de irse a casa, allí trabajar es imposible.

Necesita cafeína. Se levanta y sale a la recepción para sacarse un café de la máquina. Hay una mujer esperando allí, con la cabeza agachada, leyendo una revista. La ve por el rabillo del ojo —su perfil, ese pelo rubio— y la vuelve a mirar. Por suerte, Kerri, la recepcionista de mirada aguda, no está en su mesa y no puede asistir a la escena. Ha llegado a la máquina del café y ahora está de espaldas a la mujer. Ella no parece haber notado su presencia.

Erica Voss. La reconocería en cualquier lugar. Al verla, un espasmo de incredulidad le recorre el cuerpo. ¿Qué hace aquí? Han pasado más de nueve años desde la última vez que la vio. De repente, el pasado se le viene encima.

Ya no tiene sueño. Se ha inundado de adrenalina. Se pregunta qué va a pasar cuando levante los ojos de su revista y le reconozca.

Oye que Niall entra en la sala de espera. Patrick tendrá que pasar de frente ante ella para poder volver a su despacho. Se gira despacio. Ella levanta la cabeza, le ve —sin un atisbo de reconocimiento—, se levanta y se gira hacia Niall. Este extiende la mano para saludarla.

—Lo siento, ¿lleva mucho esperando? Parece que Kerri no está en su mesa —dice Niall. Entonces, ve a Patrick de pie junto a la máquina del café—. Soy Niall Foote y este es mi socio, Patrick Kilgour —añade señalando a Patrick.

Patrick siente la garganta tan seca que no puede hablar. Se queda donde está, sin acercarse para estrecharle la mano. La mira con una breve y forzada sonrisa. Ella sigue sin mostrar ninguna señal de haberle reconocido, pero él no se deja engañar. A ella se le da mejor que a él ocultar su sorpresa. Patrick siempre ha admirado su aplomo.

—La señorita Voss viene por una entrevista para el puesto temporal de auxiliar administrativa —explica Niall antes de acompañarla por el pasillo hacia su despacho, ajeno a la oculta angustia de Patrick.

Este oye que la puerta del despacho se cierra y la voz amortiguada de Niall. Se gira de nuevo hacia la máquina del café, realiza los movimientos para añadir leche y azúcar a su taza y nota que las manos le tiemblan.

¿Qué hace Erica Voss en Aylesford? Lo último que supo de ella era que estaba viviendo en Denver.

Decide irse pronto a casa. Deja el café en la mesa, coge su maletín del despacho y se marcha.

Stephanie se despierta de un sueño profundo al oír que se abre la puerta de la calle. Durante un momento, está desorientada. Mira el reloj de la mesita de noche: ni siquiera son las cuatro y media de la tarde. Se incorpora rápidamente y escucha. La habitación está a oscuras, las cortinas corridas sobre la ventana. Puede oír que alguien se mueve por la planta de abajo. Mira la pantalla del vigilabebés. Las luces no están encendidas y las niñas siguen dormidas.

Sale de la cama, un poco mareada por levantarse tan rápido, una mezcla de fatiga y baja presión sanguínea. Avanza en silencio por el pasillo hasta llegar a lo alto de las escaleras. Ve a Patrick abajo, con los ojos levantados hacia ella. No sabe exactamente qué es, pero hay algo en él que parece distinto. Puede que solo sea que ha vuelto a casa más temprano de lo habitual.

—¿Te he despertado? No quería hacerlo —dice él en voz baja.

—¿Qué ha pasado? —pregunta ella mientras baja las escaleras.

—No ha pasado nada —responde—. Solo que hoy he salido pronto, eso es todo. Estoy molido.

—Cuéntame —dice ella cuando llega hasta él y le da un cálido abrazo y un beso—. ¿Cómo ha ido la reunión?

—Él frunce el ceño, se encoge de hombros y ella siente una punzada de compasión.

—No muy bien —confiesa.

Stephanie sabe que lo ha estado pasando mal últimamente. No se lo ha ocultado. Siempre le ha contado lo que pasa en el trabajo. A ella no le gusta que le oculte nada. Quiere saberlo todo.

Está preocupada por él. A un arquitecto, los errores pueden salirle caros. Tiene que estar encima de muchos detalles, y durmiendo tan poco... Se dice a sí misma que solo deben aguantar. Las niñas empezarán a dormir y los dos lo harán también y podrán llevarlo todo mucho mejor.

Le mira con más atención. Puede ver ahora lo que hay de diferente en él; está apretando la mandíbula como si estuviese preocupado por algo. Parece agotado, como ella, pero nota por debajo una energía nerviosa que no suele estar ahí.

—¿Qué pasa? Pareces un poco tenso —dice con tono suave.

—¿Yo? No, no estoy tenso. Es solo... que he estado un poco apagado en la reunión de hoy. No he sacado mi energía habitual. No creo que hayan quedado muy impresionados. —Se encoge de hombros—. Quizá debería haberles contado que tengo unas gemelas con cólicos en casa. —Hay ahora un tono hostil en su voz y ella siente que la espalda se le tensa un poco. Es como si la estuviese culpando a ella. Intenta no responderle. Respira hondo.

—Oye —dice al rato—, ninguno de los dos está ahora mismo en su mejor momento. Estamos agotados. Es lo que hay. Pero lo superaremos. —Levanta las manos, las apoya en los hombros de él y fija la mirada en sus ojos cansados—. Todo irá bien. —Recuerda que un par de noches antes él había tenido que decirle algo parecido a ella. Deben ayudarse el uno al otro. Eso es lo que han estado haciendo durante estas largas y difíciles semanas de cólicos. Él le responde asintiendo con la cabeza y con esa sonrisa que a ella le encanta.

Después, la besa.

—Lo sé.

—¿Por qué no te tumbas en el sofá y cierras los ojos un rato? Yo voy a preparar la cena antes de que se despierten.

Entra en la cocina y trabaja con rapidez, porque las niñas se despertarán pronto. Cuando mira hacia la sala de estar unos minutos después, esperando ver a su marido profundamente dormido, ve que está completamente despierto, mirando al techo. Entonces, oye un gemido y se prepara para la larga y extenuante noche que les espera.

4

A la mañana siguiente, cuando llega al despacho, Patrick abre su correo electrónico, recorre sus mensajes con la mirada y se queda helado. Hay uno de Erica Voss. Deja el dedo en el aire por encima del ratón. Piensa en borrar el correo sin leerlo, pero eso podría ser una imprudencia. Lo abre.

> Hola, Patrick:
> Imagino que te llevaste una sorpresa al verme otra vez. Me preguntaba si podríamos quedar para hablar, por los viejos tiempos. ¿Quizá para tomar una copa?
> Con cariño,
> Erica

Parece inofensiva, pero él se pone nervioso. Preferiría dejar las cosas como están. No quiere removerlas. Pero no puede ignorarla sin más. Vacila y, a continuación, escribe una respuesta.

Hola, Erica:
Podríamos vernos para tomar algo rápido. El mundo es
un pañuelo.
Patrick

Mira fijamente lo que ha escrito durante un rato largo,
mientras se pregunta si está cometiendo un error. Después,
pulsa enviar. Se queda mirando el ordenador, nervioso, durante unos momentos esperando a que ella le responda. No
tiene que esperar mucho.

¡Estupendo! La verdad es que vivo cerca, en Newburgh.
Podríamos vernos hoy para tomar algo después del tra-
bajo en Aylesford, si te viene bien.
Erica

Siente un nudo en el estómago. Se supone que ella
debería estar en Denver. ¿Qué pretende? ¿Por qué estaba
en su oficina? ¿Por qué quiere verle? Su sensación de inquietud se intensifica.

Erica está sentada en la sala de estar de su apartamento de
Newburgh y mira la pantalla de su portátil esperando una
respuesta. Se imagina a Patrick delante del ordenador de
su despacho de Bleeker Street, con una expresión de desconcierto en su atractivo rostro. Preguntándose en ese
mismo momento cómo contestar.

Resultó divertido verle ayer en su oficina, su reacción. Es uno de los socios de su pequeño estudio de arquitectura, con sede en la cuarta planta de un reluciente edificio nuevo del centro. Parece que le está yendo bien. No le sorprende. Siempre fue ambicioso. Está claro que se quedó impactado al verla.

Han pasado más de nueve años desde que habló por última vez con Patrick. Aparta la vista del ordenador un momento y mira alrededor de su apartamento, apenas amueblado. Acaba de mudarse y se nota. Oye una señal y vuelve a mirar el ordenador. Sonríe.

¿Te parece bien en el Pilot a las 5? Está en Bristow Street.
Patrick

Me parece perfecto. Nos vemos allí.
Erica

No creía que se fuera a negar. Pasaron demasiadas cosas entre ellos. Se pregunta cómo será él ahora, si habrá cambiado. En cierto modo, no lo cree.

Poco antes de las cinco de la tarde, Patrick sale de su despacho y va caminando hasta el bar de una pequeña calle del centro. No espera encontrarse allí con nadie que le conozca. El Pilot es más bien un tugurio, no uno de sus habituales sitios exclusivos. Se endereza la corbata con nervios y entra en el bar. Ha llegado cinco minutos tarde aposta. Mira alrededor entre la semioscuridad, buscándola.

La localiza en un rincón, sentada sola, bebiendo cerveza directamente de la botella. Su aspecto es casi el mismo, aunque no está tan delgada como antes. A los veintipocos años era despampanante, una rubia natural de facciones finas y piel bonita. Se queda mirándola un momento y, entonces, ella se gira, le ve y todo parece quedarse en silencio.

Traga saliva y camina hacia ella.

—Erica —dice cuando se acerca a su mesa. Nota el ligero aroma de su perfume, exótico y seductor, el mismo que llevaba tantos años atrás. Es desconcertante. Por un momento, se encuentra de nuevo en Colorado y están todos sentados en su bar favorito, riéndose y bebiendo cerveza, tan jóvenes, con toda la vida por delante. Lindsey a su lado con la mano apoyada plácidamente sobre su vientre de embarazada, Erica mirándole desde el otro lado de la mesa.

—Patrick —responde ella ahora mientras él se acomoda enfrente—. Tienes buen aspecto.

Él desearía haberse pedido una cerveza en la barra cuando se acercaba, en lugar de tener que esperar a que alguien le atienda ahora. Sonríe vacilante a Erica a pesar de su incomodidad. Normalmente se le da bien la gente, pero no parece entender del todo esta situación. Hay un silencio incómodo. Un camarero le ve y se acerca. Patrick cambia de opinión en cuanto a la cerveza.

—Whisky, por favor. —Sus gustos han cambiado. Se pregunta si los de ella también y si sencillamente no se fía de la limpieza de los vasos en este sitio. ¿Se dará cuenta de que está nervioso?—. Bueno..., ¿ahora vives en Newburgh?

—Sí, me he mudado hace poco desde Denver. He pensado que ya era hora de cambiar.

Él asiente e intenta parecer indiferente al comentario.

—No está lejos de aquí —añade ella—. Solo a media hora.

Él espera, pero no parece que ella vaya a decir nada más.

—Qué coincidencia que aparecieras en mi estudio.

Hay otra pausa incómoda. Llega su bebida y le da un trago ansioso. No se le ocurre qué más decir. Está pensando: «Con tantas ciudades a las que podría haberse mudado, ¿por qué aquí?».

Ella se inclina un poco hacia delante, sus manos elegantes alrededor la cerveza y despegando la etiqueta. Él recuerda haber visto eso antes.

—Sabía que andabas por aquí, así que te he buscado. Cuando supe que estabas tan cerca, pensé: ¿por qué no?

Él se queda mirándola.

—No estás interesada en el puesto de trabajo de mi empresa, ¿verdad?

Ella sonríe.

—No. Ya tengo trabajo.

Él da otro trago largo a su copa, su inquietud va en aumento. ¿A qué está jugando?

—¿Y por qué lo has solicitado?

—Quería ver si de verdad eras tú.

—Podrías haber tratado de ponerte en contacto conmigo de una forma más normal.

—No estoy segura de que me hubieses contestado —responde. Él no dice nada—. Cuando te fuiste de Colorado, lo único que supe es que habías hablado con Greg sobre regresar a Nueva York.

Así que es eso. Él se había ido de Colorado con cierta rapidez, después del funeral de Lindsey, sin dejar ninguna dirección. Quería huir de todo. Y había creído que nadie de allí —incluida Erica— quería seguir en contacto con él. Fue todo muy duro. Lo mejor para todos era que él se marchara. Erica había sido la mejor amiga de su primera mujer. Quizá ha venido para disculparse por el modo en que le trató después, en el funeral. Ha tenido tiempo de ordenar sus ideas. Todos perdieron un poco la cabeza. Fue una época horrible.

—Sí, bueno —dice él por fin—. Probablemente era lo mejor para todos. —Ella le mira pensativa. Él continúa—: Como Lindsey ya no estaba, yo solo quería volver a casa. —Había dejado sus meses de prácticas de arquitectura y había tenido que empezar de nuevo en el estado de Nueva York. No le importó. Da otro largo trago a su copa de whisky y ve que se la ha acabado sin darse cuenta. Se inclina un poco hacia delante y baja la voz. Hace una pequeña pausa y, después, añade—: Estaba completamente destrozado por lo que pasó.

—Lo sé. Yo también.

Cuando Patrick vuelve a casa un poco después de lo habitual, está seguro de que Stephanie le ha estado esperando impaciente para que la ayudara con las gemelas. Le echa una mano, pero tiene la mente en otro sitio, pensando en su encuentro con Erica. La conversación había seguido en un tono bastante superficial. Ella no le había contado mucho sobre sí misma, pero había notado que no llevaba anillo de casada. Había flirteado un poco con él, pero de una forma sutil. Patrick no había respondido al flirteo. Le había contado que estaba felizmente casado y que tenía dos bebés gemelas.

Media hora después, había fingido que miraba el reloj y anunciado que tenía que irse. Pensó que ahí terminaría todo, pero ella había insistido en que se intercambiaran los números de móvil antes de irse. Ahora sentía que... no había terminado. Y eso le preocupaba.

5

Cheryl Manning saluda con la mano a su hijo, Devin, desde el lateral del campo de fútbol. Tiene casi nueve años y va a empezar cuarto curso en septiembre. Pero durante el mes de agosto pasa los días en un campamento de fútbol. Le encanta el deporte, se le da bien, y ella está orgullosa de él. Tanto Cheryl como su marido. Devin ha resultado ser un atleta con talento.

Le mira salir corriendo al campo. Gastan mucho dinero en él. Este campamento especializado es caro y la equipación también, pero pueden permitírselo sin problemas y no hay nada que no estén dispuestos a hacer con tal de ayudar a su hijo a desarrollar su potencial. Disfrutan gastando dinero en él. A ella le parece raro que otras madres que conoce —y que también pueden permitírselo— se quejen de lo mucho que cuestan las actividades de sus hijos.

No hay nada que dé más satisfacción que ver a tu hijo brillar y sentirte en cierta medida responsable de ello, piensa

Cheryl. Se queda de pie en el borde del campo observándole un momento. Es un niño guapo. El pelo castaño se le mueve con el viento cuando corre. Sonríe mientras maneja el balón de fútbol con los pies. Él la saluda con la mano y ella le responde. Está encantada de verle tan seguro. Grita órdenes a los demás niños del campo, es un líder nato. Hace amigos con facilidad. Ella sabe que debería irse, no quedarse por allí, pero se demora un minuto más para disfrutar del sol de la mañana en la cara y disfrutar de su hijo, apreciar sus aptitudes.

El entrenador se le acerca.

—Devin lo está haciendo muy bien —le comenta—. Tiene un don natural.

Ella le sonríe. No le gusta alardear.

—Eso nos han dicho —responde con modestia.

El entrenador le devuelve la sonrisa y entra en el campo haciendo sonar su silbato. Pasa lista y empieza a alinear a los chicos para el entrenamiento. Es hora de que ella se vaya. Los demás padres lo han hecho; a menudo, tienen que llevar a un segundo hijo o incluso a un tercero a otro campamento. Pero Devin es hijo único y ella es ama de casa, así que no tiene ningún otro lugar al que ir. Siempre parece quedarse en los sitios más tiempo, como si no pudiese despedirse. Como si aún le costara creer que Devin es suyo.

Habría sido perfecto si hubiesen tenido también una hija. Podría haber sido una de esas madres que va corriendo a dejar a uno en el fútbol para poder llegar a tiempo a la clase de ballet. Pero solo tienen uno, y ella y su marido, Gary, se sienten tremendamente agradecidos por ello.

Cheryl no puede tener hijos.

Supuso un enorme impacto enterarse de que era estéril.

Fue más que eso: fue traumático, profundamente desconcertante. Tantos años intentándolo, tantos esfuerzos heroicos. Nada de eso había servido. Las continuas decepciones la habían llevado a la depresión. Se sentía una fracasada. A su alrededor las mujeres tenían hijos, al parecer, sin esfuerzo alguno. Ella temía en el fondo que Gary la pudiera dejar. Fue una época oscura.

Habían acudido a la adopción solo después de agotar las demás posibilidades, incluida la fecundación in vitro. Incluso entonces, las cosas no habían resultado fáciles. Habían acordado la adopción de una niña pequeña, pero la madre biológica había cambiado de idea justo después de que la bebé naciera. Se quedaron destrozados, con los brazos vacíos y sin blanca después de cubrir todos los gastos. Había sido devastador. No podían hacer nada más que aceptarlo e intentarlo de nuevo.

Pero, entonces, otra vez con la misma agencia privada de adopción, otra madre biológica los eligió. Se trataba de una adopción abierta, así que pudieron conocerla. Se mostraron optimistas, pero cautelosos. Ella les pareció inteligente y enseguida les gustó. No parecía una mujer excéntrica, sino con los pies en la tierra. Sin problemas de drogas ni alcohol. Les contó que no estaba preparada para tener un hijo sola, quería terminar los estudios. No deseaba que su bebé se criara con una madre soltera y sin dinero y no tenía más familia que la pudiera ayudar. Quería lo que fuera mejor para él, no para ella.

También era físicamente atractiva. Y aún más importante, se parecía mucho a Cheryl: rubia y de ojos azules, bastante alta y delgada, con una buena estructura ósea. Cheryl quería un hijo que pudiera parecerse a ella en cierto modo. No sabían nada del padre, salvo que era blanco, con formación universitaria y sin interés en tener hijos.

Devin debía de haber salido a su padre biológico, porque, a medida que iba creciendo, no se parecía en nada a Cheryl.

Cheryl echa un último vistazo a Devin en el campo de fútbol y se despide con la mano, pero él no la está mirando ni se da cuenta. Ella vuelve a su coche y se va a casa mientras piensa en la suerte que ha acabado teniendo. Devin es un chico estupendo, incluso se le dan bien los estudios. Muchas de las madres a las que ha conocido están viendo que sus hijos tienen dificultades de aprendizaje, alergias, todo tipo de problemas. Al final, ella es una de las afortunadas.

Nadie de por aquí sabe que Devin es adoptado; ni siquiera se lo han dicho todavía a él. Han decidido que se lo contarán cuando cumpla doce o trece años. Todos, salvo los familiares más cercanos, piensan que es su hijo biológico. La verdad es que no quiere que lo sepa nadie, no es asunto suyo. Devin podrá decírselo a la gente cuando lo sepa, si quiere. Aunque ella espera que no lo cuente. Espera que nunca quiera saber nada sobre su madre biológica. Hoy en día muchos niños adoptados sí que quieren. Eso no conduce a nada bueno, piensa Cheryl. ¿Por qué remover las cosas? Él tiene todo el amor y cualquier otra cosa que pueda necesitar, aquí, con ellos.

Llega a casa y entra. Se siente agradecida por la ráfaga del aire acondicionado, hoy hay mucha humedad. Viven en una casa bonita; su marido se gana bien la vida con promociones inmobiliarias. Quizá se prepare un café helado y salga a sentarse un rato junto a la piscina.

Pero, por algún motivo, se pone a pensar en el pasado. Sube a la habitación de Devin y abre la puerta. Ha visto algunas de las habitaciones de sus amigos. Le producen escalofríos. Las demás madres se quejan de lo desordenados y descuidados que son sus hijos, pero Cheryl cree que no están educándolos como deben. Los niños necesitan límites, expectativas. Criar bien a los hijos es muy importante. Ella y Gary obligan a Devin a ordenar su habitación cada fin de semana.

Mira la cama, con el edredón de los aviones encima. A Devin siempre le han encantado los aviones. Quiere ser piloto algún día. Ella piensa que quizá no haya nada que no pueda hacer. Cuántas ambiciones tiene con respecto a él. Casi le cuesta confesarse a sí misma lo dedicada a Devin que está, quizá porque es hijo único. A menudo fantasea con su futuro, cómo será para él y cómo será para ellos como padres. Contará con todas las ventajas. Posa la mirada sobre su cómoda, sobre la que se acumulan varios de sus trofeos: de atletismo, fútbol, hockey. Su armario está lleno de equipación deportiva y las paredes plagadas de pósteres de sus deportistas favoritos.

Busca en la estantería el álbum de fotos. Lo saca y se sienta en la cama. ¿Por qué se ha puesto hoy a mirarlo?

Cree que sabe el motivo. Hay una razón por la que su mente se ha puesto a recordar el pasado.

Abre el pequeño álbum, que tiene unas cuantas fotografías de bebé, cuidadosamente seleccionadas, impresas y pegadas. Hoy todas las fotos son digitales, pero ella quería un álbum de verdad de Devin desde pequeño. Mira atentamente la primera fotografía: es de él en el hospital, justo después de que naciera. Está todo rojo y arrugado y lleva un gorro azul de punto. Cheryl y Gary no estaban allí, en el hospital. Se habían quedado esperando en casa, ansiosos de tener noticias, aterrados por que la madre biológica, al coger en sus brazos por primera vez a su recién nacido, cambiara de opinión como había hecho la anterior.

Porque esta mujer, Erica, con la que tan encantados habían estado al principio, había empezado a inquietarlos. Al principio, fueron pequeños detalles. Había tenido un gasto extra cuando su coche se había averiado. ¿Podían ocuparse ellos para así no dejar de acudir a sus citas médicas? Por supuesto, ellos esperaban correr con sus gastos habituales: su alquiler, la compra, la ropa de premamá y cosas así. Al fin y al cabo, Erica había renunciado a su trabajo por el bien del bebé. Les contó que había estado trabajando a media jornada en una tintorería y que había leído que los productos químicos podrían provocar malformaciones congénitas, así que lo había dejado en cuanto supo que estaba embarazada.

Y luego, un día ya avanzado el embarazo, fue a verlos a su casa. Aquello fue algo inesperado y atípico.

Insinuó que necesitaba dinero o «no sabía lo que haría».
Cheryl y Gary se habían mostrado muy inquietos. Le
preguntaron con delicadeza para qué necesitaba el dinero.
Ella les explicó que era para sus estudios y que, de no
obtenerlo, tendría que abandonar su sueño de hacer Me-
dicina y ocuparse ella misma de su hijo. Les pidió cien mil
dólares.

Estupefactos, dejaron a Erica sentada en la sala de
estar mientras se retiraban a la cocina para prepararle una
infusión de hierbas y hablar del asunto en voz baja.

—¿Qué vamos a hacer? —susurró Cheryl a su marido, alterada. Estaba empezando a llorar. Mientras tanto,
Erica permanecía sentada en su sala de estar, con su enorme
embarazo, esperando tranquilamente su infusión de hierbas mientras les chantajeaba con una enorme cantidad de
dinero.

—Tenemos el dinero —dijo Gary—. Se lo pagamos
y ya está.

Cheryl sintió cómo la sangre desaparecía de su cara.

—¡Pero eso es ilegal! ¡Lo sabes! No podemos pagarle más de los gastos permitidos. Tenemos que contárselo a
la agencia.

Su marido la miró con gesto sombrío.

—No veo por qué. Si ella se lo cuenta a alguien, irá a
la cárcel. Nadie tiene por qué enterarse.

—Pero... ¿y si le pagamos y no deja que nos quede-
mos con el bebé? —preguntó angustiada Cheryl.

—Tendremos que correr ese riesgo —respondió
Gary—. ¿Quieres este bebé o no?

—Sí, claro que sí.

—Yo también.

Volvieron con la infusión y el marido de Cheryl se ofreció a extenderle un cheque.

Erica dijo que sería mejor que se lo dieran en efectivo.

Por fortuna, Erica no había cambiado de opinión. Había cogido el dinero y, luego, tras el nacimiento del bebé, había firmado de buena gana los documentos de la renuncia de la patria potestad con respecto al niño. Les dijo que al final había decidido no mantener contacto con ellos ni con el niño, que pensaba que así sería más fácil. Ellos se sintieron aliviados al oír aquello, aunque, por supuesto, no lo expresaron. Una vez transcurrido el tiempo en que se le permitía cambiar de opinión, Devin era de ellos y Erica desapareció de sus vidas. Pero antes de marcharse, les había dado una copia de la foto del nacimiento y Cheryl la había guardado.

La está mirando ahora mientras recuerda aquellos días, hace casi nueve años. Lo está recordando porque, después de todo este tiempo, teme que Erica pueda haber vuelto. A Cheryl le pareció verla un par de semanas atrás, en el parque, observando cómo Devin daba patadas a un balón, y llevaba una cámara colgada del cuello. Pero desapareció antes de que Cheryl pudiese asegurarse.

6

Erica se ducha, se viste con una falda corta y negra y una blusa de seda azul celeste y se maquilla con cuidado. Se mira en el espejo, encantada, mientras piensa en el encuentro que tuvo con Patrick el día anterior.

En realidad, no sabía qué esperar. Ha pasado mucho tiempo. Reconoce que Patrick tenía buen aspecto. Mayor, claro, pero es del tipo de hombres que resultan más atractivos con algo más de madurez. Su complexión alta era ahora un poco más rellena. Llevaba su pelo negro menos largo, con un buen corte, e iba vestido con un traje aparentemente caro.

No le había gustado que ella apareciese en su estudio, era evidente. Estaba nervioso; eso también estaba claro. Probablemente tenía miedo de que ella volviese a su vida, de que la antigua atracción volviera a encenderse y se interpusiera entre él y su nueva esposa. Quizá sí debería tener miedo. Nunca había sabido mantener la bragueta cerrada.

Para Erica, su atractivo siempre había sido una de sus mejores armas.

Patrick pasa una mañana complicada en el estudio, incapaz de concentrarse. Se da cuenta de que Niall está tarareando algo y eso le irrita. A la hora del almuerzo oye que Niall sale de su despacho y habla con Kerri, que está en la recepción, de camino a la puerta.

Desde su ventana, Patrick mira hacia el río, con la mente embotada. Tiene mucho trabajo, pero está pensando en cómo Erica se había presentado en su estudio fingiendo no conocerle, cuando desde el principio había sabido que él estaba ahí. Le había puesto deliberadamente en una situación incómoda.

Ayer le preguntó a Niall sin mucho interés cómo había ido la entrevista. Niall le contestó: «No es la mejor candidata», y Patrick se sintió aliviado. Ella no iba a volver a su estudio. Él nunca tendría que contar que, en realidad, se conocían, aunque no lo habían mencionado. Y, de todos modos, no estaba interesada en el puesto.

Se levanta de su sillón y se acerca con paso cansado a su mesa de dibujo. Está trabajando en la construcción de una nueva casa de lujo para un médico importante y necesita concentrarse.

Niall mira desde su asiento a la mujer que conduce el coche. Llevan las ventanillas bajadas y el viento le mueve el pelo alrededor de la cara. Ve que lleva gafas de sol de marca. De nuevo, se pregunta por qué se habrá presentado a una entrevista para un puesto temporal de administrativa. Puede que su marido la haya dejado hace poco. Quizá consiga averiguarlo.

Se había sorprendido cuando Erica Voss le llamó esa mañana al despacho para invitarle a almorzar. No es el comportamiento típico de alguien que espera conseguir un trabajo, resulta un poco atrevido. Él había vacilado un momento hasta que ella dijo que le podía recoger delante de la fuente del centro.

Siente una conocida agitación en las venas. Cree saber por qué le ha llamado. Se da cuenta de que ella está hoy muy atractiva. Cuando fue al estudio el lunes para su entrevista iba vestida de forma más conservadora con un traje pantalón, pero hoy lleva una falda ajustada y una blusa de seda, dejando a la vista piernas y escote. La estudia con admiración.

—¿Qué? —pregunta ella con mirada juguetona.

—Me preguntaba por qué me has invitado a comer.
—Él no la había vuelto a llamar para hablarle del trabajo. De hecho, no va a hacerle ninguna oferta. Es demasiado guapa, demasiado sexi, como para tenerla en el estudio. Su mujer, Nancy, se pondría como loca. Espera que Erica no piense que de esta forma va a conseguir el puesto. Si es así, se va a llevar una decepción. Niall no es de los que mezclan el placer con los negocios.

—Es un almuerzo de celebración —dice ella.

—¿Y qué celebramos?

—Acabo de conseguir un trabajo en el hospital de Newburgh.

Él nota que su sonrisa se ensancha. Entonces, esto no va a suponer ningún problema. Al final, la atracción mutua durante la entrevista no había sido solo cosa de su imaginación.

Erica detiene el coche en el aparcamiento del hotel Connaught, al final de Water Street.

—He hecho una reserva —dice antes de salir del vehículo. Suben juntos los escalones de la entrada del hotel, pasan junto al portero y se dirigen al elegante comedor de la primera planta. Mientras los conducen a su mesa, él la sigue, con los ojos fijos en cómo serpentea entre las mesas. Los sientan junto a la ventana. Él da un rápido vistazo a su alrededor para ver si reconoce a alguien: Aylesford no es una ciudad grande. No hay nadie aquí a quien conozca y empieza a relajarse. Si se encontrara con alguien, quizá alguna de las amigas de su mujer, él la presentaría como una posible clienta, alguien que le está encargando una casa. Desde luego, lo parece.

Ella le sonríe y él pide el vino.

—Muy bien, Niall, háblame de ti.

El almuerzo transcurre como era de esperar. Ella está interesada en él y él en ella. La única duda es cómo pasar del comedor a la habitación del hotel con la máxima discreción y recato. Y cómo pagarla. No puede permitir que pague ella y tampoco pagar una habitación de hotel en Aylesford que aparezca en sus movimientos de la tarjeta de crédito. Nancy los comprueba. Nancy lo comprueba todo desde que le pilló en su primera —y única— indiscreción. Había conseguido pasar ocho años de matrimonio —y superar la crisis de los siete años—, pero el otoño pasado había tenido una breve y apasionante aventura con una mujer a la que había conocido en el club de golf. Su mujer se había enterado. Hubo llantos y recriminaciones; había sido terrible y estuvo sufriendo las consecuencias durante varias semanas. Ella había insistido en que acudieran a terapia de pareja. Él había aceptado porque no quería que su matrimonio terminara. Quería a Nancy y a su pequeño hijo, Henry, y no se imaginaba la vida sin ellos..., y el divorcio sería tanto un engorro como una ruina económica, como siempre pasa. Así que había puesto fin a su aventura y había hecho todo lo que Nancy le había pedido. Él le prometió que nunca más volvería a serle infiel. Había cumplido su palabra, pero ahora tiene a una mujer preciosa flirteando con él al otro lado de la mesa y se siente de lo más tentado.

Al final, no le cuesta tanto tomar la decisión. Lo único que le preocupa es que no le vean. Se dice a sí mismo que lo que Nancy no sepa no le hará daño. ¿Qué puede tener de malo, siempre que su mujer no se entere?

Mira hacia el vestíbulo y se pregunta si habrá algún cajero automático. Necesita dinero en efectivo. Erica le mira a los ojos y los dos saben qué es lo que va a pasar a continuación.

Se sonríen y él paga la cuenta con la tarjeta de la empresa y, después, salen del restaurante. Saca dinero del cajero y reserva una habitación con un nombre inventado mientras ella va al lavabo de señoras. Él le envía por mensaje el número de la habitación cuando se mete en el ascensor. En la novena planta, entra en la habitación con la tarjeta, se quita la chaqueta y se afloja la corbata. Le envía un mensaje a Kerri para decirle que su almuerzo se está alargando y que aplace su reunión de las tres de la tarde. A continuación, oye un suave golpe en la puerta.

Lo está haciendo otra vez. Nancy no debe enterarse. Y, entonces, abre la puerta y se olvida por completo de su mujer.

Es un precioso día de verano, perfecto para ir a la piscina infantil que hay en el parque junto a la biblioteca pública. Stephanie y Hanna habían quedado en verse y Stephanie había invitado también a algunas de las integrantes de su grupo de madres. Amy y Jen están ya allí con sus niños y Barb con su hija.

Stephanie mueve los dedos de sus pies desnudos en el agua cálida y poco profunda, sentada en el borde de cemento de la piscina. Hanna se refresca cerca, chapoteando con Teddy a su lado. Jackie y Emma están delante de ella, balbuceándose alegremente la una a la otra. Todos los bebés llevan pañales de baño y gorros y Stephanie ha metido a sus hijas en flotadores inflables para ayudarse a sujetarlas porque lo cierto es que no puede sostenerlas a las dos a la vez. Las mujeres charlan agradablemente sobre sus bebés. Ya han pasado por la biblioteca para coger prestados algunos libros infantiles de cartón, formaban una caravana de cochecitos. Todas han almorzado en el parque, Stephanie y Hanna han compartido sándwiches de atún. Cuando lleve a las gemelas a casa, Stephanie cree que podrá acostarlas para que duerman su siesta de la tarde y que ella también podrá dormir un poco.

—¿No es estupendo? —pregunta Hanna con una sonrisa al ver a Teddy riéndose.

Stephanie está de acuerdo. Se siente hoy algo más descansada de lo habitual y de mucho mejor humor. Ha sido capaz de estar con estas otras mujeres a las que, en realidad, no conoce mucho. Es difícil tener vida social cuando se está agotada. Mira a sus dos niñas, con sus ojos redondos y azules, preciosas chapoteando en sus flotadores de bebé, riendo con regocijo. Es afortunada y lo sabe. Tiene mucha suerte de tener a Patrick, a Emma y a Jackie, dos hijas perfectas y sanas. Tiene todo lo que siempre ha deseado. Los cólicos pasarán.

—Uy, parece que alguien se está quedando dormida —dice Hanna sonriendo a Jackie, que está bostezando.

Todas empiezan a recoger sus cosas para volver a casa.

7

Hacia el final de la jornada, Patrick recibe en su móvil una llamada de Erica. La estaba esperando, pero, aun así, el corazón le empieza a palpitar con inquietud al ver su número.

—¿Tomamos una copa? —pregunta ella—. ¿En el mismo sitio en media hora?

Él duda un momento si decir que no. Pero sabe que tiene que verla.

—Vale.

Al menos, para él la atracción ha desaparecido. Si hay algo que sienta por ella, es un poco de miedo. Le va a dejar del todo claro que es fiel a su mujer, y entonces se irá. No va a cometer dos veces el mismo error. Y ella tiene que saberlo.

En el camino desde el estudio al bar, intenta convencerse de que las cosas han cambiado. Ahora está con Stephanie. Tiene una familia.

La ve en la misma esquina que el día anterior. Se dice a sí mismo que debe mantener la calma. No tiene por qué preocuparse. Le dejará las cosas claras y seguirá su camino. Se sienta enfrente de ella; puede oler de nuevo su perfume, y eso le molesta.

Ella le lanza una mirada cómplice y seductora por encima de su cerveza. Durante un largo momento, ninguno de los dos habla.

—Y bien..., probablemente te estés preguntando qué estoy haciendo aquí.

Él sonríe incómodo.

—Pues sí, la verdad.

Ella inclina la cabeza mirándolo.

—¿Sabes, Patrick? Podríamos retomarlo donde lo dejamos...

Él sonríe, como si se disculpara, y niega con firmeza con la cabeza.

—No. Eso fue hace mucho tiempo. —Deja escapar el aire con fuerza—. No voy a engañar a Stephanie. —Apoya la espalda para aumentar la distancia entre ellos.

—¿En serio? —Le mira con la ceja levantada, como si no le creyera.

—Sí, en serio.

—¿Por qué no? No te supuso ningún problema engañar a Lindsey.

El comentario le sacude como un puñetazo.

—Aquello fue distinto.

—¿En qué fue distinto? —Hay en su voz un tono de sorpresa y de cierta agresividad.

Él vacila.

—Entonces era más joven, solo tenía veintitrés años, por el amor de Dios. Era un crío. Únicamente pensaba en mí mismo.

—¿No vas a pedirte una copa? —pregunta ella.

No lo tenía planeado, pero ahora cambia de opinión y hace una señal al camarero para que se acerque. Pide un whisky y los dos esperan hasta que el camarero se aleja.

Ella se queda mirándole un momento.

—¿La quieres? ¿A tu nueva esposa?

—Sí. Con toda mi alma.

—Entonces, ahí es donde está la diferencia. A Lindsey no la querías.

—Eso no es verdad —se apresura él a contestar—. Claro que la quería.

Ella le mira fijamente.

—No es así como yo lo recuerdo.

Él le devuelve la mirada y siente un escalofrío.

Se había acostado con la mejor amiga de su mujer. Se había comportado mal, pero también lo había hecho Erica. Él había traicionado a su esposa, ella a una amiga. Se queda mirando a Erica sentada delante de él bajo la tenue luz del bar. Tiene que poner fin a esto de una vez por todas.

—Oye, Erica... —Trata de interpretar la expresión de ella al mirarle. Erica le había evitado después del accidente. Él pensaba que era remordimiento por lo que habían hecho. Recuerda cómo ella le había mirado a los ojos desde el otro lado de la sala, con el ataúd entre los dos, y aparta ese recuerdo de su mente—. Estoy casado y tengo dos gemelas recién nacidas. No quiero tener una aventura. Debería habértelo dejado del todo claro ayer. Hoy he venido para asegurarme de que lo entiendes.

—Ya veo —responde ella. Parece que su humor ha cambiado de repente.

Durante un momento, él la mira sin más. No puede estar esperando en serio retomar lo que tenían. ¿Qué está haciendo aquí? Su inquietud va en aumento.

—Han pasado casi diez años —dice ella—. Es mucho tiempo para pensar.

—¿Pensar en qué?

—En el accidente. —Le mira fijamente—. ¿Todavía piensas en ello?

—Intento no hacerlo. Pero, a veces, sí.

—Yo sí, mucho. —Un silencio cae entre los dos.

—Echas de menos a Lindsey. Es normal —dice él por fin—. Yo también.

Erica levanta los ojos hacia él.

—No me refiero a eso. Pienso en el modo en que murió.

Él se queda mirándola, desconcertado.

—Me culpas a mí.

—Claro que te culpo. Igual que todos.

Es como un puñetazo en el estómago.

—Yo también me culpo —contesta él. Hay amargura en su voz—. Todos los días. Pero fue un accidente.

En medio del tenso silencio, Erica le responde:

—Solo porque los demás lo consideraran un accidente no significa que lo fuera.

Él se echa hacia atrás, sorprendido, con el corazón palpitándole con fuerza.

—¿Qué? —Al ver que ella no responde, continúa en voz baja—: ¿Estás diciendo..., me estás acusando de matar a mi mujer deliberadamente?

—Se me ha pasado por la cabeza.

—¿Por qué..., por qué narices ibas a creer eso? —El corazón se le ha acelerado. Declararon que fue un accidente. No había ninguna duda. Ni una sola sospecha. Fue un suceso trágico y triste. En aquel momento, todos habían movido la cabeza de un lado a otro y le habían mirado con una terrible pena, pero nadie había sugerido que él lo hubiese hecho a propósito. Que hubiera asesinado a su mujer de forma deliberada.

Ella lo dice ahora en voz alta y lo hace con un tono frío y calculador.

—Acuérdate. Me dijiste que te sentías atrapado, que no eras feliz. Yo creía que estabas enamorado de mí. Imagínate lo que supuso para mí que ella muriera. Pensé..., temí que lo hubieras hecho a propósito —añade—. Y desde entonces he tenido que vivir con eso.

La mente de Patrick empieza a darle vueltas. ¿De dónde venía todo esto? Él no le había dicho nada parecido y los dos lo sabían. Recuerda una vez más cómo ella le había rechazado en el funeral y le había dado la espalda.

—Te has vuelto loca —dice un momento después.

—¿Sí?

Él la mira cada vez más aterrorizado. Así que es por eso por lo que ha venido. A continuación, respira hondo y habla tratando de mantener la voz calmada:

—Te equivocas. Fui un mal marido y tú una mala amiga, pero eso es todo. Yo no la maté para poder estar contigo y lo sabes condenadamente bien.

—¿Y se supone que tengo que creerte? —Su voz suena taimada.

La inquietud de Patrick alcanza su máximo; siente cómo el corazón le golpea con fuerza en el pecho. Trata de no levantar la voz.

—No sé qué más decirte, Erica. Fue un accidente. La policía consideró que fue un accidente. La prensa creyó que fue un accidente. Tú eres la única que parece creer lo contrario y los dos sabemos que estás mintiendo. —Se dice a sí mismo que no tiene por qué preocuparse.

Pero aún no le ha contado a Stephanie la verdad de lo que le pasó a su primera mujer. Quiere contárselo en algún momento, siempre ha querido hacerlo. Y lo hará. Le había dicho a Stephanie que su mujer había muerto en un accidente de coche. Pero Erica sabe lo que ocurrió de verdad. ¿Y si se lo cuenta a Stephanie? Precisamente ahora que está tan agotada y extenuada con las gemelas. No sería el mejor momento. De hecho, sería el peor momento posible, joder. Stephanie no sería capaz de asimilarlo de forma racional. No lo entendería.

¿Por qué coño había tenido que ir hoy? Debería habérselo imaginado.

—¿Sabe tu mujer lo que pasó? —pregunta Erica, como si le leyera la mente.

Él siente que se ruboriza. No debe delatarse, pero le da miedo de que ya sea tarde.

—Ah, no lo sabe —dice Erica confirmando sus temores—. No se lo has contado nunca. —Ahora le está provocando—. Claro, ¿quién iba a casarse con un hombre que ha engañado a su primera mujer? ¿Un hombre que la ha matado, aunque sea en un accidente? —Él la mira impasible, sin decir nada—. Me pregunto si debería contárselo yo.

—¿Por qué narices ibas a hacerlo?

—Quizá deba saber con quién se ha casado. ¿Y si piensas hacer lo mismo con ella?

Patrick se siente azotado por una furia repentina.

—Eres una verdadera zorra —dice—. Tienes una mente retorcida y enferma. —Se quedan mirándose a los ojos en silencio. Él siente náuseas—. ¿Qué es lo que pasa, Erica? —pregunta con frialdad—. ¿A qué has venido? ¿Qué quieres?

—Dinero. —Tiene sus ojos azules clavados en él, fríos y firmes.

Él lo recibe como si fuese un puñetazo. De eso se trata. Le está chantajeando. Quiere que le pague para que no le cuente nada a su esposa. ¿Por qué no ha caído antes? ¿Cómo ha podido ser tan ingenuo? Suelta un bufido.

—Vaya, pues qué pena, porque no tengo.

—¿Un hombre de éxito como tú?

Así que es eso lo que ha estado haciendo, metiendo las narices en su vida. Viniendo a su estudio, tratando de hacerse una idea de cuánto vale. Siente cómo empieza a sudar por los nervios.

—Mira —dice, tratando de parecer razonable—. La empresa ha ido mal últimamente. No tengo dinero de sobra para darte, aunque quisiera.

Ella se inclina para acercarse.

—¿Con quién te crees que estás hablando? He estado investigando. Sé que a tu empresa le va muy bien. Y resulta que también sé que tu mujer está forrada. —Vuelve a echarse hacia atrás y le mira, como si no pasara nada—. El dinero no es problema para ti.

Él siente que se le revuelve el estómago. ¿Cómo lo ha sabido? Ahora sí que está asustado. Lo ve todo claro, cómo su futuro podría convertirse en algo muy distinto de lo que tenía planeado. Debe acabar con esto. Se recompone todo lo que puede y le habla con claridad:

—No voy a pagarte nada. A ver si te enteras.

—Ah, ¿sí?

—Sí. Voy a contárselo todo a Stephanie. —Se lo contará hoy mismo en cuanto llegue a casa y, así, Erica no podrá usar nada en su contra. Tiene que esperar, creer, que Stephanie seguirá estando de su lado, aun después de que él le confiese que había engañado a su primera mujer, aun después de contarle exactamente cómo había muerto.

—¿Todo? —Ella le mira, incrédula.

—Le voy a contar la verdad —responde Patrick—. Y le voy a hablar de ti, de lo mentirosa que eres y de lo que estás intentando hacer. Porque yo no miento a mi mujer. —Se inclina hacia delante para colocarse justo delante de su bonito rostro—. No te tengo miedo y no voy a darte un puto centavo.

—Puede que no sea por tu mujer por quien te tengas que preocupar.

—¿Qué?

—Puede que por fin me decida a ir a la policía para que le echen otro vistazo a la muerte de tu primera esposa.

—¿Por qué cojones ibas a hacer eso?

—Porque puedo.

Él se queda mirándola impactado, se termina la copa de un trago, se levanta, lanza algo de dinero sobre la mesa y se va. No vuelve la mirada atrás.

8

Las gemelas están en sus tronas y Stephanie está en pleno proceso de darles su pequeña cena de cereales para lactantes mezclados con leche materna. Patrick no ha vuelto aún a casa del trabajo y ella intenta no enfadarse. Había notado su aliento a whisky el día antes; estaba claro que había salido a tomar una copa después del trabajo, pero ella no había dicho nada en un intento de no darle importancia. Espera su llegada en cualquier momento. No le vendría mal algo de ayuda. Tiene una trona a cada lado y está metiendo una cucharada de cereales con leche en una boca después de la otra. «Mis pajaritos», piensa con cariño.

Hay un ruido en la puerta de la calle, pero ella está concentrada en sus niñas. Oye que Patrick entra, pero se queda un rato en el vestíbulo. Otra cucharada para Emma, la mayor parte termina quedándosele en el mentón, y luego Stephanie lo recoge de la cara de la bebé con la cuchara. Se pregunta qué está haciendo Patrick. ¿Por qué no entra a la cocina para ayudarla?

—¿Patrick? —grita.

—Sí, ya voy —contesta él.

—¿Qué pasa? —pregunta ella en cuanto aparece en la cocina con aspecto de haber recibido una terrible noticia. Siente un nudo en el estómago. Lo del trabajo ha debido de ser peor de lo que creía. Puede que, al final, le haya estado ocultando lo que pasaba porque ella ya tiene bastante con las gemelas. Siente cómo su rabia estalla a la vez que su preocupación.

Él aparta una silla de la cocina y se deja caer sobre ella.

—Tengo que contarte una cosa.

Ella se imagina lo peor. Un problema grave, algún tipo de litigio, algún error. La arquitectura es una profesión arriesgada y difícil. Y la verdad es que ella nunca se ha fiado del todo de Niall, aunque Patrick sí lo haga.

—¿Es del trabajo?

Él la mira, sorprendido.

—No.

Ahora es ella la sorprendida. ¿Qué otra cosa podría ser?

—Dios, no sé por dónde empezar —murmura él.

Ella se ha olvidado de los cereales y Jackie y Emma están empezando a gimotear. Vuelve a darles de comer mientras trata de mantener la calma fingiendo una sonrisa a las bebés.

—Eso es, ñam-ñam —dice con voz cantarina. A continuación, se dirige a Patrick—: Cuéntamelo ya. Podré soportarlo.

—Sabes que te quiero, Stephanie —empieza Patrick con tono serio.

Ella gira la cabeza apartándola de las gemelas y le mira fijamente. Ahora sí que está preocupada. Él tiene la mirada atormentada de alguien que está a punto de hacer una confesión. ¿Qué ha hecho? No han tenido sexo desde que nacieron las niñas. ¿Es eso lo que pasa? Espera.

—Sabes que te dije que mi anterior esposa, Lindsey, murió en un accidente de coche. —Ahora aparecen lágrimas en sus ojos.

—Sí. —La voz de Stephanie suena insegura. No se imagina qué es lo que está a punto de confesarle.

—No te lo conté todo.

Ella se queda completamente inmóvil, mirándole.

Él se ha puesto pálido.

—Nunca te lo he contado porque... fue culpa mía.

Ay, Dios. Todo su cuerpo se pone en tensión, como si estuviese esperando un golpe. Esto está pasando de forma inesperada; no está preparada.

Él se hunde más en la silla de la cocina.

—Tengo que contarte lo que pasó.

—De acuerdo.

—Era invierno —prosigue él—. Había tormenta. Íbamos a visitar a su madre. Había mucha nieve. Yo no quería ir, pero ella insistió... —Tiene una expresión de angustia y se detiene, como si no pudiese seguir hablando.

A ella le cuesta verle sumido en un sufrimiento tan evidente y visceral.

—¿Conducías tú? —susurra. Incluso las bebés están ahora calladas, como si notaran la tensión en el ambiente.

Él niega con la cabeza.

—No. No llegamos a salir a la calle.

Ella no entiende nada. No tiene sentido.

—Se subió en el coche para calentarse. Lindsey siempre fue muy impaciente. Yo le dije que esperara dentro de la casa, pero ella salió antes de que yo terminara. No sabía que fuera peligroso. —Traga saliva.

—¿Qué era peligroso? —pregunta ella, confundida.

Él toma aire.

—Tenía que quitar la nieve con una pala. Estaba tardando mucho porque la nieve había llegado casi hasta el capó. Ella estaba desesperada por ver a su madre y su hermana. —Vacila—. Le resultaba duro estar lejos de su familia..., estaba embarazada de ocho meses y yo trabajaba hasta tarde.

Stephanie siente que el estómago se le revuelve. No sabía que su mujer estaba embarazada cuando murió. Se prepara para escuchar el resto.

—No se quedó en la casa. Hacía mucho frío. Le dije que volviera a entrar, pero ella se metió en el coche. Y yo seguí con la pala. No tenía ni idea de que el tubo de escape estaba atascado por la nieve, que el monóxido de carbono estaba entrando en el coche..., matándola. —Ahoga un gemido.

Stephanie le mira con la boca abierta, horrorizada, pero él no le devuelve la mirada.

—Cuando..., cuando terminé, guardé la pala y subí al apartamento a por las maletas y a cerrarlo todo. Metí el equipaje en el maletero. Y, después, abrí la puerta del conductor. —Hace una pausa y a Stephanie le parece como si él estuviese a punto de quedarse sin respiración—. Al principio, pensé que Lindsey se había dormido sin más. —La mira y rápidamente aparta los ojos de ella—. Pero entonces, de repente, me doy cuenta de que le pasa algo, que no parece encontrarse bien. La agarro del hombro y la muevo, pero la cabeza le cae hacia delante. Y... supe que estaba muerta. Empecé a gritar. Durante un momento, me volví loco. Volví a salir del coche y empecé a gritar para pedir ayuda a la vez que buscaba mi móvil a tientas. Llamé a emergencias. Algunos vecinos vinieron corriendo. Yo estaba histérico... No recuerdo mucho más, solo que había gente sacando a Lindsey a rastras del coche para dejarla tumbada en la nieve. Alguien se puso a hacerle la reanimación cardiopulmonar. Los técnicos de emergencias llegaron muy rápido, pero ya era demasiado tarde. La dieron por muerta. También al bebé.

Pone la cabeza entre las manos y continúa:

—Ojalá hubiese sabido qué estaba pasando. Ojalá la hubiese mirado primero, antes de guardar la pala y subir a por el equipaje... —Se dobla hacia delante entre sollozos entrecortados.

Stephanie consigue dejar a un lado su asombro, se acerca a Patrick y le rodea con sus brazos. No sabe qué decir. Ve cómo se viene abajo, con la cara entre las manos. Las niñas empiezan a llorar también. Está paralizada. No tenía ni idea. Ni sabía que él estaba soportando esa terrible carga durante todo el tiempo desde que le había conocido.

Le aprieta entre sus brazos mientras él solloza y su cuerpo se balancea.

—Chsss —susurra ella abrazándole con fuerza. Es lo más triste que ha oído nunca. No puede ni imaginarse cómo debió de ser—. Fue un accidente —murmura sujetándole con fuerza hasta que su cuerpo deja de temblar. Nunca le ha visto así, con una pena tan inconsolable. Como si le hubiesen partido en dos.

Por fin, él levanta la cara y sus ojos están húmedos y enrojecidos.

—Lo siento. Siento no habértelo contado.

Las bebés están ahora berreando y los dos, Stephanie y Patrick, les limpian la cara y las manos y las sacan de sus tronas. A continuación, las llevan por la sala de estar y las colocan en los balancines para que Stephanie y Patrick puedan hablar. A las gemelas les gustan los balancines y se quedan distraídas, al menos, durante unos minutos.

Patrick se deja caer en el sofá como si se hubiese quedado sin fuerzas. Stephanie se sienta al lado de su marido y le mira.

—¿Por qué no me lo habías contado? —le pregunta con voz suave.

Él le devuelve la mirada, completamente extenuado.

—Me daba mucha vergüenza. No sabes lo culpable que me siento. No pensé. No sabía siquiera que fuese posible que el monóxido de carbono pudiera intoxicar así.

Ella asiente. A ella tampoco se le habría ocurrido. Se trató de un error tonto pero trágico.

—Yo solo tenía veintitrés años. La pena y la culpa casi me destrozan. Me fui de Colorado después del funeral y volví a Nueva York. Tardé mucho tiempo en empezar a sentirme normal. Aún pienso en ello, en lo que pasó, cada día. —La mira, con cara de agitación—. Y luego te conocí, hace tres años, y empecé a sentirme vivo de nuevo. —Aparta la mirada—. Lo siento. No es justo para ti. Soltártelo de esta forma.

—No tienes que disculparte conmigo —responde ella—. Ojalá me lo hubieses contado antes, pero me alegra que lo hayas hecho. —Se pregunta por qué ha elegido el día de hoy para decírselo.

—No quería que esto formara parte de nuestra vida juntos. No quería que tú también tuvieras que cargar con esto. Debería ser yo el único que lo hiciera.

Ella extiende las manos, toma entre ellas su cara.

—Patrick, te quiero y siempre te querré. Tenemos dos hijitas preciosas. Lo que pasó es terrible y yo lo siento muchísimo. —Hace una pausa y, después, continúa—: No es que le esté quitando importancia alguna, pero forma parte del pasado. Tienes que olvidarlo, perdonarte. Estamos construyendo un futuro juntos.

Él la mira, pero su expresión sigue siendo lúgubre, y aparta los ojos para dirigirlos al suelo.

—Yo quiero dejarlo atrás. Dios sabe que ya he sufrido bastante por ello.

—Puedes dejarlo atrás. ¿Alguna vez has acudido a alguien, a algún psicoterapeuta, que te ayude con esto?

Niega con la cabeza y se sorbe la nariz.

—No.

—Quizá deberías —dice ella con ternura.

Él sigue mirando al suelo. Respira hondo.

—Hay un pequeño problema que debes saber.

Ella se queda callada, preocupada.

—Lindsey tenía una amiga, Erica. Hace poco se ha mudado cerca de aquí, a Newburgh. Se puso en contacto conmigo hace un par de días y quería que nos viéramos para tomar una copa.

—Bien —contesta Stephanie a la vez que recuerda el olor a alcohol del aliento de su marido y se pregunta, inquieta, en qué va a terminar esto.

—Me está amenazando.

9

Erica apoya la espalda dentro de su bañera, con el agua caliente hasta el cuello, y respira el aroma a lavanda. Su mente viaja hasta Niall. Es un hombre atractivo, sorprendentemente bueno en la cama. Ha disfrutado.

Se presentó al puesto de trabajo de Foote and Kilgour solo para asustar a Patrick; quería pillarlo por sorpresa. Pero surgió una innegable atracción entre ella y Niall en la entrevista. Además, no pudo evitar darse cuenta de que Niall está casado y con un hijo —había visto el anillo, las fotos de su mesa—, y la mayoría de los hombres casados, sobre todo los que tienen hijos, no quieren que sus mujeres se enteren si sacan un poco los pies del plato.

Sus pensamientos pasan a Patrick. Claro que ha dicho que no le va a pagar nada. Pero no hablaba en serio.

Stephanie mira a su marido, alarmada.

—¿Amenazándote con qué?

Él suelta un fuerte suspiro, con tristeza.

—Me ha amenazado con contarte lo que pasó y yo le he dicho que ya me encargaría yo de hacerlo. No tengo nada que ocultar.

Stephanie se queda en silencio y su desasosiego aumenta.

—Quiere dinero —confiesa él por fin—. Si no, dice que irá a la policía de Colorado para intentar que revisen el accidente de nuevo y tal vez reabran el caso.

—¿Qué? —pregunta, incrédula—. ¿Está tratando de chantajearte?

Patrick asiente con la cabeza.

—Sí.

—¿A qué se refiere con reabrir el caso? ¿Qué caso? —grita Stephanie mientras siente que un terrible nerviosismo la invade.

Él no la mira. Tiene otra vez los ojos fijos en el suelo.

—Fue un accidente y así lo declararon oficialmente, claro. ¡Nunca hubo ningún indicio de que fuera otra cosa! Pero ahora dice que puede acudir a ellos para que vuelvan a abrirlo. Dice que puede informarles de que..., que lo hice a propósito.

Stephanie está estupefacta. Apenas puede asimilar lo que está oyendo.

—¿Y por qué iba a hacerlo?

—¡Por dinero! Solo está tratando de asustarme para que le pague.

—Pero no puede hacer eso, ¿no? No puede pedir sin más que vuelvan a abrir el caso. Es absurdo.

—Claro que lo es. Está loca de remate, joder. —Entonces, la mira—. Y eso es lo que le he dicho.

—Pero... —Stephanie no sabe cómo expresarlo—. Pero... ¿puede hacer eso? ¿Hay algo de lo que tengamos que preocuparnos?

—No lo sé. —Parece más inquieto de lo que a ella le gustaría—. Solo lo hace porque sabe que tenemos dinero. De alguna forma, ha averiguado lo de tu herencia. De lo contrario, nunca habría aparecido por aquí.

Stephanie ha mantenido su herencia muy en secreto. ¿Cómo ha podido enterarse esa mujer?

—¿Tiene alguna base? —protesta Stephanie. Él se queda en silencio un largo rato. Sigue sin mirarla—. No puede alegar nada, ¿no?

—Claro que no, pero... ella dice que sí.

—¿El qué? —Siente que le falta el aire.

—Es demasiado ridículo.

—Cuéntamelo.

Él niega con la cabeza, como si todo aquello fuese un disparate.

—Dice que les va a contar que yo quería quitarme a Lindsey de en medio. —Ahora parece estar tremendamente incómodo. La mira con nerviosismo.

—¿Por qué iba a decirles eso, Patrick? —Stephanie empieza a sentir que se le revuelve el estómago.

Él traga saliva.

—Dice que les va a contar que yo estaba enamorado de ella, lo cual es un verdadero disparate. Yo lo sé y ella también. Pero dirá toda clase de mentiras si con eso puede sacar algo. —La mira con desesperación—. La verdad es que creo que podría tratarse de una sociópata, Stephanie. No tiene escrúpulos ni conciencia. A saber qué les puede contar, qué se puede inventar. Es evidente que solo quiere dinero, pero cuando habla es como si se creyera sus propias mentiras. Es toda una actriz.

A Stephanie se le queda la boca seca. Intenta tragar saliva.

—¿Cómo la conociste?

—Era la mejor amiga de Lindsey —responde Patrick.

—¿Y hasta qué punto la conociste?

Él la mira a los ojos antes de contestar.

—Yo era joven, solo un crío, la verdad, y muy estúpido. No quiero que pienses... —Vacila.

—¿Que piense qué? —Está nerviosa, con miedo a lo que él va a contarle. Cree saberlo. Él no responde. Ella insiste con aspereza—: ¿Te acostaste con esa mujer? —Su silencio es la única respuesta que necesita—. Dios mío. —Se levanta del sofá y se coloca delante de él, mirándole horrorizada—. Te acostaste con la mejor amiga de tu mujer y ahora dice que estabas enamorado de ella. ¿Lo estabas? ¿Estabas enamorado de ella? —Su tono es acusador.

En su balancín, Jackie empieza a llorar. Casi al instante, Emma la sigue. No les gusta oír a su madre hablar así.

—Me acosté con ella un par de veces —confiesa Patrick—. Eso fue todo. Estábamos borrachos. Éramos unos críos. No fue nada. ¡Nada! Y ahora cree que puede usarlo contra mí porque necesita dinero. —Se pone de pie y se pasa una mano con fuerza por el pelo—. Ella nunca había dicho nada antes. Porque sabía que aquello no significó nada. ¡Y sabía que fue un accidente! Sabía que yo estaba destrozado por lo que pasó. —Mueve una mano hacia su mujer, suplicante—. Tienes que creerme, Stephanie. Yo jamás te engañaría, si es eso lo que te preocupa. Ahora soy una persona distinta.

Pero los pensamientos de ella entran en una espiral. Engañó a su primera mujer. Le cuesta creerlo. Fue hace casi diez años, o eso piensa, pero ¿de verdad llega a cambiar una persona?

—Si alguna vez me engañas, te dejaré y me llevaré a las gemelas —dice con absoluta convicción y con voz fría.

Él la mira con sorpresa, como si le desconcertara su tono.

—De acuerdo. Eso ya lo sé. Nunca te voy a ser infiel, lo juro. Nunca lo he sido ni lo seré. No vayamos por ahí porque eso no va a pasar. A lo que tenemos que enfrentarnos ahora es a... esta situación.

Ella respira hondo. Le cuesta pensar con claridad porque sus dos hijas están llorando. Han tenido que levantar las voces por encima del estruendo. Se acerca a los balancines y vuelve a encender los temporizadores para que muevan de nuevo a las niñas. Eso las tranquiliza un poco. Después, se pasea por la sala de estar, invadida de repente por una energía nerviosa y agitada. Su agotamiento ha desaparecido. Se gira hacia él.

—¿Qué vamos a hacer? Si acude a la policía con sus mentiras, podría ser... —Ni siquiera se imagina lo que podría pasar—. ¡Te va a acusar de... asesinato! —exclama Stephanie con voz crispada—. Piensa en lo que eso podría suponer para nosotros, lo que nos puede causar a nivel personal, a nuestra reputación...

—Sería en Colorado, no aquí —contesta Patrick con voz tensa—. En el peor de los casos, yo tendría que volver a Colorado para dar mi versión, cosa que ya hice. En aquel momento me creyeron. No van a tomarla en serio ni van a reabrir el caso. Es muy difícil que nadie de aquí se entere nunca.

—Yo creo que eso es una ingenuidad, Patrick.

Su expresión se ensombrece.

—Joder. —Empieza también a pasearse por la habitación—. ¡No podemos permitir que se salga con la suya! ¡Son todo mentiras!

—¿Deberíamos hablar de esto con un abogado?

Patrick niega con la cabeza.

—Todavía no. Quizá ella se eche para atrás cuando vea que no le damos dinero.

Stephanie se queda pensando un momento, su respiración se ha vuelto más rápida y superficial.

—Has dicho que crees que puede ser una sociópata. ¿De verdad lo piensas?

—No lo sé.

—Si está loca, nadie va a escucharla.

Él resopla con fuerza.

—Pero no parece ninguna loca. Aparenta ser una persona completamente normal, pero yo sí sé que está mintiendo —dice. Y añade con tono vacilante—: No sé..., quizá deberíamos darle algo, solo para que se vaya.

—Ni hablar —responde Stephanie—. Si le pagamos una vez, volverá a por más. Nos estará pidiendo dinero el resto de nuestra vida. Nos dejará sin nada. —Tienen que enfrentarse a ella, pase lo que pase. Siente náuseas ante la perspectiva de lo que les espera—. No vamos a usar el dinero que mis padres ganaron con tanto esfuerzo para dárselo a una mujer que está tratando de chantajearte con algo que no has hecho. ¡Piénsalo, Patrick! Es una locura. No puedo creer siquiera que estés considerando pagarle nada.

—No, tienes razón —contesta Patrick, asintiendo.

—Quizá debería yo hablar con ella —propone Stephanie de repente.

Patrick la mira estupefacto.

—¿Por qué?

—Para que vea que te creo, que estoy de tu lado. Quizá eso la desaliente. Quizá yo pueda hacer que entre en razón.

Él niega con la cabeza.

—¡No! Con ella no se puede razonar. No quiero que se acerque a ti ni a las niñas. Es tóxica... y posiblemente peligrosa. —Y al cabo de un instante añade—: ¿Quién en su sano juicio se iba a inventar algo así?

10

Nancy Foote ha acostado a su hijo y ahora está recogiendo la ropa sucia para lavarla por la noche. Recoge la camisa que su marido se ha puesto ese día —la había lanzado sobre la cama, nunca se molesta en echarla al cesto— y un leve olor a perfume se desprende de ella. Se paraliza.

No. No sería capaz. No después de la última vez.

Incrédula, se acerca la camisa a la nariz y aspira. Un perfume de mujer, floral y exótico, muy ligero. Trata de convencerse de que eso no quiere decir necesariamente lo que ella cree. Quizá alguien del estudio se haya rociado hoy con perfume...

Pero Nancy no soporta que la mientan y tampoco va a engañarse a sí misma. No ha olido nada así en su marido ni en su ropa desde que le obligó a poner fin a su aventura con Anne O'Dowd.

Se deja caer en la cama, con el corazón acelerado ante el miedo a la traición. No se ha fiado de él desde que descubrió que la engañaba. Ha estado vigilándole, metiendo las manos en los bolsillos de sus pantalones y su chaqueta por la noche, buscando algún indicio —un recibo, una servilleta de bar, una nota...—, pero no ha encontrado nada. Por desgracia, no sabe cuál es la contraseña de su teléfono.

Se queda sentada en la cama con la sensación de que le falta el aire. No quiere volver a pasar por esto. ¿Debería decírselo? Sabe por experiencia que él lo va a negar. Lo hará hasta que ella encuentre una prueba irrefutable, como la última vez.

Le había dicho que le perdonaba por lo de Anne, pero no era verdad. No le había perdonado. Pero quiere seguir adelante con su matrimonio. Todavía le quiere y tienen un niño pequeño en quien pensar. Henry solo tiene cuatro años. No quiere ser una madre soltera que tenga que hacer planes los fines de semana alternos, recordarle a Niall que le pase la pensión, porque ya lo sabe..., tiene amigas divorciadas y conoce lo que pasa.

Esta vez va a ser más listo, más cauto. Porque él también quiere que su matrimonio sobreviva. En la anterior ocasión, él se había quedado completamente deshecho al darse cuenta de que su pequeña aventura podría costarle su matrimonio, su familia. Se había quedado destrozado. En eso no mintió.

Entonces, ¿por qué lo hace? ¿Por qué la engaña?

Patrick se mete en la cama justo después de la medianoche. Stephanie le ha dicho que se vaya mientras ella se queda sentada en el sofá con las gemelas, cada una de ellas enganchada a un pecho. Él sabe que estarán calladas mientras comen, pero poco después empezarán de nuevo los llantos y ella estará ocupada durante un rato más antes de que por fin se queden dormidas de tanto llorar. Esa es su rutina: él tiene un par de horas más por las noches y ella la siesta de la tarde. Los dos funcionan con unas seis horas de sueño y así ha sido desde hace varios meses. Con todo, al meterse ahora en la cama no puede dormir.

Han estado dando vueltas con las bebés en brazos toda la noche. Él estaba deseando acostarse, pero ahora que por fin lo ha hecho no puede apagar la mente. Darle dinero a Erica sería una estupidez. Tienen que hacerle frente, desafiarla. Pero ¿y si no se rinde? ¿Y si va a la policía y la toman en serio? ¿Lo harían después de tanto tiempo? Seguramente dudarían de ella por el hecho de que haya esperado tanto para acudir a ellos. Él les dirá que ha intentado chantajearle. Seguro que con eso terminaría todo. La verdad es que no tiene por qué preocuparse.

Pero, aunque no pase nada de eso, Erica ya ha hecho suficiente daño. Pudo ver la expresión de duda en la cara de su esposa, no por el accidente, sino por él. Había sido infiel a su primera mujer; podía ver en los ojos de Stephanie lo que estaba pensando: «¿Le sería infiel a ella?».

Se asustó cuando Stephanie propuso reunirse con Erica. No, no deben conocerse. Debe asegurarse de ello. Siempre ha sentido que Erica esconde algo peligroso. Quizá eso había formado parte de la atracción de tantos años atrás. Pero ahora tiene mucho más que perder. ¿Y si Erica va a su casa y empieza a escupir sus mentiras? Puede resultar muy convincente. Tiene que confiar en Stephanie. Confiar en que le quiere lo suficiente como para distinguir la verdad de las mentiras.

Por fin, consigue caer en un sueño agitado.

A la mañana siguiente, Nancy se sirve una taza de café y decide que no va a hacerse la tonta. Si su marido ha empezado a verse con otra, ella tiene que saber qué está pasando. Esta mañana, cuando Niall se ha ido a trabajar, iba silbando. Una mala señal; también solía silbar cuando se estaba viendo con Anne.

Ahora está sentada en la cocina con su móvil. Nunca se le ha dado muy bien la tecnología. Solo aprende lo que necesita y, aparte de eso, trata de evitar saber todo lo posible. No usa aplicaciones. Puede servirse de su ordenador, es bastante hábil con las redes sociales, pero no adopta las nuevas tecnologías con entusiasmo. Al contrario que su marido, que usa aplicaciones para todo y está enamorado de su resplandeciente Tesla Model X nuevo, con sus alas de halcón y sus prestaciones futuristas. A ella le da miedo conducirlo, la intimida. De todos modos, tiene su propio coche. Aun así, cuando él lo compró, en pleno ataque de entusiasmo, le había dejado una de las llaves para que la guardara en su cartera, le había instalado la aplicación en su teléfono y le había tratado de explicar cómo funcionaba, pero ella no le había hecho mucho caso ni había vuelto a echarle un vistazo desde entonces.

Ahora ha encendido su teléfono y pulsa sobre la aplicación de Tesla. La observa y ve que aparece en ella información valiosa. Puede ver que en este momento el coche de su marido está aparcado en el 111 de Bleeker Street. Está en su despacho. Se da cuenta de que puede abrir la aplicación en cualquier momento y ver exactamente dónde está su coche. Eso puede serle de utilidad.

Erica sale de su austero apartamento y sube a su coche. A pesar de lo que le ha dicho, duda que Patrick le haya contado nada a su nueva esposa. Siempre ha sido muy reservado. No, es probable que su mujer no tenga ni idea de nada. No sabe la que le espera cuando todo salga a la luz, si es que sale. Debería estarle agradecida, piensa Erica. Quizá él vaya a matarla a ella y a sus niñas algún día. Así es ese hombre. Erica se dice a sí misma que está haciéndole un verdadero favor a esa mujer.

Sale a la autopista en dirección a Aylesford, llena de curiosidad por Patrick y su nueva y pequeña familia. Ya sabe dónde viven, cómo son. Ha estado allí. Incluso estuvo viendo una casa que se vendía un par de puertas más abajo de la de los Kilgour en Danbury Drive. Es uno de los mejores barrios a las afueras de Aylesford, según las inmobiliarias. Sabe que tienen dinero. Hoy pasará una vez más por allí, por Danbury Drive. Echará otro vistazo a su nueva mujer.

Stephanie se despierta con un sobresalto. No tiene ni idea de cuánto tiempo lleva dormida, pueden ser diez minutos o varias horas. Mira el reloj digital para orientarse. Son las 14:37. Alguien la está llamando. ¿Quién es? Se incorpora pensando que se lo ha imaginado.

—¿Stephanie?

Reconoce la voz de Hanna que la está llamando desde abajo. ¿Qué hace Hanna en su casa? ¿Ha pasado algo? Stephanie se acuerda del fuego de la cocina, sale de la cama y va corriendo hacia las escaleras. No huele a humo. Ha bajado la mitad de los escalones cuando ve a Hanna en la entrada, con la puerta abierta de par en par detrás de ella.

—¿Qué haces aquí? —pregunta Stephanie, confundida.

Hanna la mira y ve su expresión de preocupación.

—He visto tu puerta abierta. He venido a ver si estabas bien.

Stephanie llega al vestíbulo. Creía haber cerrado la puerta con llave al volver de la compra, pero puede que no lo haya hecho. No se acuerda.

—Quizá me haya olvidado de cerrar —contesta, intranquila, llevándose una mano a la frente—. En serio, si estas niñas no empiezan a dormir pronto se me va a ir la cabeza del todo. —No le ha contado a Hanna lo del incidente de la cocina. No se lo ha dicho a nadie más que a su marido. Hanna solo tiene un hijo y sus hábitos de sueño son estupendos; podría juzgarla, aunque no fuera su intención.

—Siento haberte despertado —dice Hanna—. Me había preocupado. —Cierra la puerta.

—No pasa nada —responde Stephanie con una débil sonrisa y mirando confundida alrededor de la puerta. Ha dejado el bolso en el suelo, junto a la mesita estrecha de la entrada. Está segura de ello—. ¿Dónde está mi bolso? —pregunta mirando a su alrededor en busca de su bolso grande y negro.

Hanna recorre el vestíbulo con los ojos siguiendo la mirada inquieta de Stephanie.

—Lo he dejado justo ahí. —Es evidente que ya no está. Entra en la cocina y mira en la encimera y en la mesa. En el suelo. No ve su bolso por ninguna parte. Hanna ha entrado a mirar en la sala de estar y vuelve a salir.

—¿Puede ser que esté arriba? —sugiere Hanna.

Stephanie niega con la cabeza, pero sube las escaleras de todos modos, mira en su dormitorio, recorre rápidamente el pasillo y va a ver a las gemelas, que aún siguen durmiendo. Pero el bolso no está ahí tampoco. Se está preocupando. Empieza a pensar que alguien ha entrado en la casa y se ha llevado su bolso. Podría haberse llevado también a las niñas sin que se diera cuenta. Y ha sido por su maldita culpa por no haber cerrado bien la puerta de la calle. Y por haber dejado el bolso ahí mismo, en el suelo junto a ella.

—¿Cómo he podido ser tan tonta? —pregunta a Hanna, furiosa cuando vuelve a bajar las escaleras—. Tenía dentro mi cartera y mi documentación. ¡Todo! Voy a tener que renovar todos los documentos. —La simple idea del esfuerzo que va a necesitar es suficiente para desalentarla.

—No te culpes —le dice Hanna—. Deberías poder dejar la puerta sin cerrar con llave y no esperar que alguien pueda entrar a robarte el bolso.

—Has dicho que estaba abierta.

—Lo estaba cuando la he visto —admite.

—Patrick se va a enfadar. Se preocupa por mí —dice Stephanie—. Últimamente estoy muy despistada, se me olvidan las cosas.

—Yo te ayudaré a pedir tu nuevo documento de identidad —se ofrece Hanna—. Ya lo he hecho antes. Me robaron una vez el bolso en Nueva York.

Stephanie consigue contener su consternación.

—Gracias, Hanna. No sé qué haría sin ti. —Y, entonces, se da cuenta de otra cosa—. Tenía dentro una llave de repuesto de la casa. Voy a tener que cambiar las cerraduras.

Desea invitar a Hanna a una taza de café para contárselo todo, lo del pasado de Patrick y lo de la mujer que le está amenazando. Pero no puede. Debe mantenerlo en secreto. Aunque le parezca una carga demasiado pesada.

11

Stephanie está tratando de sacar el carrito doble del maletero. Ha estado lloviendo por la noche, pero ahora ha escampado y va a hacer un bonito día. Ni siquiera son las once de la mañana, pero lleva varias horas levantada. Ha tomado dos cafés para hacer desaparecer la niebla de su cabeza. Pero hoy es algo más aparte de la falta de sueño lo que la perturba, haciendo que se olvide de las cosas y se despiste mientras lo prepara todo para salir con las gemelas. Ella y Patrick están nerviosos, a la espera de tener de nuevo noticias de Erica Voss. Y Patrick se enfadó anoche cuando ella le contó lo del robo de su bolso. Insistió en que debía ser más cuidadosa y llamó de inmediato a un cerrajero.

Su agotamiento hace que todo le parezca más incontrolable y abrumador. ¿Cómo es que la vida puede deparar tantos imprevistos? No es más que una esposa y madre corriente, pero ahora ella y su marido están sufriendo un

intento de chantaje. El hecho de que Patrick hubiese engañado a su primera mujer ya era malo de por sí. Le costaba
creerlo. Pero todo lo demás...

Anoche hablaron de acudir a la policía de Aylesford.
Patrick no se mostró de acuerdo. Pero a ella le parece el
plan más sensato. Quizá puedan denunciar a esa mujer o,
al menos, ahuyentarla. Por ahora, han acordado que cuando Erica vuelva a ponerse en contacto, él le dirá que Stephanie lo sabe todo y que no van a darle nada de dinero. Quizá así se marche.

No se separa de su teléfono, a la espera de tener noticias de él.

Las niñas están vestidas con sus preciosos conjuntos
a juego. Tiene que salir de casa. Lo mejor es ir a dar un
paseo y tomar el aire, enseñarle a Jackie y Emma las mari-
posas y las flores y, luego, hacer una parada en el parque
de al lado. Allí se sentarán sobre una manta junto al arenero con los juguetes que lleva y hará lo posible por entrete-
nerlas. La mayoría de las veces se encuentra en el parque
con algún conocido, cosa que normalmente espera que
pase. Pero no está segura de querer ver a nadie hoy. No
puede contarle a nadie lo que le está pasando, ni siquiera a
Hanna, su mejor amiga.

Mete a las bebés en el carrito, les abrocha los cintu-
rones y cierra la casa con llave. A continuación, mira a las
niñas con una sonrisa y las acaricia por debajo de la barbi-
lla, sin dejar de hablarles mientras empuja el carrito por la
acera. Luego, saca su teléfono móvil, hace una bonita foto
de las gemelas en el carrito y se la envía a su marido.

Él no responde. Quizá esté en una reunión. Se imagina lo difícil que le debe de resultar concentrarse en el trabajo con todo lo que está pasando.

Cuando por fin llega al parque, hay un par de madres más sentadas en mantas bajo los árboles con sus bebés mientras sus hijos mayores juegan en el arenero que está al lado. Nadie a quien conozca, salvo de vista. Saca a las bebés del carrito y las deja en la manta. Tiene que mantenerlas vigiladas, pero echa un rápido vistazo a su teléfono. No ha tenido noticias de Patrick y se está poniendo cada vez más nerviosa. ¿Ha sabido algo de Erica? Le había amenazado el miércoles y ya es viernes. ¿Está tratando de hacerles sufrir?

Oye una señal en el teléfono y mira rápidamente.

No sé nada de ella. Te mantendré informada.

Aparta el teléfono con desagrado. Piensa que deberían ir a la policía. Son ciudadanos decentes víctimas de un intento de delito. Patrick no ha hecho nada malo. La policía de aquí no va a tener interés por reabrir un caso de Colorado. Piensa que es la mejor opción.

—Qué adorables —dice una mujer a la vez que se sienta junto a ella en el borde del arenero.

Stephanie la mira saliendo de sus pensamientos.

—Ah, gracias —responde con una sonrisa ausente. Le dicen eso muchas veces, especialmente por ser gemelas, pero ninguna mujer se cansa nunca de oír a una desconocida decir que sus hijas son adorables. La mujer le parece familiar.

—¿La conozco? —pregunta.

—No, no lo creo. No..., espere..., creo que la vi ayer en la tienda. En la cola de la caja.

—Ah, es verdad. Ahora me acuerdo —responde Stephanie.

—Usted compró pañales y chocolate negro —dice la otra mujer.

Stephanie se sorprende un poco de que la otra mujer se fijara en lo que había comprado.

—¿Qué tiempo tienen?

—Cuatro meses y medio, casi —responde Stephanie mientras se pregunta distraída dónde estarán los hijos de esa mujer. No parece que haya ido con ninguno. Entonces, ¿por qué está en el parque infantil? Es muy guapa, con el pelo rubio recogido en una coleta, vaqueros ajustados y una elegante blusa. Stephanie se da cuenta, de repente, de que va despeinada, de las manchas de su camiseta y de que sigue llevando vaqueros de premamá. Aún le queda tiempo para volver a recuperar su figura y, por un momento, siente una punzada de celos, incluso de remordimiento, mientras contempla a esa atractiva y esbelta mujer que tiene delante. Pero, a continuación, mira a sus hijas y ya no le importa su aspecto. Merece del todo la pena con tal de tener a Emma y a Jackie. Lo son todo para ella. Así que ¿qué más da si ha engordado unos kilos?

—Tener gemelos es bonito —dice la mujer.

Stephanie asiente.

—Sí, el doble de bonito y el doble de agotador —responde con tristeza.

—Mi hermana tiene gemelos —comenta la mujer—. Su marido es abogado y dice que es como cumplir dos condenas de forma simultánea en vez de consecutiva.

Se ríen.

—¿Vive por aquí? —pregunta Stephanie, curiosa.

—Todavía no. Mi marido y yo estamos buscando. Se me ha ocurrido dar una vuelta para ver el barrio, las tiendas y pasar por los parques y las cafeterías antes de comprar. No creo que sea bueno enamorarse de una casa sin saber en dónde se está metiendo una, tener una visión más amplia.

—Desde luego. —Stephanie está de acuerdo, aunque eso mismo fue lo que ellos hicieron: ver la casa, enamorarse de ella y creerse a pies juntillas todo lo que el agente inmobiliario les contó sobre el barrio. Por suerte, están contentos aquí.

—¿Cuánto tiempo lleva viviendo aquí?

—Unos dos años —contesta Stephanie—. Nos mudamos justo después de casarnos. —Se da cuenta de que la otra mujer no lleva anillo de casada.

—¿Y le gusta esto?

—Sí, nos encanta. Es estupendo.

En ese momento, la otra mujer saca su teléfono y la expresión agradable parece desaparecer por un momento de su rostro mientras escribe un breve mensaje.

—¿Algún problema? —pregunta Stephanie con tono suave.

—No. La verdad es que no —responde la mujer antes de volver a levantar la vista, sonriendo, mientras suena su teléfono—. Nada que no pueda arreglar.

Patrick no puede dejar de pensar en Erica y en su situación. Se le cuela en la mente a cada minuto, incluso en medio de una conversación con un cliente. Mira sus mensajes de forma obsesiva, pero no ha tenido noticias de Erica. Tiene que encargarse de esto. Acabar con ello de una vez.

Por fin, recibe un mensaje de Erica.

Llámame.

Se queda mirando el teléfono. Se da cuenta de que está apretando la mandíbula; todo el cuerpo se le ha puesto en tensión. ¿Es eso lo que debe hacer? ¿Se va a atrever a desafiarla? Sufre un terrible momento de duda. Es la palabra de ella contra la suya. Y es una gran mentirosa.

La llama a su móvil.

—¿Erica?

—Sí.

—Le he contado todo a Stephanie. Y está de acuerdo. No vamos a darte nada.

Espera su respuesta. Cuando llega no es la que esperaba.

12

Ella corta la llamada. A continuación, él recibe un mensaje de texto.

Estoy en el parque, hablando con tu mujer. Las gemelas se parecen a ti.

Patrick siente un mareo, como si la sangre no le llegara a la cabeza. Por un momento, no puede pensar. Después, la mente se le aclara y los pensamientos llegan a toda velocidad. ¿Sería capaz Erica de hacer daño a Stephanie y las niñas? No es una mujer violenta, por lo que sabe. Pero sí que es manipuladora. Sabe que esto le fastidia. Por eso lo ha hecho. Debe de haber seguido a Stephanie cuando ha salido de casa. Patrick se da cuenta de que su respiración es irregular y se dice a sí mismo que debe calmarse. Respira hondo, inhalando y expulsando el aire, y lo repite a la vez que mira el mensaje y trata de decidir qué hacer.

El teléfono vuelve a emitir la señal de un mensaje.

Estoy convencida de que tu mujer y yo podríamos ser amigas.

Y adjunta al texto va una foto. De Stephanie y las niñas, sentadas en una manta. Stephanie está girada, sosteniendo a una de sus sonrientes bebés, probablemente sin saber que le están haciendo una foto. ¿Sabe Stephanie con quién está hablando? Envía rápidamente un mensaje a su mujer.

Es ella. Estás hablando con Erica. Acaba de enviarme una foto tuya. ¡Coge a las niñas y aléjate de ella!

Pero no obtiene respuesta. No saber nada le está poniendo muy nervioso. Le había dicho a Stephanie que estuviese atenta al teléfono. ¿Está demasiado ocupada con las gemelas o es que ha pasado algo? Se dice a sí mismo que el parque debe de estar lleno de gente a esas horas. No puede pasarle nada a su familia a plena luz del día.

Pero el silencio de las dos le está volviendo loco. Por fin, pulsa el acceso directo para llamar a Stephanie. Oye que el teléfono suena sin parar. Está empezando a entrar en pánico cuando su mujer contesta. Parece estar sin aliento.

—¿Qué está pasando? —pregunta él, frenético.

—¿Qué? ¿Qué ocurre? —responde ella con tono normal, pero a la defensiva—. Solo estoy metiendo a las niñas en el carrito.

Él baja la voz.

—La mujer que estaba contigo, ¿sigue ahí?

—No, se acaba de ir. ¿Cómo sabes lo de la mujer?

Patrick cierra los ojos.

—Era Erica.

Stephanie se gira y mira en la dirección en que se ha ido la mujer rubia apenas unos segundos antes. Ya no la ve.

Mientras Patrick le explica todo, ella siente un escalofrío.

—¿No te ha dicho quién era?

—No —responde Stephanie con voz apagada—. Ha estado charlando conmigo sin más y, después, ha recibido una llamada. —Le perturba saber que ella estaba ahí con Jackie y Emma mientras su marido hablaba con su extorsionadora sin que ella fuera consciente siquiera—. Parecía muy agradable —titubea Stephanie.

—No es agradable, Stephanie —dice Patrick con firmeza—. Está intentando jugar con nosotros.

—Ya la había visto antes. Ayer..., estaba en la tienda y ella estaba en la cola detrás de mí. —Y añade—: Incluso se acuerda de lo que compré.

—Dios mío —susurra Patrick.

—Tengo que llevar a las gemelas a casa para darles de comer. He de irme —dice Stephanie con voz agitada.

—Vale. Te avisaré si vuelvo a saber de ella.

Stephanie ata a las niñas al carrito mientras lanza miradas nerviosas hacia atrás. La mujer de la que Patrick está convencido que era Erica parecía completamente inofensiva. Pero hay personas que pueden parecer inofensivas y ser todo lo contrario. No se puede juzgar a la gente por las apariencias, te pueden engañar. Empuja el carrito con rapidez por la acera, deseando llegar a casa y meterse dentro, donde podrá cerrar la puerta con llave. Piensa angustiada en cómo están las cosas. Patrick le dijo a Erica que no le iba a dar dinero mientras estaba a dos metros de su mujer y de las niñas. Stephanie está más segura que nunca de que deberían ir a la policía.

Cuando llega a casa, da de comer a las niñas, las cambia y las acuesta para que duerman, está demasiado agitada como para meterse en la cama. En lugar de ello, entra en la sala de estar, abre su ordenador portátil y hace algo que no se ha atrevido a hacer hasta ahora. Abre el buscador de Google y no tarda mucho en encontrar lo que busca. Hay un artículo de un periódico de Denver.

UN TRÁGICO ACCIDENTE ACABA CON LA VIDA DE UNA MUJER EMBARAZADA

10 de enero de 2009

Un trágico accidente le ha costado la vida esta mañana a Lindsey Kilgour, de veintiún años, en la ciudad de Creemore, Colorado. El juez de instrucción del condado de Grant ha declarado que la mujer, que estaba embarazada de ocho meses, ha muerto por intoxicación de monóxido de carbono. Se encontraba dentro del coche con el motor encendido mientras su marido, Patrick Kilgour, apartaba del vehículo la nieve caída recientemente. La pareja se dirigía a visitar a su familia en Grand Junction.

El marido vio que su mujer estaba inconsciente y llamó a emergencias. El personal sanitario trató de reanimar a la víctima en el mismo lugar, pero sin éxito.

Se ha determinado que la causa de la muerte ha sido accidental. El monóxido de carbono es un gas incoloro e inodoro que puede matar en pocos minutos. Las autoridades nos recuerdan de nuevo los peligros de permanecer dentro de un vehículo en marcha rodeado de nieve, sobre todo en épocas de fuertes nevadas, y que hay que asegurarse de que el tubo de escape no está bloqueado, pues el gas mortal puede entrar a través del suelo del vehículo.

Stephanie está paralizada. Y lo peor de todo es que hay fotografías. Una es del pequeño coche en medio de la nieve, con una gruesa capa sobre el capó. Se queda mirándola. La primera esposa de su marido murió en ese coche. Siente un escalofrío por la espalda. Pero es la segunda foto, más grande, la que mira con más detenimiento. Es un retrato de su marido. Está borrosa, pero es un primer plano, con un gesto de dolor en el rostro. Parece mucho más joven, más delgado, con el pelo más largo, pero no hay duda de que es él. Por un momento, se siente abrumada al verlo mientras digiere su evidente dolor.

Stephanie apoya la espalda en la silla. No tenía ni idea. Aunque no es muy aficionada a las redes sociales, había buscado el nombre de su marido una vez, cuando estaban empezando a salir, claro. Pero había tantos Patrick Kilgour que dejó de buscar de inmediato. Vuelve a escribir su nombre en el buscador. Tiene que pasar por varias páginas antes de encontrar de nuevo la noticia.

Mira una vez más la foto de su marido. Esa expresión, esa imagen granulosa en blanco y negro la perseguirá ahora durante el resto de su vida.

No puede contenerse y busca más. Encuentra otros artículos con las mismas fotos del coche y de su marido. Pero en algunos aparece también una fotografía de su primera mujer, sonriendo a la cámara. Y lo que llama la atención a Stephanie de esta foto es que parezca tan feliz.

13

Niall sabe que algo está pasando. Patrick, su socio, tiene algún problema y cree que se trata de algo más que los cólicos de sus gemelas. Recuerda una conversación reciente.

Patrick se había dejado caer en la silla enfrente de la mesa de Niall con aspecto de estar a la vez tan nervioso como profundamente agotado. Se había disculpado por su mal rendimiento de las últimas fechas, especialmente por la deslucida reunión con el cliente esa misma semana. Le echó la culpa a la falta de sueño, dijo que la mitad del tiempo se sentía como si caminara entre una neblina debido al tremendo cansancio.

—¿No puede Stephanie encargarse de las bebés? —preguntó Niall—. Al fin y al cabo, ha dejado su trabajo y está con ellas en casa, ¿no?

Patrick le lanzó una mirada incisiva que Niall no se molestó en interpretar. Vale, quizá estaba siendo duro con él y su propia esposa le habría dado una patada en la espinilla por decir aquello, pero no podían permitirse cometer errores. Últimamente, el rendimiento de Patrick preocupaba a Niall. Habían sacado adelante un buen negocio durante los últimos cuatro años y no quería perderlo todo ahora.

—Tú no sabes lo que es tener gemelas —dijo Patrick—. Tu hijo nunca tuvo ningún cólico.

Eso era verdad. Niall tenía un hijo de cuatro años y habían decidido no tener más. Henry no había sido un bebé difícil. Nancy se había quedado en casa para encargarse de él de modo que Niall pudiese concentrarse en el trabajo. Resultaba evidente que las cosas eran un poco diferentes en casa de Patrick. Pero a Niall le frustraba no poder hacer nada al respecto.

Decidió encararlo de una forma más amable.

—Sabes lo importante que eres para este negocio, Patrick —dijo—. Los dos necesitamos que estés en plena forma.

—Lo sé —admitió Patrick—. Yo..., veré qué se me ocurre.

Y lo dejaron ahí, sin ningún plan concreto para solucionar el problema.

Ahora Niall está completamente inmóvil sobre su mesa de dibujo. Acaba de oír a Patrick hablando por teléfono, en voz muy alta, como si estuviese discutiendo con alguien. Le ha oído claramente decir: «¿Qué está pasando?». Niall se ha quedado de piedra, escuchando. Pero, después, Patrick ha bajado la voz y ya no ha podido oír más.

Asoma la cabeza en el despacho de Patrick.

—¿Va todo bien?

—Sí, todo bien —contesta Patrick. Pero parece consternado y como si estuviese intentando que no se le note.

—Me ha parecido oír que discutías con alguien por teléfono —insiste Niall.

—Ah, eso —responde con una leve carcajada—. Solo hablaba con Stephanie. Las dos niñas estaban llorando y no me oía. A veces, puede resultar un poco frustrante.

—Vale —dice Niall antes de regresar a su despacho. Se vuelve a preguntar si está pasando algo más, si Patrick le está ocultando algo.

Patrick no es el único por aquí que guarda secretos, piensa mientras en su mente aparece Erica y su imagen tumbada en la cama, desnuda sobre las sábanas. Desea verla de nuevo. Ella sabe que está casado y no le importa. Solo tiene que asegurarse de que Nancy no se entere.

Solo supo lo de Anne porque no había tenido cuidado. No volverá a cometer ese error.

Patrick coge la chaqueta y sale del estudio. Siente como si Niall le estuviese vigilando, lo último que necesita ahora mismo.

Patrick está angustiado y descentrado, incapaz de concentrarse en nada que no sea su problema inmediato. Tiene que ir a ver cómo está su familia. De repente, la necesidad de verlas, saber si están bien, le abruma. Camina rápidamente hasta donde ha aparcado su Audi.

«Estoy convencida de que tu mujer y yo podríamos ser amigas». Ese pensamiento hace que se le hiele la sangre. Estaba sentada a pocos centímetros de Stephanie y las gemelas cuando le envió el mensaje para que la llamara. Había supuesto que podría negarse a darle dinero y estaba ejerciendo más presión. Podía mentir a Stephanie, decirle que se habían estado acostando en alguna habitación de hotel. Erica está jugando con él, haciéndole ver que puede hacer saltar por los aires todo su mundo si quiere.

Se recuerda a sí mismo que Erica solo quiere dinero. No va a hacer daño a su familia.

Sale del aparcamiento y va hacia su casa lo más rápido que puede. De repente, suena su teléfono. Lo mira y ve que es otro mensaje de Erica. Siente, de repente, sus manos sudorosas sobre el volante. Se desvía en cuanto puede, en una gasolinera, y detiene el coche. Se queda inmóvil un momento, respirando profundamente, antes de abrir el mensaje. Ahora le tiene un poco más de miedo. De lo que pueda decir o hacer. La mandará al infierno. Le dirá que va a ir a la policía.

Lee el mensaje.

Vamos a vernos. Ahora.

A él no le gusta nada el tono autoritario de ella. Quiere mandarla a la mierda. Responde:

No puedo. Estoy ocupado.

Ella contesta de inmediato:

Estaré en el parque a los pies del puente elevado en veinte minutos.

Esto es una mierda. Una verdadera mierda. Golpea las manos contra el volante y siente que el dolor le sube por los brazos. ¿Qué va a hacer ahora? Nunca antes le habían chantajeado. ¿Qué opciones tiene? Podría ir a la policía y decirles que Erica está amenazando y acosándolos a él y a su mujer. Podría llamar ahora mismo. La policía podría verla en el parque. Pero ¿qué pasaría después?
Su teléfono vuelve a sonar.

Hay algo que debes saber.

En cuanto lee el mensaje asume que va a ir a verla.

14

Erica deja el teléfono y se mira en el espejo retrovisor. Está bastante segura de que Patrick va a aparecer y quiere tener el mejor aspecto posible. Se suelta la coleta y se cepilla el pelo. Se pinta de nuevo los labios. Tiene mucha mejor apariencia que su actual esposa. No es culpa de Stephanie. Acaba de dar a luz y se tarda un tiempo en recuperar la presencia después de haber sido madre. Está segura de que Stephanie es una mujer atractiva, solo que ahora mismo no lo parece.

Piensa en cuando fue a ver a su hijo antes de irse de Denver para mudarse a Newburgh. Había pasado años sin verlo, desde que había nacido. Pero necesitaba tener una fotografía actual. Así que había estado vigilando la casa y, después, había seguido a la familia desde cierta distancia una tarde que fueron al parque. Por suerte, el niño se parece mucho a su padre. Le había hecho una buena foto, la había impreso y se la había guardado en la cartera.

Se acerca con el coche al puente elevado, aparca, va caminando hacia el río y se sienta en un banco donde se la puede ver con facilidad. Sabe exactamente lo que va a decir.

Patrick da vueltas con el coche durante unos minutos, para hacer tiempo. No quiere regresar a su despacho, aparcar de nuevo y volver a salir a pie. Puede que Niall se pregunte qué es lo que pretende. Irá con el coche hasta el puente y lo dejará en algún lugar cercano.

Aparca en una bocacalle y va caminando en dirección al río. Su cuerpo está rígido por la tensión. Hay un pequeño parque a los pies del puente peatonal elevado que cruza el Hudson en dirección a las montañas de Catskill. A veces, Stephanie y él se sientan en los bancos que hay ahí para disfrutar de las vistas con un helado. Esto le va a quitar las ganas de volver a hacerlo.

Cuando entra en el parque, la ve de inmediato. Está sentada en un banco, con los ojos fijos en el río. No le busca con la mirada; es como si supiera que se va a sentar a su lado, como un perro bueno. Eso hace que la sangre le hierva. Le ha dicho que no va a darle dinero. ¿Qué pasa ahora?

Como un autómata, se acerca hasta ella y se sienta a su lado en el banco. No soporta mirarla a la cara, así que, en lugar de ello, dirige la mirada también al río. Parecen dos espías que fingen no conocerse —piensa— y que están a punto de realizar alguna misión. Es surrealista.

—Me alegra que hayas podido venir —dice ella.

Por fin, él la mira. Parece tan inocente, con su bonita piel, su pelo rubio, sus ojos azules, su sonrisa serena. Casi angelical. Él sabe que no es así. Un destello de algo carnal surge en su recuerdo y revolotea en su mente. Se arma de valor antes de hablar.

—No sé cómo metértelo en tu dura cabeza. No te tengo miedo. No vamos a darte dinero. Esta es la última vez que te veo. —Ella le sonríe—. Si no lo dejas, iré a la policía. Te arrestarán por intento de chantaje.

—No lo creo. No cuando oigas lo que te voy a decir.

En ese momento, se gira hacia ella.

—¿Qué es lo que crees tener? —pregunta entre dientes—. ¿Qué te hace pensar que vas a conseguir que revisen un caso que ya está cerrado? ¡Fue un accidente! Todo el mundo lo sabe. No puedes cambiarlo por mucho que quieras. Nunca se dudó de que pudiera ser otra cosa.

—Pero no lo saben todo —responde ella—. No saben que tenías un motivo para matar a tu mujer.

—¡Un motivo! ¿Cuál? ¡No puedes estar hablando en serio!

—Pues estoy hablando completamente en serio —contesta ella en voz baja.

El corazón de Patrick late con fuerza. Está dispuesta a seguir con esto. No puede creerlo.

—¡Es imposible que pienses que por haberme acostado contigo solo por diversión iba a asesinar a mi mujer de forma deliberada! Nadie te va a creer. —Ha bajado la voz, pero nota la desesperación que hay en ella; sabe que tiene que calmarse. No debe dejar que Erica vea lo nervioso que está.

—Quizá no fuese solo por diversión, como dices —responde ella con tono malicioso.

Él siente un escalofrío en la espalda. Va a hacer que parezca algo más de lo que fue.

—Eres una zorra mentirosa —responde él con vehemencia—. Es tu palabra contra la mía.

Erica mete la mano en el bolso, saca la cartera y, de ella, una pequeña fotografía.

—Lo que no sabes es que tuve un hijo. Es tuyo. —Levanta la foto de un recién nacido con un gorro azul de croché. Él la mira horrorizado y, a continuación, a ella, estupefacto.

—¿Qué? —Es incapaz de asimilarlo. Debe de ser otra mentira—. Eso es imposible.

—¿Por qué va a ser imposible? Nos acostamos. —Se inclina ahora hacia él—. Y, si lo recuerdas, lo pasamos muy, muy bien.

Él se aparta.

—Estás mintiendo. No tuviste ningún hijo.

—¿Cómo lo ibas a saber? Huiste de Colorado lo más rápido que pudiste. Pero sí, unos ocho meses después di a luz a un niño perfectamente sano.

—No es mío.

—Yo sé que lo es.

—No puedes demostrarlo —dice, pero inmediatamente se da cuenta de su estupidez y de que está equivocado. Claro que puede demostrarlo. Le puede obligar a someterse a una prueba de paternidad. Su temor aumenta y amenaza con aplastarle.

—Tiene ya casi nueve años. —Coge la foto del niño, la devuelve a su cartera y saca otra. Se la pasa.

Patrick la coge vacilante. Es la imagen de un chico de ojos y pelo oscuro y una sonrisa torcida. Un niño guapo. Su angustia se dispara. Ese niño se parece muchísimo a él cuando tenía su edad.

Se aleja de ella, agitado. Es una noticia terrible, la peor posible. Puede que sí tenga un hijo. Un hijo de nueve años. Con ella, una zorra mentirosa y manipuladora. Si es que es suyo. Pero sabe que es bastante posible que sí lo sea. Las fechas coinciden. La foto resulta convincente, pero ¿y si no existe ningún hijo y esto no es más que otra mentira?

—¿Por qué no me lo dijiste entonces?

Ella mira hacia el río.

—Tenía miedo de hacerlo. Después de que Lindsey muriera, pensé..., y lo sigo pensando..., que la habías matado a propósito. Para que pudiéramos estar juntos. Lo hablamos, ¿te acuerdas?

—No —responde él negando con la cabeza, incrédulo. Jamás habían hablado de eso. Entre ellos no hubo más que sexo—. Eso es una completa gilipollez.

—Hablamos de estar juntos —insiste ella—. No de matarla. Yo pensaba que querías divorciarte.

Nota en su cabeza un molesto zumbido. Siente que le cuesta respirar.

—No. No fue así —responde, horrorizado—. ¡Te lo estás inventando!

Ella le mira con los ojos entrecerrados.

—Claro, eso lo dices ahora.

El corazón de Patrick late a toda velocidad. Tiene miedo.

—Yo creía que la habías matado para estar conmigo —repite—. Eso provocó algo en mí, me destrozó de verdad. Y yo acababa de perder a una buena amiga. No soportaba mirarme ni soportaba mirarte a ti. Me sentía culpable por lo que habías hecho.

«Parece de lo más convincente», piensa él mirándola horrorizado. Cualquiera podría creerla. Un jurado lo haría. Ahora está completamente aterrado. Traga saliva, con la boca seca, antes de hablar.

—Yo no la maté. ¡Fue un accidente y lo sabes! Te lo estás inventando. Nunca te has sentido culpable por nada.

Ella le mira con los ojos bien abiertos y sonríe.

—Pero es que no te creo, ¿sabes? —dice con tono remilgado—. Esta idea me ha rondado siempre en la cabeza.

—¡Tonterías! Entonces, ¿por qué has esperado tanto tiempo? Has acudido a mí solo porque quieres dinero. Todos lo verán así.

Ella niega con la cabeza.

—Yo era joven y tonta y tenía miedo después de lo que había pasado. Miedo de que pudieran pensar que yo también había participado. Sabes bien lo que estábamos haciendo. Me acababa de enterar de que iba a tener un hijo tuyo. Incluso tenía miedo de lo que pudieras hacerme, porque yo ya sabía lo que habías hecho. Y sabía que eras listo. Al fin y al cabo, saliste impune.

Casi parece estar creyéndose sus propias mentiras. Él se da cuenta de que tiene las manos apretadas y se obliga a abrirlas. Le encantaría retorcerle el cuello.

—Así que me fui y tuve el niño —continúa ella—. Pero ahora soy mayor y no tan tonta. He tenido tiempo para pensar. Tengo una oportunidad y pienso aprovecharla. Y ya no te tengo miedo.

—¿No? Pues quizá deberías. —No tiene intención de amenazarla, simplemente se le ha escapado.

Ella le mira como si le estuviese evaluando.

—Sí, quizá debería.

—Entonces, ¿es por esto? ¿Quieres que te ayude con el niño? Joder, ¿por qué no lo habías dicho? Podríamos haber pensado en algo. No tienes por qué inventarte todo eso de lo que pasó con Lindsey.

—No me estoy inventando nada —insiste ella—. Solo digo la verdad.

—Eres una mentirosa de mierda —responde él con tono mordaz.

—Yo creo que a la policía le gustaría tener toda la información, ¿tú no?

Se quedan mirándose un momento. Él tiene que dejarle las cosas claras.

—Ya te lo he dicho. No vamos a darte nada de dinero. Stephanie lo sabe todo. Sabe que yo nunca le haría daño a nadie y es muy tacaña con su dinero. —Respira hondo y deja escapar el aire—. Mira —continúa, tratando de parecer razonable, lo cual le resulta difícil porque está rabioso—. Un niño lo cambia todo. Si es mío y puedes demostrarlo, pagaré lo que sea conveniente para su mantenimiento. De mi propio sueldo.

Ella se queda mirándolo.

—¿Vas a contarle a tu mujer lo de nuestro hijo?

Él se encoge al oír las palabras «nuestro hijo». Se contiene para no responderle como pensaba hacerlo.

—Se lo contaré todo a Stephanie.

Ella suelta un bufido con sorna. Él lo deja pasar.

—No entiendo por qué haces esto —dice con desesperación—. Yo no maté a Lindsey a propósito. Y aunque quisiera darte dinero, no podría. No sin que Stephanie se entere y ella nunca va a aceptarlo.

—Tienes que encontrar un modo. Quiero doscientos mil dólares. En efectivo.

Él se queda boquiabierto sin poder creérselo.

—Eso no va a pasar. —Niega con la cabeza—. Por última vez: yo no la maté... ¡Fue un accidente! —Lo dice siseando y unas gotitas de saliva escapan de su boca.

Ella espera a que se calme y contesta con tono sereno:

—Si tu mujer muriera, tendrías mucho dinero.

Él la mira, estupefacto, mientras el silencio se alarga.

—No puede ser que estés sugiriendo que asesine a mi mujer —dice en voz baja.

—Ya lo hiciste antes —responde ella con frialdad—. No finjas que no lo has pensado.

—Se te ha ido la cabeza —replica él. Aprieta de nuevo las manos con fuerza—. ¡Eres una puta psicópata!

—Mira quién fue a hablar —contesta ella dejándole mudo. La mira, horrorizado. Un momento después, ella vuelve a hablar con un tono más razonable —: Si tuviese un accidente mortal, sería todo mucho más fácil... para los dos.

Patrick continúa sin apartar los ojos de ella, sin pestañear.

—Mantente alejada de mi mujer o iré a la policía —espeta por fin con voz temblorosa por la rabia y el miedo.

—No lo harás.

El silencio se impone entre ellos mientras él va asimilando lo espantoso de su situación.

—Recibiste dinero del seguro —dice ella por fin—. ¿Qué? ¿Pensabas que no lo sabía? Doscientos mil dólares. Hace nueve años eso era bastante dinero para alguien con poco más de veinte años. Suficiente para volver a Nueva York y empezar de nuevo. Suficiente quizá para poner en marcha un negocio.

—Eres una verdadera zorra —susurra Patrick con gesto retorcido por la emoción.

—Yo creo que eso le va a interesar a la policía, ¿tú no? Y les interesará saber qué pasó entre nosotros.

—¿Cómo sabes lo del seguro? —le espeta él lleno de rabia.

Ella le responde con otra pregunta:

—Dime una cosa: ¿quién contrata un seguro de vida para su joven esposa por esa cantidad de dinero?

—Estábamos a punto de tener un hijo —protesta, lleno de furia—. Mi padre trabajaba en seguros. Siempre dijo que las familias jóvenes debían tener un seguro de vida.

—Exacto.

Intenta calmarse para recuperar el control.

—Oye, si es verdad lo que estás diciendo de este niño, algo se me ocurrirá. —La mira con ojos penetrantes—. Pero mantente alejada de mi mujer.

Ella no responde. Se levanta del banco, le da la espalda y se va.

Él ve cómo se aleja con una sensación de náuseas en el fondo del estómago. Se da cuenta de que se encuentra entre la espada y la pared y que es Erica quien le ha puesto en esa situación.

15

Las gemelas siguen aún durmiendo su siesta y Stephanie está tumbada en la cama a oscuras en su habitación. Aunque está agotada, no se queda dormida. Su mente no para de dar vueltas. Ve las fotografías en su imaginación: el coche casi enterrado por la nieve; la mujer sonriente de pelo oscuro; la imagen más joven y angustiada de su marido. Todo eso pasó hace mucho tiempo, pero para ella es nuevo. Ha estado ahí, en internet, todo ese tiempo. Ha estado en la mente de su marido —«Aún pienso en ello, en lo que pasó, cada día»— sin que ella lo supiera. Eso hace que se pregunte qué más cosas desconoce de él.

Nunca le ha presionado con el tema de la muerte de su primera esposa. Sabía que había habido un accidente. Él le había contado que había muerto en un accidente de coche, pero nada más. Había notado que Patrick no quería hablar de eso y ella no había insistido. Se lo contaría cuando estuviese preparado.

Nunca le ha contado que había engañado a su primera esposa. ¿Por qué? Sabe muy poco sobre su vida anterior. ¿Cómo fue ese matrimonio? ¿Debería preguntarle? Ahora siente mucha curiosidad por ese anterior matrimonio. ¿Era el presagio de algo? ¿Le sería infiel a ella?

Piensa en Erica esa mañana en el parque, en lo atractiva que es y en lo guapa que debía de ser cuando Patrick se acostaba con ella. De repente, desea haber podido saber que la mujer que estaba hablando con ella junto al arenero era Erica, que su marido había sido su amante. Podría haberle hecho alguna pregunta. Esa mujer sabe de su marido cosas que ella ignora.

Está enfadada con Patrick por haber traído esto a sus vidas. Nunca debería haber engañado a su primera mujer. Así no se encontrarían en esta situación tan desagradable. ¿Quién sabe las mentiras que iba a contar Erica? Hoy en día, la gente parece estar dispuesta a creerse casi cualquier cosa: cuanto más extravagante sea la mentira, más crédula parece ser la gente.

Se da la vuelta en la cama, mareada. A los medios de comunicación les encantaría una historia así. Una aventura extramarital, un posible asesinato disfrazado de accidente, un chantaje... No los dejarían en paz. Aunque quedara demostrado, una vez más, que había sido un accidente, el daño estaría hecho. Todos sabrían que su marido había engañado a su primera mujer y el modo en que esta había muerto. Las niñas crecerían siendo las hijas de «ese hombre», el que se hizo tristemente famoso en las noticias.

Le va a costar perdonar a su marido por haberse acostado con otra mujer mientras estaba casado con su primera esposa. Nunca antes había sentido animadversión por su marido; nunca había tenido motivos. Sabe que esa animadversión puede envenenar e incluso destruir un matrimonio. No quiere que eso le pase al suyo. Se dice a sí misma que todo eso ocurrió mucho tiempo atrás, que él no va a engañarla; no se atrevería. Al fin y al cabo, ella es la que tiene el dinero.

Niall cierra la puerta de su despacho y saca su móvil para llamar a Erica. Han pasado dos días desde su encuentro en el hotel y no puede sacársela de la cabeza. Está deseando volver a verla.

—Hola, Niall —contesta Erica.

Solo oír su voz sensual le provoca una inyección de placer. Él sonríe al contestar.

—Necesito verte —dice en voz baja—. Pero en algún sitio con más privacidad.

—Podrías venir a mi casa si no te importa el viaje —sugiere ella.

—No me importa en absoluto. —Toma nota de su dirección. Acuerdan una hora para ese día después del trabajo y, a continuación, él cuelga, respira hondo y llama a su mujer—. Hola, cariño.

—Hola, ¿qué pasa?

—Lo siento mucho, pero tengo que ir a ver unas obras después del trabajo. Tengo que encargarme de unos problemas.

—Ah. —Nota el tono de decepción en la voz de su mujer. Es viernes, la única noche en la que normalmente puede contar con que él vuelva del trabajo a una hora razonable—. ¿Cuánto vas a tardar? —pregunta Nancy.

—No estoy seguro…, un par de horas probablemente. Depende de cómo vaya.

Cuando Patrick vuelve a casa del trabajo esa tarde, angustiado y agotado, su mujer le recibe con ojos nerviosos, una bebé en el parquecito y la otra en brazos.

—Hola —dice ella con la preocupación marcada en su rostro cansado mientras Jackie se agarra a su pelo.

¿Debería contarle a Stephanie lo del posible hijo de Erica? Quizá se estaba tirando un farol; podría no ser verdad. Coge a la niña de los brazos de Stephanie y da un beso a cada una. Sabe que Stephanie quiere ir a la policía, especialmente después de lo que ha pasado por la mañana en el parque. Pero si Erica tiene un hijo suyo, va a dar igual lo que él diga. No podrá negar que se acostaba con ella. No quiere ir a la policía, ahora no.

Necesita tiempo para estudiarlo bien todo. Quizá ni siquiera sea posible que consiga que reabran la investigación del accidente. Tal vez todo hayan sido amenazas vacías y que tanta preocupación y agitación haya sido por nada. Tal vez no haya ningún niño. Pero ¿cómo lo puede saber? Sería una completa estupidez someterse a una prueba de paternidad si Erica la pide porque… ¿y si tiene razón?

Stephanie coge a Emma del parquecito y se dejan caer juntos en el sofá, con una niña en el regazo cada uno.

—¿Alguna novedad? —pregunta Stephanie con voz angustiada.

Patrick niega con la cabeza y evita mirarla a los ojos jugando al cucú con Jackie. No quiere contarle lo que Erica le ha dicho en el parque.

—Creo que deberíamos ir a la policía —dice Stephanie con voz vacilante.

—No —contesta Patrick sin mirarla—. Todavía no. Creo que va de farol. No quiero enfadarla. Quizá termine yéndose.

—Mírame, Patrick. —Él por fin se gira hacia ella. Stephanie le observa con preocupación—. Yo no creo que vaya a irse sin más. Le has dicho que no le vamos a dar dinero. ¿Crees que ella va a ir de verdad a la policía de Colorado? —Su voz suena angustiada.

—No lo sé, Stephanie. —Está agotado. Deja caer la cabeza hacia atrás contra el sofá y cierra los ojos.

—Te acostaste con ella —insiste Stephanie—. Puede exagerarlo, decir toda clase de mentiras sobre vosotros dos, sobre tu relación con tu primera mujer. Puede inventarse lo que quiera.

Él nota un hormigueo de sudor que le empieza a caer por la espalda, entre los omoplatos.

—¿Sabía alguien más... que te acostabas con ella?

Él levanta la cabeza del respaldo del sofá y abre los ojos. Niega con la cabeza.

—No. —No se atreve a contarle lo del posible hijo, no hasta estar seguro de que ese niño existe. Se dice a sí mismo que Erica está mintiendo y casi se lo cree.

—¿Tu..., tu primer matrimonio iba bien? —pregunta ella.

Le está interrogando, como si no le creyera, como si dudara.

Él se inclina hacia ella.

—Sí, Stephanie. Yo la quería. Discutíamos un poco, pero solo porque éramos jóvenes y tratábamos de salir adelante con muy poco dinero. Lo que le pasó fue una tragedia. —Su voz adquiere cierto tono de impaciencia—. Debes mantenerte alejada de Erica, Stephanie. Es mentirosa, rencorosa y muy lista.

—Lo sé. Eso es lo que me da miedo —responde Stephanie, nerviosa—. Si es su palabra contra la tuya, ¿qué va a pensar la gente?

Nancy se mueve por la casa sin apartar la vista de la aplicación de Tesla. A las cinco, ve que el coche se mueve. Es un puntito azul en un mapa de la pantalla de su teléfono. Se sienta, angustiada, en el sofá de la sala de estar y mira el punto azul como si estuviese viendo cómo su vida se desmorona. Puede que esté yendo de verdad a ver una obra. Se le ocurre que debería averiguar dónde están todas. No pueden ser muchas. ¿Por qué no ha prestado atención?

Ve que el punto sale a la autopista, en dirección a Newburgh. Está segura de no saber de ninguna obra que Niall esté haciendo en esa dirección. Decide dejar a Henry en casa de su madre con la excusa de que Niall le ha pedido a última hora que le acompañe a una cena con clientes.

Prepara a Henry y unos cuantos juguetes y le dice que va a ir a ver a la abuela. Una vez que lo ha dejado, vuelve a subir al coche y mira la aplicación de su teléfono. El coche está parado ahora. La dirección es el número 884 de Division Street.

Puede seguirle adonde vaya sin ser vista, lo cual resulta bastante oportuno. Introduce la dirección en su GPS y, veinticinco minutos después, llega a un edificio bajo de apartamentos. «Una obra, mis narices», piensa. ¿Cómo puede saber qué apartamento es?

Aparca enfrente y sale del coche. Mientras camina hacia el edificio, ve el resplandeciente Tesla de su marido en el aparcamiento. El muy cabrón.

Se acerca al amado coche de Niall. Las ansias de destrozarlo son abrumadoras. No hay nadie cerca. Podría rayarlo con una llave; él nunca sabría que ha sido ella. Quizá si le estropea el coche cada vez que viene aquí, deje de hacerlo.

Prueba a abrir el tirador del lado del conductor y la puerta se abre. La tarjeta que lleva en la cartera abre el coche y le permite entrar de forma automática. Ni siquiera tiene que sacarla del bolso. Se sienta un momento en el asiento del conductor. Está tan enfadada que su respiración es rápida y superficial. El coche se ha encendido automáticamente. Se queda mirando la pantalla del ordenador unos segundos y, a continuación, pulsa el botón de navegación. Eso hace que aparezca una pantalla con las direcciones que ha introducido recientemente en el GPS. Anda, mira, ha puesto la dirección —y el número de apartamento— de su nueva amante. Qué bien. Apartamento 107. Usa el teléfono móvil para hacer una foto de la dirección que aparece en la pantalla.

Sale del coche y cierra la puerta con un golpe. Saca una foto del coche en el aparcamiento con el edificio de fondo. Después, entra en el edificio —donde su infiel marido se está acostando con otra mujer mientras ella está abajo junto a la puerta cerrada— y busca en el directorio. Ahí está: número 107, E. Voss.

Bueno, al menos ahora sabe quién es. Usa el teléfono para tomar también algunas fotos del directorio.

¿Y ahora qué? ¿Se queda aquí para enfrentarse a él cuando baje? ¿Provocar un escándalo? ¿Esperarle en el coche? ¿No resultaría divertido ver su cara cuando se dirija a su coche y la encuentre esperando en el asiento del pasajero? ¿O debería quedarse escondida y esperar a que se vaya y, después, llamar a la puerta de esa tal E. Voss y ver cómo es?

No se decide. Por fin, vuelve a su coche mientras trata de controlar las lágrimas. Le había dicho a su madre que quizá volvería tarde. Decide que no quiere estar en casa cuando su marido regrese; tiene que calmarse. Así que vuelve a Aylesford y se va a ver una película.

Está sola en el cine un viernes por la noche. En la oscuridad del cine, se seca discretamente las lágrimas con un pañuelo y sigue mirando la aplicación. Enseguida, ve que el puntito azul está volviendo por la autopista. Lo ve llegar a su casa y detenerse.

«Cabronazo», piensa Nancy.

Le envía un mensaje.

Estoy en el cine con una amiga. Recogeré a Henry en casa de mi madre cuando acabe.

16

Esa noche, mientras trata de tranquilizar a las niñas, la mente de Patrick no para. Necesita saber a qué se enfrenta. Necesita saber la verdad.

Camina soñoliento por la sala de estar, con una niña que llora en sus brazos. Stephanie y él han renunciado a hacerse oír por encima del ruido. Además, ya lo han hablado todo. Ahora es como si los dos vivieran dentro de sus propios conos de la vergüenza.

Patrick rememora aquella época en Colorado, cuando estaba recién casado. Lindsey se encontraba embarazada; se habían mudado a la ciudad dormitorio de Creemore para poder trabajar en prácticas en Denver. Allí había conocido a Greg Miller, que también estaba haciendo prácticas en el estudio de arquitectos de Wright & Fraser. Trabajaban, salían y bebían juntos. Erica y Lindsey se habían hecho buenas amigas tras conocerse en un curso de fotografía, aunque al principio podría haberse pensado que tenían poco en común. Lindsey dedicaba la mayor parte de su energía a prepararse para el bebé mientras sentía nostalgia de Grand Junction. Erica tenía un trabajo de media jornada en una farmacia y ansiaba algo más.

Patrick lo único que pretendía era mantenerse a flote. Tenía su primer trabajo de verdad mientras trataba de ayudar a su esposa y aguardaba también la llegada de un nuevo bebé. Adaptándose a la vida, preguntándose qué le deparaba el futuro. No había planeado casarse ni tener familia tan joven. Y entonces, una noche, Erica empezó a mirarle desde el otro lado de la mesa en el bar y sus ojos se dejaron llevar, como sus pensamientos, y terminó engañando a Lindsey.

Y ahora está sufriendo las consecuencias.

Perdió el contacto con Greg. Habían trabajado juntos día sí y día también, pero no eran tan íntimos como para contarle que se estaba acostando con Erica. Ahora se alegra de ello. Mientras trata de consolar a la pequeña Jackie, que tiene la cara enrojecida y no para de chillar, Patrick piensa si debería ponerse en contacto con Greg. Ya le ha buscado; sabe que Greg vive ahora en Denver, ha averiguado dónde trabaja y ha encontrado el número de teléfono de su casa. ¿Debería hablar con Greg? ¿Sabrá si Erica tiene un hijo? ¿Debería contarle a Greg lo que está haciendo Erica? ¿O debería contratar a un detective privado? Ya ha tratado de buscarla en Facebook, pero no hay rastro de ella.

¿Cómo reaccionaría Greg ante lo que está haciendo Erica? Sin duda, se quedaría boquiabierto. Se pondría del lado de Patrick. Greg fue un gran apoyo después del accidente. Fue la primera persona a la que telefoneó después de llamar a emergencias... Aunque quizá cuantas menos personas se enteren de esto mejor. Patrick le da vueltas a su decisión durante horas. Cuando le deja las niñas a Stephanie y apoya la cabeza en la almohada, ha decidido llamar a Greg a pesar de sus reservas.

Stephanie está sentada en el sofá con las gemelas y les está dando de comer: pronto se quedarán dormidas y ella podrá acostarse. Se encuentra muy cansada. Eso le está afectando a su capacidad para pensar, para enfrentarse incluso a las cosas más sencillas. Recuerda su visita a la pediatra. ¿No había sido apenas unos días antes? Y ahora... ¿cómo narices se supone que va a poder con estas revelaciones sobre el pasado de su marido y sobre esta mujer que les está amenazando?

Su mente está ansiosa, confundida. Está segura de que su marido tiene miedo a Erica. Y le tiene más miedo hoy que ayer, de eso también está segura. Pero ¿qué ha cambiado? ¿Es porque Erica estuvo allí, en el parque? ¿En la tienda? ¿O es que hay algo que él no le ha contado?

Le ha dicho que su primer matrimonio iba bien.

Pero, entonces, ¿por qué se acostó con la mejor amiga de su mujer?

A la mañana siguiente es sábado, normalmente su día preferido de la semana. Patrick prepara tortitas y, después, se entretienen con las gemelas como suelen hacer, pero este sábado parece completamente distinto al anterior. Han cambiado muchas cosas desde que Erica apareció en su estudio el lunes pasado.

A media mañana, cuando las niñas están durmiendo su pequeña siesta, Stephanie le dice que va a salir un momento a un recado y Patrick se encierra en el despacho de arriba. Abre su ordenador portátil. La casa está en silencio. ¿Debería llamar a su viejo amigo Greg? ¿O enviarle un correo electrónico?

Decide que lo mejor será hablar con él. Por fin, marca el teléfono de la casa de Greg y espera a que contesten.

—¿Sí? —dice una voz y, a pesar de encontrarse al otro lado de la línea y del paso de los años, Patrick la reconoce de inmediato. Le sorprende lo familiar que suena. Podrían estar de nuevo en Colorado, hablando por teléfono. Es como si esos casi diez años hubiesen desaparecido. De repente, siente todo tipo de emociones que había enterrado tiempo atrás. Ha esperado demasiado tiempo para hablar, tanto que Greg repite—: ¿Sí?

—Greg —responde Patrick tratando de usar un tono relajado y cómodo—. Soy Patrick Kilgour. —Espera la reacción. La pausa al otro lado del teléfono indica sorpresa, sin duda. Pero cómo no le va a sorprender que Patrick esté llamando de buenas a primeras.

—¡Patrick! ¡Joder! ¡Cuánto tiempo!

Patrick se siente aliviado al oír verdadera alegría en la voz de su viejo amigo... ¿Qué se había esperado? Lo cierto es que no estaba seguro. Se había preguntado si Erica se habría puesto en contacto con él después de todo lo que había pasado. O quizá más recientemente.

—Lo sé. Ha pasado mucho tiempo. ¿Cómo estás?

—Estoy bien. ¿Qué tal tú? Vi que pusiste en marcha tu propio negocio hace unos años. ¿Va bien?

—No me quejo —contesta Patrick—. ¿Qué tal tu familia? —Ha investigado un poco. Ahora Greg está casado y tiene un hijo y una hija pequeños.

—Están estupendamente, muy bien. ¿Y tú?

—Casado y con gemelas de cuatro meses.

—¡Gemelas! Dios mío. ¿Y qué tal es eso?

—Bueno, ya sabes. Un infierno. —Los dos se ríen.

—¿Vas a venir a Denver? —pregunta Greg a continuación.

A Patrick se le enciende una alarma de inmediato. ¿Por qué cree Greg que va a ir a Denver?

—No, ¿por qué?

—Solo... me había imaginado que me llamabas por eso.

—No, no tengo planes de ir a Denver —responde Patrick—. Pero nunca se sabe —añade.

—Entonces, ¿qué pasa? O sea, me alegra saber de ti, pero ¿en qué te puedo ayudar?

La mano de Patrick suda agarrando el teléfono. Su mirada se mueve automáticamente hacia la puerta de su despacho, que está bien cerrada. ¿Debería confiar en Greg? Siempre lo había hecho. Nunca había visto en él ningún subterfugio, ninguna pretensión oculta. Cuando se lanza, siente como si hubiese saltado desde un acantilado a un mar que está muy abajo.

—¿Te acuerdas de Erica?

Una pausa recelosa.

—Sí, claro. —Greg no dice nada más.

Patrick se pone en tensión. «¿Qué es lo que sabe Greg?».

—¿Tienes relación con ella?

—No. Perdí el contacto con ella después de... Después de lo ocurrido.

Patrick hace una pausa y cierra los ojos. Esto resulta difícil.

—Siento haberme ido sin más y no haber seguido en contacto...

—No es necesario que te disculpes —responde Greg en voz baja—. Fue un infierno. No sé cómo has podido sobrevivir.

—Gracias.

—¿Por qué me preguntas por Erica?

Patrick vacila antes de responder.

—Ha estado aquí, en Nueva York. En Aylesford.

—¿En serio? —Greg parece sorprendido—. ¿Por qué?

Patrick respira hondo. Parece que no encuentra las palabras. El silencio crece.

—Estuvo un poco dura contigo en el funeral —añade Greg.

—Fue culpa mía. Fue un accidente, pero yo fui el responsable. Yo... debería haberme dado cuenta. —Siente la boca seca, apenas puede pronunciar las palabras—. En cualquier caso, ella está aquí ahora y está diciendo una serie de locuras.

—¿Qué tipo de locuras?

Deja escapar el aire con fuerza.

—Dice que teníamos una aventura, que yo quería quitarme a Lindsey de en medio para poder estar con ella. Dice que maté a Lindsey deliberadamente. —Hace una pausa—. Como te decía, locuras.

—Eso es estar muy loca —admite Greg hablando despacio y con tono de estupefacción.

—Sí.

—Dios.

—Lo sé. Creo que se le ha ido la cabeza. Parece... distinta.

—No sé. No la he visto desde entonces. Se fue de aquí y no mantuvimos el contacto. —Hace una pausa y añade—: Joder, Patrick. Por supuesto que fue un accidente. Declararon que fue un accidente y yo siempre he pensado lo mismo.

Patrick siente alivio al oírle decir eso.

Hay una larga pausa antes de que Greg vuelva a hablar y, cuando lo hace, parece incómodo.

—Yo no creo que le hicieras nada a tu mujer de forma deliberada, Patrick. Pero...

—Pero ¿qué?

—Antes de irse, Erica dijo que estaba embarazada. Y dijo que era de ti.

17

Patrick siente que el corazón empieza a golpearle en el pecho. Desea con todas sus fuerzas que esto no esté pasando de verdad. Oye el tono de duda en la voz de Greg: quiere saber si el niño era de Patrick. Quizá lleve años queriendo saberlo.

—¿Tienes la certeza de que ella estaba embarazada?

Greg se queda en silencio un momento y suspira.

—No tengo certeza de nada. Dijo que yo era el único en quien podía confiar. Quizá estuviese mintiendo; no tengo ni idea. Pero sí sé que en aquel momento creí que estaba embarazada. Se fue poco tiempo después. No tengo ni idea de adónde.

—Está tratando de chantajearme, Greg. Ha estado acosando a mi mujer y a mis hijas. Creo que está desequilibrada. Me..., me da miedo que pueda ser peligrosa.

—Dios mío. Quizá deberías ir a la policía.

Está seguro de que Greg quiere saber si se acostaba con Erica. Respira hondo y expulsa el aire antes de hablar.

—Sí que me acosté con Erica un par de veces. Estábamos borrachos. Ya sabes cómo era ella. Pero no significó nada. Desde luego, no para mí.

Hay un silencio al otro lado del teléfono.

—Vale —dice Greg después—. No estaba seguro.

—Pero el resto... Está desquiciada. Solo fueron un par de polvos. Yo quería a Lindsey. Jamás le habría hecho daño de forma deliberada. —Se oye cómo traga saliva.

—Lo sé.

—De alguna forma ha averiguado que mi mujer ha heredado dinero. Quiere que se lo demos o, de lo contrario, dice que irá a la policía de Creemore para contarles que yo tenía un móvil para matar a Lindsey. ¡Es absurdo! —Se descubre pasándose la mano por el pelo—. ¿Tú... crees que puede llegar a hacerlo?

—No lo sé. Pero sí creo que probablemente necesites ayuda profesional, amigo mío —responde Greg con inquietud.

Patrick no ha tenido noticias de Erica desde que la vio el viernes en el parque del puente elevado. Su silencio le pone nervioso. Sabe que no se ha ido; está midiendo sus tiempos. Esperando a que el miedo pueda con él; esperando a ver qué va a hacer, qué tipo de influencia puede tener sobre su mujer.

Cuando las gemelas se duermen el domingo por la tarde, Patrick arropa a Stephanie en la cama y le dice que va a ir un rato al estudio para ponerse al día con el trabajo.

A continuación, sube a su coche, pero, en lugar de ir hacia el centro, a su estudio, toma la autopista hacia Newburgh. Ya ha buscado la dirección de Erica, la ha encontrado en su solicitud de trabajo.

No sabe exactamente qué pretende hacer. Está tan agotado y estresado que no puede pensar con claridad. Solo siente que debe hacer algo. Tiene que darle la vuelta a la tortilla de alguna forma, pero ¿cómo? Debe conseguir que Erica deje esta..., esta locura.

Cuando llega a Newburgh no tarda mucho en localizar el edificio de apartamentos. Es un edificio de cinco plantas de una calle residencial. Quiere enfrentarse a ella en su propio terreno para ver cómo reacciona. Se ha mostrado demasiado pasivo. Ha llegado el momento de cambiar las tornas. Tiene que asustarla.

Se da cuenta de que quizá no esté en su casa. Espera que sí. Tiene ganas de pelea. Se permite fantasear un momento: se imagina llamando a su puerta, la sorpresa de ella al verle y, después, abriéndose paso al interior del apartamento. Se imagina en el balcón, empujándola hacia atrás por encima de la barandilla, hasta que ella tema por su vida. Quizá con eso baste. Parece estar dispuesta a pensar que él es capaz de cometer un asesinato.

Pero entonces recuerda el número de su apartamento, el 107: debe de estar en la planta baja. Entra en el edificio y busca en el portero automático. Quiere sorprenderla con la guardia baja en su puerta si es posible. Una mujer camina hacia él desde los ascensores. Abre la puerta y él se cuela cuando ella sale. Localiza el apartamento de Erica y llama con fuerza a la puerta con la esperanza de que salga a abrir. No tiene tanta suerte, no está en casa. Aprieta la mandíbula con frustración. Pero está en la planta baja; al menos, podrá mirar por las ventanas, ver si hay algún rastro de un niño de nueve años. Vuelve a salir y rodea el edificio hasta la parte de atrás. Ofrece bastante privacidad. El apartamento 107 tiene un patio con puertas correderas de cristal. Se acerca sigiloso al cristal y mira dentro.

La casa no parece muy habitada. Ve un sofá azul claro, una mesa de centro con algunos periódicos encima y poco más; apenas está amueblada. Hay una cocina americana detrás del comedor vacío —una lámpara cuelga por encima de donde debería haber una mesa— y un pasillo que sale hacia la derecha. Supone que solo hay un dormitorio. No hay rastro de ningún niño. Suelta un suspiro de alivio. Debe de haber cogido una foto de un niño al azar de más o menos la misma edad y que se parezca a él. ¿Hay algo que no esté dispuesta a hacer?

Sin embargo, sí que ve algo que reconoce: el bolso que su mujer había perdido, en el suelo junto al sofá.

Casi se le para el corazón. Pero antes de poder asimilar del todo que «Erica ha estado dentro de su casa», ve que se abre la puerta del apartamento. Patrick se aparta para que no le descubra pero, luego, se asoma con cuidado por el borde de la puerta corredera. Erica ha entrado en la habitación y hay alguien detrás de ella. Durante un segundo, Erica le impide ver a la otra persona, pero se aparta y Patrick se queda de nuevo impactado al reconocer a Niall. Este cierra la puerta al entrar y, a continuación, abraza a

Erica. Con incredulidad, Patrick ve cómo Erica y Niall se besan apasionadamente y se quitan la ropa de camino al dormitorio.

«¿Qué coño está haciendo Niall con Erica?».

Stephanie observa a su marido con un nudo en el estómago. Patrick está enfadado. Tiene el pelo despeinado, como si se hubiese pasado las manos por él una y otra vez, y sus movimientos son acelerados y bruscos. Da vueltas por la cocina mientras las bebés están sentadas en sus tronas, balbuceando y golpeando sus bandejas con las cucharas. Él acaba de contarle que ha ido al apartamento de Erica y que ha visto por la ventana el bolso desaparecido de Stephanie en el suelo.

Ella está pensando: «Ni siquiera ha pasado por el estudio».

—¿Por qué está haciendo esto? —pregunta con voz aguda. Esa terrible mujer ha estado dentro de su casa. Le ha robado el bolso, su documentación. Siente que una horrible angustia se abre camino dentro de ella. La gente puede robarte la documentación y usarla para destrozarte la vida. Está a merced de esa loca y es por culpa de su marido.

Patrick la mira con recelo.

—Hay otra cosa que deberías saber.

Ella le mira con pavor.

—Está acostándose con Niall.

Se queda con los ojos clavados en él, sin poder hablar ni creer lo que acaba de oír.

—Los he visto en su apartamento. Han empezado a besarse y, después, se han metido en el dormitorio. Sé cómo actúa. Seduce a la gente. Lo hizo conmigo y es evidente que lo está haciendo con Niall.

—Pero ¿por qué? —exclama Stephanie—. ¿Por qué se iba a acostar con Niall?

—Por la misma razón por la que entró en nuestra casa y se llevó tu bolso. ¡Para intimidarnos! Para que me preocupe por lo que pueda contarle a Niall. Para mostrar su poder sobre mí. Por eso te ha estado vigilando y apareció en el parque.

Stephanie se estremece. Está empezando a darse cuenta de cómo es exactamente la persona a la que se enfrentan. Quizá esté pensando en chantajear también a Niall, quizá le amenace con contarle a su mujer que la está engañando. Stephanie sabe que Niall ya lo ha hecho antes; Nancy se lo ha contado. Aquello casi acabó con su matrimonio.

Patrick sigue dando vueltas. Stephanie le mira mientras su mente trabaja a toda velocidad. Se han negado a darle dinero. Quizá han cometido un error. Ese pensamiento hace que todo se le ponga del revés. Necesita que Patrick se quede quieto un minuto para que ella pueda pensar. Pero su mente está perdida en la niebla.

Mira a su marido, que sigue paseándose por la cocina, sin siquiera verla a ella ni a las gemelas. Su rabia estalla.

—Jamás debiste acostarte con ella.

En ese momento, él se detiene.

—¡Eso ya lo sé! —Le lanza una mirada de desesperación—. Pero no significó nada, Stephanie. Está cambiándolo todo dentro de su cabeza, contándolo de una forma distinta a como en realidad pasó. Por eso me da tanto pavor. ¡No sé qué va a ser lo siguiente que se invente!

—Aparte del hecho de que te acostaste con ella un par de veces, no tiene nada más, ¿verdad? —pregunta Stephanie sin rodeos.

Patrick la mira y Stephanie ve en su expresión algo que no le gusta. Una mezcla de vergüenza y temor. Una mirada de súplica inunda su rostro y ella está segura de que está a punto de confesarle algo terrible. Quiere darse la vuelta, salir corriendo de esa habitación. No quiere oír nada más. Está harta de todo esto y, de repente, casi le odia por haberlo hecho caer sobre sus cabezas. Tienen dos niñas preciosas de las que ocuparse. ¿Cómo va a afectar esto a su futuro?

—Según ella... —empieza a hablar Patrick, pero le falla la voz y parece que no puede terminar lo que iba a decir.

—¿Según ella qué? —pregunta Stephanie con voz estridente. Una de las niñas empieza a llorar y la otra se une a su hermana de inmediato.

—Yo creo que miente, pero... después de haber estado contigo en el parque me pidió que fuese a verla y me dijo que tuvo un hijo y que es mío.

El corazón de Stephanie se hunde como una losa. Dios. Se deja caer en la silla y se lleva las manos a la cara.

—No me mires así —dice Patrick con tono de súplica.

Ella apenas le oye; todo parece haber desaparecido, incluso los llantos de las gemelas, y lo único que percibe son los latidos de su propio corazón zumbándole en los oídos. Un hijo. Si esa mujer tuvo un hijo suyo, eso lo cambia todo. Por fin, levanta los ojos hacia su marido. Se da cuenta con una sensación de náuseas de que él está aún más asustado que ella.

—Stephanie, probablemente no sea verdad. Por eso..., por eso he ido a su apartamento. Y no había rastro alguno de ningún niño. Debe de ser mentira. —Al ver que ella no contesta, continúa—: Tendré que asegurarme. Debe de haber algún modo.

—Sí, debe de haber algún modo —responde ella con frialdad—. Tienes que averiguar si tuvo un hijo. Contrata a alguien si es necesario.

Él vacila.

—También me ha dicho cuánto dinero quiere para que desaparezca.

—¿Cuánto?

—Doscientos mil dólares —responde él apartando rápidamente los ojos de nuevo.

Ella le observa y está segura de que él cree que se trata de una cantidad razonable, teniendo en cuenta lo que Erica amenaza con hacer y lo que tienen en el banco. Stephanie tiene en su poder la solución a este problema suyo, de los dos. Pero sabe que, si le dan dinero una vez, volverá a por más.

—Por encima de mi cadáver —contesta.

18

El lunes por la mañana, Patrick oye que la puerta de la recepción se abre y presta atención. Niall acaba de entrar. Durante toda la noche Patrick no ha podido dejar de pensar en Niall acostándose con Erica en su apartamento. ¿Qué le había contado ella cuando estaban con las dos cabezas juntas sobre la almohada?

Patrick intenta aplacar su inquietud, pero resulta difícil no preocuparse por el hecho de que los dos estén juntos. El miedo le paraliza. Erica se había colado en esta empresa con un pretexto, había fingido que no le conocía. Y Patrick había fingido no conocerla. No quiere confesar ahora que sí. ¿Cómo lo iba a explicar? No puede advertir a Niall sobre quién es ella, el tipo de mujer con la que se está acostando. ¿Cómo va a hablarle a Niall de Erica sin confesar que estaba mirando por la ventana de ella ayer? No puede. No puede decir nada.

Pero Erica sabe cosas de él, cosas que preferiría que su socio no supiera.

Oye que Niall avanza por el pasillo y, a continuación, su cara alegre aparece en su puerta.

—Buenos días —dice Niall.

—Buenos días.

—¿Estás bien? —pregunta tras mirarle con más atención—. Parece como si hubieses visto un fantasma.

—Estoy bien. Solo... cansado.

Stephanie acuesta a las niñas para su siesta de la tarde y se dispone a ordenar la casa. Está completamente agotada —ha ido tropezándose mientras realizaba sus tareas, los ojos le escuecen y le duele todo el cuerpo—, pero su mente funciona a toda velocidad, saltando de un pensamiento a otro, incapaz de quedarse quieta. Sabe que debería acostarse, pero ¿cómo va a dormir con todo esto revoloteándole en la cabeza?

¿Puede de verdad confiar en que Patrick le cuenta todo? ¿Debería hablar ella misma con Erica? Su marido le ha advertido que se mantenga alejada de ella, que es peligrosa. Pero ha empezado a dudar... ¿Y si Patrick solo quiere evitar que Stephanie hable con Erica? ¿Que oiga su versión de los hechos? Todo lo que ha sabido hasta ahora ha sido a través de él.

Puede que Erica vuelva a aparecer. Stephanie decide que, de ser así, no saldrá corriendo. Le hará preguntas. Puede que incluso intente hacer que Erica entre en razón.

Está en el dormitorio, pero, en lugar de tumbarse, mira nerviosa por la habitación a oscuras.

Enciende la luz del techo y empieza a registrar los cajones de su marido. Ni siquiera sabe qué busca, ahí no hay nada; es ella la que siempre le guarda la ropa en estos cajones. De todos modos, sigue buscando. Cuando ha terminado con los cajones, va a su lado del armario con la sensación de estar traicionándole mientras se pregunta por qué está perdiendo el tiempo. Registra las cajas de zapatos del suelo. Él guarda su pistola, una Glock 19 de nueve milímetros, en una caja fuerte del estante de arriba. Ella conoce la combinación. Abre la caja fuerte y mira dentro. No hay nada aparte de la pistola y munición. En el armario no hay nada que no sea ropa.

Después, prueba en su despacho del fondo del pasillo. El viejo ordenador de Patrick está en la mesa. Ella tiene su propio portátil, igual que él; ya nunca usa este. ¿Habrá algo de su antigua vida en este ordenador? No importa, no tiene ni idea de cómo acceder a él. Ni siquiera sabe por qué lo sigue teniendo. Se detiene a pensar.

«¿Por qué lo sigue teniendo?».

Quizá haya algo ahí. Lo enciende, prueba con una serie de combinaciones de su nombre, los de las gemelas y sus fechas de nacimiento, pero no acierta. Con un suspiro, vuelve a apagarlo y busca entre sus archivadores. No ve en ellos absolutamente nada relativo a su vida anterior con su primera mujer.

Está registrando los archivadores, a punto de rendirse, cuando nota que hay algo pegado a la parte inferior de un cajón. Lo toca, vacilante; parece una llave pequeña cubierta con una cinta. Tira suavemente de la cinta, con cuidado de no romperla.

La saca y la mira. Tenía razón: es una pequeña llave plateada cubierta con cinta adhesiva. No puede ser de los archivadores porque estos no tienen cierre. La observa con atención. No ve en ella nada más que un número: 224. No tiene ni idea de qué abrirá. Pero si no pertenece a los archivadores, ¿qué hace allí? La única conclusión es que Patrick la ha debido de poner ahí, donde ella no la encontraría.

No se parece a ninguna de las demás llaves que tienen en la casa. Se pregunta si será de una caja de seguridad o una caja fuerte. Si lo es, no está en la casa o ella lo sabría, a menos que él la haya escondido en algún sitio. Baja corriendo las escaleras después de echar un breve vistazo a las niñas. Probablemente tenga como una hora más antes de que despierten. Pone patas arriba el sótano buscando algo que pueda tener una cerradura, pero no encuentra nada, ni siquiera en la cámara de las tuberías por debajo de la casa.

Por fin llega a la fastidiosa conclusión de que lo que sea que abre esa llave no está ahí. Y entonces se le ocurre. Claro. Es la llave de una caja de seguridad de un banco.

Una que ella no sabía que tenían. Una que Patrick le ha ocultado.

Stephanie no sabe qué hacer cuando Patrick vuelve del trabajo esa tarde. Está preocupada por él —le ve pálido y tenso—, pero está enfadada y recelosa. ¿Por qué le ha ocultado esa llave? ¿Por qué no le ha dicho que tiene una caja de seguridad? ¿Debería abordar el tema con él?

Ha estado dándole vueltas toda la tarde. Había pensado en ponerle la llave delante de las narices, decirle: «¿Qué es esto, Patrick?», y sacarle la verdad. ¿Qué más le está ocultando?

Si hubiese podido, habría ido al banco ella misma para ver qué hay en la caja. Pero sabía que él estaría pronto de vuelta. Al final, había vuelto a pegar la llave en el mismo lugar por debajo del cajón del archivador.

Se acabó lo de la sinceridad.

Dejan a las niñas en los balancines de la sala de estar para poder hablar.

Patrick parece más preocupado cada vez que lo ve y ella siente una oleada de inquietud por él. Se queda mirándole, esperando.

—He hablado con un abogado de Colorado —dice Patrick.

—Bien.

—Si ella sigue con esto, podría salirnos caro. —La mira con cautela.

—Claro que va a ser caro —responde ella—. Los abogados siempre lo son. —Piensa con amargura que va a tener que usar su dinero para pagar un abogado costoso para sacar a su marido de este embrollo en lugar de dárselo a su antigua amante. Eso no le hace más feliz. Su preocupación por su marido disminuye.

—Se llama Robert Lange. Pertenece a un bufete importante de Denver.

—¿Cómo le has encontrado?

—Me lo ha recomendado un amigo.

—¿Qué amigo?

—Un amigo mío de Colorado, Greg Miller. Trabajábamos juntos en Denver. He hablado con él.

—¿Y?

—Le he contado lo que pasa. Conoce también a Erica, la trató en aquella época. Está de mi lado. Sabe que fue un accidente.

Stephanie se siente aliviada. Le alegra saber que alguien más que estaba allí cuando todo ocurrió cree que su marido está diciendo la verdad. Eso hace que se dé cuenta de lo preocupada e insegura que se siente.

—¿Qué ha dicho el abogado? —Ve la mirada de inquietud de Patrick.

—Bueno, ya sabes cómo son. No va a decir nada definitivo sin estudiarlo con más detenimiento. Se acuerda del caso.

Stephanie no le ha dicho a Patrick que ha leído los artículos en su portátil. Las imágenes vuelven a introducirse en su mente: el coche cubierto de nieve, Patrick tan joven y destrozado. Su joven esposa, sonriendo a la cámara. Intenta apartar esos pensamientos.

—¿Ha dicho si es siquiera posible reabrir un caso así? Él la mira, turbado.

—Sí. En teoría, es posible.

Stephanie desvía la mirada hacia el suelo, asustada. «Podría pasar. Es posible que su marido sea investigado por asesinato».

19

Patrick ve la reacción de su mujer y recuerda, nervioso, la llamada de teléfono de ese mismo día. No ha sido precisamente tranquilizadora.

Robert Lange, el abogado criminalista, parecía sorprendido al principio al oír que Patrick pensaba que alguien podría intentar que reabrieran el caso. Entonces, Patrick le contó todo —los intentos de Erica de chantajearle, la primera investigación—, con interrupciones del abogado para hacerle alguna pregunta, pero, en general, escuchándole atentamente y en silencio.

—¿Por qué no acude a la policía? —preguntó el abogado.

—No quiero provocarla. Sigo esperando que todo sea un farol y que, al final, no vaya a hacer nada. No he tenido noticias de ella desde hace un par de días —añadió—. Y no tengo ninguna prueba del chantaje.

—Entiendo.

—Entonces, ¿tengo motivos para preocuparme? —quiso saber Patrick—. Declararon que fue un accidente. Y así fue. Pero ¿puede conseguir que vuelvan a abrir el caso e intentar que parezca lo que no fue?

El abogado se aclaró la garganta antes de responder:

—Bueno, sí que hay algún motivo de preocupación, sobre todo por lo que dice usted de cómo se trató el asunto en su momento. Es decir, no se investigó mucho, por lo que cuenta. Parece que se concluyó en cuestión de horas.

—Hay cierto tono de pregunta en su voz.

—Sí, bueno, resultaba muy evidente que había sido un accidente.

—Si esta mujer acude a las autoridades para aportar información nueva, podrían decidir echarle otro vistazo —le explicó el abogado—. Sobre todo, si hay un nuevo juez de instrucción o un nuevo sheriff, cosa que es posible después de casi diez años. El hecho de que ella tuviese una aventura con usted y que tal vez haya tenido un hijo suyo... podría resultar, desde luego..., relevante.

A Patrick se le cayó el alma a los pies.

—¿Puede averiguar si tuvo ese hijo?

—Eso va a ser lo primero que haga. No se preocupe, averiguaré qué está pasando y le volveré a llamar.

Ahora, mirando a su mujer, Patrick es reacio a contarle lo que ha dicho el abogado.

—¿Qué te ha dicho exactamente? —pregunta Stephanie—. Cuéntamelo todo.

—Bueno, tiene algunos... motivos de preocupación. —Patrick se levanta del sofá y empieza a dar vueltas por la sala de estar. No puede quedarse quieto con toda esta angustia recorriéndole el cuerpo. Y no soporta mirar a Stephanie, tan rígida por la tensión.

—¿Qué? ¿Considera que la van a creer?

—Ha dicho que si acude a ellos con nueva información podrían echarle otro vistazo —responde con cautela. No quiere contarle lo que ha dicho después, pero cree que debe hacerlo—. Le preocupa que la investigación primera fuera, como él ha dicho, «escasa».

—¿A qué te refieres?

—No investigaron mucho en su momento —confiesa Patrick—. Se llevaron el cadáver para hacerle una autopsia. El sheriff me pidió que fuera para responder a unas cuantas preguntas. Me llevó en su coche. Yo estaba destrozado. No creo que dijese nada con mucho sentido.

Se frota la cara con las dos manos.

—En la comisaría me preguntaron qué había sucedido. Estuvieron tratando de consolarme diciendo que ese tipo de accidentes pasaban, que cada año ocurría algo parecido.

—¿Me estás diciendo que no hubo ningún tipo de investigación? —pregunta Stephanie.

Él le lanza una mirada inquisitiva, sorprendido por su tono.

—Es evidente que pensaron que había sido un accidente. Le hicieron la autopsia rápidamente, esa misma tarde, creo, y quedó demostrado que había muerto intoxicada por monóxido de carbono. Así que ¿por qué iban a hacer nada más?

No le gusta cómo ella le mira, como si le culpara por que no hubiera una investigación más exhaustiva. A él le parece que el hecho de que determinaran con tanta rapidez que había sido un accidente es un punto a su favor.

—¿No hablaron con nadie más?

Él frunce el ceño y niega con la cabeza.

—No lo creo.

—No es bueno que no fuesen más rigurosos —dice ella, claramente inquieta.

—Sí, puede. Aunque no opino lo mismo. Es evidente que pensaron que no había nada que investigar.

—Pero si Erica...

—¡A la mierda Erica! —exclama con una explosión. Las niñas dan un brinco en sus balancines. Él intenta calmarse—. Es una zorra avariciosa. Nunca ha habido ninguna duda hasta que ha aparecido Erica. Debería meterse en sus propios asuntos. —Mira a Stephanie, su rostro pálido y angustiado. Respira hondo y trata de reprimir su rabia—. El abogado va a averiguar si tuvo un hijo. Al parecer, el sheriff puede abrir una investigación, si quiere. Y el juez de instrucción puede también decidir que se inicien pesquisas judiciales, que busquen testigos... aun después de tanto tiempo. —Aprieta la mandíbula y mira a su mujer con nerviosismo—. El abogado me ha advertido que, si hay un sheriff o un juez de instrucción nuevo, cabría esa posibilidad. Y ha pasado mucho tiempo.

—Dios mío —susurra Stephanie.

—Puede conseguir que vuelvan a investigar, Stephanie, y yo creo que debemos estar preparados. Pero tienes que creer que no hay nada de verdad en lo que ella dice. Nos acostamos un par de veces. Eso es todo.

Ella le mira y asiente de forma automática, como si ni siquiera fuera consciente de estar haciéndolo. Casi parece estar en trance.

—Hay una cosa más que debes saber. No es importante, pero estoy seguro de que saldrá a la luz.

—¿Qué? —pregunta Stephanie.

Él ve cómo aprieta las manos sobre las rodillas, como si se estuviese preparando para otra mala noticia.

—Lindsey tenía un seguro de vida. Los dos lo teníamos, porque esperábamos un hijo. Era lo más responsable.

—Muy bien.

—Erica está tratando de hacer que eso tenga relevancia diciendo que yo me beneficié económicamente de la muerte de mi mujer.

—¿Cuándo ha dicho eso? No me lo habías contado.

Patrick se da cuenta de que ha dado un paso en falso y se maldice en silencio.

—Yo... olvidé mencionarlo.

Stephanie le mira sin decir nada por un momento.

—¿La policía, el sheriff o quien fuera, sabían lo del seguro?

Él niega con la cabeza.

—No lo creo. Nunca se habló de eso en su momento. Nunca me preguntaron y yo... ni siquiera lo pensé. Mi mujer había muerto. Estaba conmocionado. —Un momento después, añade—: Pero no creo que tengamos que preocuparnos por eso. Es perfectamente legítimo tener un seguro de vida cuando se va a formar una familia. Es decir..., sería una estupidez no tenerlo.

20

A la mañana siguiente, después de una noche muy complicada con las gemelas, Stephanie está completamente exhausta y se mueve por la cocina como un zombi. Se descubre con la mano extendida para guardar la leche en el armario en lugar de en el frigorífico y mueve la cabeza a un lado y a otro al darse cuenta. Tiene que dormir más. Apenas es capaz de hacer nada. Y emocionalmente es un desecho. Y cuando por fin se mete en la cama, duerme mal, es un manojo de nervios.

Se despide de su marido con un beso cuando él se va a trabajar, lo mismo que hace siempre. Pero esta mañana ella aparta los ojos, porque le está ocultando algo. Dentro de un rato va a meter a las niñas en el coche y va a ir al banco para tratar de enterarse de qué hay en la caja de seguridad.

Debe descubrir qué es lo que él le está ocultando. Lo va a averiguar y se lo va a decir. Esta misma noche.

Prepara a las gemelas. Comprueba que el carrito doble está en el maletero, mete a las niñas en el parquecito, vestidas y listas para salir, y, a continuación, sube al despacho de arriba. Se arrodilla, abre el cajón e introduce la mano para buscar la llave. Una vez que la encuentra, piensa de repente que quizá Patrick no tenga la caja de seguridad en el banco de los dos. Si no quería que ella lo supiera, probablemente eligiera otro banco.

Baja por las escaleras. Las niñas empiezan a quejarse, pero ella no les hace caso.

Llama al banco desde el teléfono de la cocina, con un dedo sobre una oreja para amortiguar el sonido del llanto de sus bebés. Cuando contestan, pide hablar con el director.

—Sí, ¿en qué la puedo ayudar? —pregunta el director.

—He estado tratando de localizar a mi marido para preguntarle, pero va a estar de reuniones todo el día. ¿Me puede decir si ha ido ya a nuestra caja de seguridad esta mañana? Se supone que tiene que traerme unos documentos. Su nombre es Patrick Kilgour.

—Espere un momento.

Stephanie espera al otro lado de la línea con el corazón latiéndole a toda velocidad.

Oye que el director vuelve a retomar la llamada y parece desconcertado.

—Lo siento, no tenemos aquí ninguna caja de seguridad a nombre de ningún Patrick Kilgour. Quizá sea en otro banco.

—Ah, claro —responde ella—. Me habré equivocado. Siento haberle molestado. —Cuelga rápidamente el teléfono. Se queda de pie en la cocina y oye los gemidos de las niñas desde la sala de estar, con la mano aún en el teléfono, tratando de recuperar el aliento.

Cuando Patrick llega al estudio, Niall le dice que tiene que hablar con él. La angustia de Patrick se dispara. ¿Y si Niall sabe lo que está pasando? ¿Qué ha podido contarle Erica? Sigue albergando la esperanza de conseguir de alguna forma que Erica desaparezca. Pero si ella ya se lo ha contado a Niall...

—Entra en mi despacho —le pide Niall; su voz baja revela preocupación.

Patrick entra en la oficina y se deja caer, agotado y nervioso, en una silla.

—¿Qué tal va todo por casa? —empieza por preguntarle Niall.

Patrick siente una lenta oleada de alivio. Quizá esto no tenga nada que ver con Erica. Quizá solo se trate de la misma conversación de siempre. Al pensarlo, experimenta una punzada de fastidio. Niall ya sabe cómo están las cosas en casa. Están de lo más complicadas por las niñas y la falta de sueño. Respira hondo.

—No van mejor —confiesa—. Si las gemelas no superan pronto los cólicos, creo que se nos va a ir la cabeza a los dos.

Niall aprieta los labios.

—Lo siento —dice sin más. A continuación, añade—: He estado mirando los sobrecostes del proyecto Melnyk.

—Lo sé. Hago todo lo que puedo —responde Patrick a la defensiva.

Niall se queda mirando su mesa.

—Kerri me ha dicho que ayer cancelaste una reunión.

Ahora se siente inundado de rabia. ¿Hay algo que Kerri no le cuente a Niall? ¿Era necesario que se lo dijera? ¿Es que no muestra ninguna lealtad hacia él?

—No la cancelé. Pedí que se cambiara de fecha.

Niall levanta la vista de su mesa y le mira a los ojos.

—¿Por qué?

—Porque no me veía capaz —responde sin rodeos—. No me sentía preparado del todo. Pensé que sería mejor parecer que estaba demasiado ocupado y poder cambiar la fecha en lugar de ir a la reunión sin estar listo.

—¿Y por qué no estabas preparado? —pregunta Niall levantando la voz—. Tú siempre estás preparado. Al menos, antes sí. ¿Qué narices está pasando?

Patrick empieza a recuperar un poco el aliento. Niall no sabe nada, al menos por ahora. Erica ha mantenido la boca cerrada.

—No pasa nada. Estoy sin dormir, ya te lo he dicho. La falta de sueño puede dejarte hecho polvo. La usaban como método de tortura. ¿No lo sabías?

Niall le mira con los ojos entrecerrados.

—Eso no es todo, Patrick, así que no me vengas con tonterías. Está pasando algo y quiero saber qué es.

Patrick inclina la cabeza hacia atrás y decide defenderse atacando.

—¿Por qué no me crees, Niall? ¿Cuándo te he hablado de otra forma que no fuera con absoluta sinceridad?

Niall se encoge de hombros.

—Lo sé. Has sido un buen socio y un buen amigo. Siempre he confiado en ti. Es solo que... estoy preocupado, Patrick. Últimamente, estás... raro, como si algo te perturbara. Me preguntaba si quizá estabas teniendo problemas con tu mujer, si era eso lo que te estaba distrayendo. —Se inclina ligeramente y añade—: Me lo puedes contar, ya lo sabes.

—Quizá debería yo preguntarte a ti cómo van las cosas por casa —responde Patrick con cierta aspereza en su voz.

—¿Por qué lo dices? —se apresura a responder Niall.

Pero Patrick no quiere insistir; no quiere que su socio sepa que está al corriente de lo suyo con Erica. No quiere que sepa que él también tiene un pasado con ella. Mejor dejar las cosas como están.

—Para ver si te gusta —contesta. Después, niega con la cabeza y le mira con una sonrisa tensa—. Olvídalo. Últimamente estoy irascible. No pasa nada. Solo necesito dormir un poco. —Se levanta—. Voy a ver otra vez cómo puedo compensar esos sobrecostes del proyecto Melnyk.

21

Stephanie parpadea. Por un momento, se ha olvidado por completo de lo que estaba haciendo. Siente un mareo y se agarra a la encimera de la cocina. Oye a las gemelas balbucear en la sala de estar. Al menos están contentas, por ahora.

Veamos, ha entrado en la cocina a por otra taza de café.

Iba a ponerse uno y a tratar de pensar un minuto.

Saca una taza limpia del armario y se sirve de la jarra. Se encuentra fatal. Tiene que comer mejor. Tiene que dormir más. ¿Estaría mal dormirse en el sofá con las niñas seguras en el parque? Vuelve a cerrar los ojos un momento y, luego, pestañea un par de veces y mete la mano en la nevera para sacar la leche. Parece como si todo lo estuviese haciendo a cámara lenta. Se siente fuera de su cuerpo, como si se viera a sí misma realizar los movimientos para prepararse el café. Qué raro. Mueve la cabeza y rápidamente da un par de sorbos al café. La falta de sueño puede confundirte de verdad. Sabe que si mira el dibujo del papel de la pared durante un rato casi terminará poniéndose en trance.

Todo sigue en calma en la sala de estar. Retira una silla de la mesa de la cocina y se sienta. No quiere volver a la sala de estar durante un rato porque sabe que, en cuanto lo haga, las gemelas la verán y empezarán a reclamar su atención. Por ahora, mejor se queda aquí.

Se presiona los dedos contra sus ojos irritados y encendidos. Necesita pensar. Pero su mente es tal revoltijo ahora mismo que no le ve sentido a nada. Ojalá pudiese hablar con alguien, explicarlo con claridad, escuchar la visión de otra persona, alguien objetivo, pero no tiene a nadie con quien poder hablar de esto. Patrick es muy estricto al respecto y está asustado. Ella quiere contárselo a Hanna, pero no puede, aunque las dos se hayan hecho muy amigas en los últimos meses por ser mamás primerizas. Patrick se pondría furioso si ella se lo contara.

Aunque podría salir en los periódicos muy pronto.

Su mente no para de darle vueltas a lo de la caja de seguridad de Patrick en el banco. ¿Dónde está? Ya ha llamado a la mitad de los bancos de la ciudad y no la ha encontrado.

Agita la cabeza y se obliga a levantarse y prepararse para sacar a las gemelas. Va disponiéndolo todo con torpeza y casi se olvida de las llaves en el último momento, así que tiene que volver a entrar en la casa a por ellas. Por muy cansada que esté, necesita salir con las niñas a tomar el aire.

Podrá llamar al resto de los bancos cuando vuelva. No pueden quedarse todo el día en casa.

Stephanie juega con las gemelas sobre una manta en la hierba del parque, mientras hace un barrido con los ojos de vez en cuando por si ve algún rastro de Erica. Patrick le había sugerido que no fuera al parque por el anterior encuentro, pero ella había protestado. ¿Qué narices va a hacer si no con las niñas si hace buen día? No puede encerrarlas en casa. Se subirían por las paredes.

Patrick le había propuesto entonces que las metiera en el coche y fuesen a otro parque más lejano para cambiar de escenario. Ella se había dado la vuelta y había respondido con un «quizá» mientras él la miraba con preocupación. Pero no va a hacer eso. No va a tener miedo de andar por su propio barrio. Y quizá esté deseando hablar con Erica. Así que aquí está, sentada con las niñas debajo de un árbol, hecha un manojo de nervios. Pero no hay rastro de la atractiva mujer con la que su marido se acostó hace mucho tiempo.

Por fin, llega la hora de volver a casa. Recoge a las gemelas, de una en una, para meterlas en el carrito, las levanta en el aire y las baja con una sonrisa, haciéndoles reír. Dios, cómo las quiere. Y ahora, cada vez que las mira, siente un pellizco de miedo en el corazón. ¿Qué va a ser de su familia, que antes era tan feliz? ¿Y si son sometidos a una investigación? ¿Cómo afectará eso a Patrick y a ella? Por suerte, las niñas son demasiado pequeñas como para darse cuenta de qué está pasando.

Suena su teléfono móvil. Es Patrick.

—Hola, ¿qué pasa? —pregunta ella con tono nervioso. Últimamente, siempre está nerviosa.

—Acaba de llamarme el abogado.

Siente cómo el corazón se le acelera.

—¿Qué ha dicho?

—Erica sí tuvo al bebé. Pero lo dio en adopción, a través de una agencia privada, después de dar a luz.

Stephanie trata de asimilar la noticia y lo que implica.

—Eso explica por qué nunca acudió a ti para pedirte la manutención del niño —dice poco después.

—Sí, pero es casi mejor, no creo que vaya a resultarle tan fácil demostrar que es mío.

Ella nota el alivio en su voz y eso le produce náuseas.

Empuja el carrito hacia casa agotada del todo.

—¡Por fin en casa! —canturrea a las gemelas cuando llegan—. Vamos a comer un poco, y después... —Se detiene en seco, sin voz. Se queda mirando la puerta.

Está abierta de par en par.

Está segura de que cerró con llave. Debió hacerlo, sobre todo, después de lo de la última vez. Y entonces recuerda que había olvidado las llaves y había vuelto corriendo a por ellas. ¿Se había olvidado de echar la llave al salir de nuevo? ¿Se había olvidado de cerrar? Dios. Debe tener más cuidado.

Empuja el carrito hasta el borde de los escalones del porche, desabrocha el cinturón de Emma y la levanta.

—Mami está muy cansada y se está volviendo muy olvidadiza, Emmie —susurra. La sube por los escalones, entra por la puerta y grita.

22

Su grito inunda la entrada y asusta a la pequeña Emma, que empieza a llorar.

Hay alguien dentro, sentado en su cocina. Se queda conmocionada. Entonces, reconoce a Erica y siente que le falta el aire.

—¡Fuera! —exclama entre dientes cuando recupera el aliento a la vez que estrecha contra su pecho a su bebé—. ¡Vete o llamo a la policía!

—En serio, Stephanie, tranquilízate —dice Erica poniéndose de pie y acercándose a ella como si todo fuera perfectamente lógico—. No voy a hacerte daño.

—¡Has forzado la puerta de mi casa!

—No es verdad. La puerta estaba abierta. Deberías tener más cuidado.

Por un momento, Stephanie está confundida. Quizá haya dejado la puerta abierta; no lo recuerda. Pero sí sabe que esa mujer no tiene por qué entrar en su casa igualmente.

—Sé quién eres —dice.

Erica asiente.

—Bien. No estaba segura de que lo supieras. No sé hasta dónde te ha contado Patrick.

—Ya has estado aquí antes. ¡Me robaste el bolso!

Erica la mira perpleja.

—No es verdad. ¿Por qué piensas eso?

Stephanie no la cree.

—Patrick lo ha visto en tu sala de estar, por la ventana.

—¿Ha estado en mi apartamento? —pregunta Erica, con sorpresa.

Stephanie no responde a eso.

—No deberías estar aquí —insiste.

—¿No deberías meter a la otra niña? —pregunta Erica.

Stephanie retrocede unos pasos y mira desde la puerta a Jackie, que sigue atada en el carrito. Se queda en el umbral sin saber qué hacer. Erica está dentro de su casa; la ha estado esperando. ¿Debería coger a las niñas y salir corriendo? ¿Debería sacarse el móvil del bolsillo y llamar a emergencias?

—No voy a hacerte daño —repite Erica con tono calmado—. Pero hay algunas cosas que deberías saber. Sobre tu marido.

Stephanie vacila. Recuerda su anterior decisión: esta mujer sabe cosas sobre Patrick que ella ignora. Erica le conocía en aquel entonces, cuando ocurrió todo. Quiere oír lo que tenga que contar, aunque pueda ser todo mentira. Quizá le diga algo de utilidad. Hasta ahora, solo ha oído la versión de Patrick. Mira a la mujer que ahora está apoyada en la puerta de su cocina, como si fuese una amiga que se ha pasado a visitarla. ¿Seguro que es de verdad peligrosa?

No puede asumir ese riesgo. No puede meter a sus gemelas en la casa con esa mujer. ¿Quién sabe lo que puede hacer con la puerta cerrada?

—Podemos hablar —responde Stephanie por fin—. Fuera, en el porche. —Se gira y vuelve a meter a Emma en el carrito al pie de los escalones. Se asegura de que cada bebé tenga un juguete agarrado con una manita y, a continuación, se sienta en la silla del porche que está más cerca del carrito. Lleva el teléfono en el bolsillo. La verdad es que no tiene miedo aquí, donde la pueden ver; la gente pasa de un lado a otro por esta calle a todas horas. Pero está alterada.

Erica ha salido de la casa y se ha sentado en la otra silla.

—Bonito barrio —comenta.

Stephanie no dice nada por un momento. Está tratando de ordenar sus dispersos pensamientos... y de reunir el valor. Por fin, mira a Erica.

—Sé lo que estás haciendo y no te va a funcionar. No vamos a darte dinero. Creía que Patrick te lo había dejado claro.

—¿Estás completamente segura?

—No vas a recibir un centavo nuestro, y mucho menos doscientos mil dólares.

Erica la mira con fastidio. No dice nada durante unos segundos, pero, a continuación, se muerde el labio y responde:

—Así que te ha contado lo que está pasando. No estaba segura. A su primera mujer no le contaba tantas cosas.

Stephanie nota cómo la invade una sensación de repugnancia.

—¿Cómo sabes qué le contaba a su primera mujer? —espeta.

Erica se gira para mirarla. No hay odio en su cara ni malicia en su voz.

—¿Sabes que fuimos amantes?

—Sí, me lo ha contado.

—Entonces, debe de quererte de verdad.

—Por supuesto que me quiere —contesta Stephanie con firmeza—. Y yo a él. Y toda esa mierda con la que nos estás amenazando no va a servir de nada. No sé por qué te molestas. No mató a su primera mujer. Deberías saberlo ya. —Su voz suena temblorosa.

—No tienes ni idea de a quién te estás enfrentando —dice Erica con tono serio.

—No me amenaces —responde Stephanie con aspereza.

—No me refiero a mí —le aclara Erica—. Hablo de tu marido.

Stephanie se echa hacia atrás.

—Mira, conozco a mi marido mucho mejor de lo que tú lo hayas conocido nunca. Que os acostarais un par de veces no quiere decir que lo conozcas en absoluto.

—¿Es eso lo que te ha dicho? ¿Que nos acostamos «un par de veces»?

Ahora Stephanie la mira con recelo, temiendo lo que pueda decir a continuación. Pero necesita oírlo. Sabe que Patrick y esta mujer van a tener versiones muy distintas de lo que sucedió y ella no estaba presente. Nunca podrá saberlo con seguridad.

—¿Cuál es tu versión? —pregunta Stephanie con indiferencia.

—Estábamos enamorados —responde sin más.

Stephanie se queda helada. Esta mujer está loca. Loca del todo.

—No es eso lo que dice Patrick.

—Es lo que él quiere que creas. —Mira a Stephanie con gesto serio—. Pero yo estaba allí. Estaba con él. Fuimos muy discretos porque él estaba casado y Lindsey era mi amiga. Ahora me siento fatal por eso, por haberla tratado así. Por ser en parte responsable, moralmente, de su muerte.

—Eso son tonterías —dice Stephanie con el corazón acelerado.

Erica niega con la cabeza.

—Venía a mi apartamento casi todos los días a la hora de comer. Les decía a todos que se iba a comer a casa, pero Lindsey le preparaba el almuerzo cada mañana. Se lo comía en mi cama, después de que hiciéramos el amor, antes de volver corriendo al trabajo.

Stephanie se descompone.

—No te creo.

—Bueno, todavía.

—¿Lo puedes demostrar?

—No lo sé. Quizá. No se lo contamos a nadie, pero yo tenía vecinos. Quizá alguien nos oyera a través de la pared. Pudieron verle entrar y salir.

Stephanie se encoge en su silla, como si tratara de poner distancia entre ella y esta noticia tan turbadora... y la persona que se la está dando.

—Sé cuánto te debe de estar revolviendo —dice Erica—. Y, créeme, no me gusta hacerte esto.

—¿De verdad? —pregunta Stephanie con voz amarga—. Patrick me advirtió que si hablaba contigo me contarías mentiras y tratarías de sembrar discordia entre los dos.

Erica se encoge de hombros.

—No me extraña. —Mira a las niñas en su carrito—. Me quedé embarazada de él. ¿Te lo ha dicho?

—Sí.

—Pues, entonces, hazte esta pregunta: si Patrick no la mató deliberadamente y no fue más que un terrible accidente y yo estaba embarazada de un hijo suyo, ¿por qué iba a mantenerme alejada de él todo este tiempo?

Stephanie no sabe qué responder. No puede pensar con claridad. Siente en la cabeza un zumbido de cansancio y confusión, debido a tanto intentar mantenerse en guardia.

—Yo te diré por qué —continúa Erica—. Porque yo pensaba que la había matado a propósito, a mi amiga y a la hija que esperaban. —Desvía los ojos de las niñas hacia la calle—. Hablamos de que íbamos a estar juntos. Yo quería que dejara a su mujer. —Mira un momento a Stephanie y de nuevo hacia la calle—. A los veintiún años yo era una chica impaciente y egoísta. No me sentía bien por estar robándole el marido a Lindsey, pero debes entender lo que pasaba. Estábamos enamorados. Creía que Patrick y yo íbamos a estar juntos y, de algún modo, en mi inmadurez, pensaba que ella saldría adelante con más facilidad de un fracaso matrimonial y siendo madre soltera que yo de un fracaso amoroso —y añade—: Dios, qué tonta fui.

Stephanie se queda mirándola, perpleja, mientras se pregunta si estará diciendo la verdad. No puede saberlo con seguridad, pero, desde luego, parece creíble. Patrick le había avisado de que Erica podía resultar muy convincente.

—Él no dejaba de decirme lo desgraciado que era. Discutimos y acordamos que las cosas tenían que cambiar. Eso fue el día anterior a la muerte de Lindsey. —En su rostro aparece una expresión de dolor—. Pero yo creía que hablaba de divorciarse. Jamás pensé que estuviese hablando de asesinarla.

23

Stephanie se queda mirándola boquiabierta.

—Crees que la mató a propósito para estar contigo. —Niega con la cabeza con fuerza—. Estás loca. ¡Conozco a mi marido y no es capaz de hacer eso de lo que le acusas!

—Yo creo que todos somos capaces de hacer cosas que no estaríamos dispuestos a admitir —contesta Erica. Hace una pausa y, a continuación, prosigue—: Lo recuerdo con toda claridad, como si fuese ayer. Aun ahora sigo sin poder soportar las fuertes tormentas de nieve.

Stephanie no se levanta ni le dice a Erica que se vaya. No, la escucha. Quiere oírlo todo, por muy espantoso que sea.

—Lindsey odiaba Creemore —continúa Erica—. Odiaba la nieve. Echaba de menos a su familia de Grand Junction. Estaba siendo duro para ella y Patrick pasaba mucho tiempo fuera. —Se encoge de hombros—. Por supuesto, no sabía que él estaba conmigo; creía que estaba trabajando. Iban a ir a visitar a su familia. Patrick no quería ir. Al menos, eso es lo que me dijo. Y yo le creí porque no le tenía mucho aprecio a la familia de ella y las carreteras estaban mal. Pero más tarde dudé si me había dicho aquello solo para que pareciera más un accidente, como si no lo hubiese planeado.

»Yo visitaba a Lindsey con cierta regularidad. Me pasaba a verla cuando no trabajaba para comprobar qué tal estaba, atrapada en ese apartamento diminuto. En parte porque me caía bien, en parte porque me sentía culpable, pero eso no era todo. Yo quería oír de su boca cómo iba todo entre ella y Patrick. Sabía que discutían mucho y eso me alegraba, porque pensaba que solo era cuestión de tiempo que él la dejara. —Levanta los ojos—. Sí, ya sé que eso me hace parecer una desalmada, pero, al menos, yo te estoy contando la verdad.

»Esa mañana, el día que se suponía que se iban, era sábado y yo estaba en casa, durmiendo. Greg, que era el mejor amigo de Patrick, me llamó para contarme que había habido un accidente. Cuando llegué, la ambulancia ya estaba allí y Lindsey estaba tendida en la nieve, muerta. Habían tratado de reanimarla, pero no habían podido.

Stephanie la escucha, consternada; Erica parece sincera, afligida. Se recuerda a sí misma que Patrick se había mostrado igual de destrozado y convincente cuando le contó lo que había pasado ese día. O Erica es muy buena actriz o realmente se cree lo que está diciendo, aunque no sea verdad.

—Patrick estaba destrozado —continúa Erica—. Pero yo le miré a los ojos, solo un momento, y vi algo en esa mirada de apenas un segundo entre los dos, algo parecido al triunfo. Y supe entonces que lo había hecho a propósito. No tuve la menor duda.

Hay un momento de silencio. Después, Stephanie habla sin ocultar su asombro:

—Una mirada. Tu creencia de que mi marido es un asesino despiadado se basa en una mirada.

—Escúchame bien —se apresura a contestar Erica—. Estaba llorando, destrozado, de lo más convincente, pero yo lo supe. Se fue con el sheriff para que le interrogara y yo me quedé aterrada. Pensé que podrían con él, que al final les contaría lo nuestro y que pensarían que yo había formado parte de aquello.

»Me fui a casa y me escondí allí. No dejaba de preguntarme cómo habría podido Patrick hacerle eso a su mujer y a su bebé. Pensé que la culpa era mía, que él lo había hecho para estar conmigo. Estuve esperando a que la policía fuera a interrogarme y yo iba a contarles la verdad. Que quería que Patrick dejara a su mujer, pero que yo no tenía nada que ver con su muerte. Sin embargo, no vino nadie. Esa noche vi en la televisión que habían concluido que era un accidente. Que había salido impune. No me lo podía creer. Estaba horrorizada. Y, después, también me sentí aliviada porque no tendría que ir a la cárcel. Pero sentía una culpa y un remordimiento terrible por Lindsey. Sabía que había muerto por mi culpa.

»No quería verle ni hablar con él. No sabía cómo actuar cerca de él, con lo que sabía. Era la única que conocía la verdad. Temí que pudiera llamarme, pero no lo hizo.

Yo no quería acercarme a él, pero tenía que ir al funeral. Habría resultado extraño que no fuera.

»El funeral fue un par de días después. Fue espantoso. —Observa a las gemelas, que dan cabezadas en su carrito, y Stephanie le sigue la mirada—. Todos completamente destrozados. El dolor de Patrick resultaba totalmente convincente e incluso me pregunté si tendría remordimientos, aunque ahora era libre y se había salido con la suya.

»Intentó hablar conmigo en el funeral. Yo le di la espalda. A nadie le pareció extraño... Yo era la mejor amiga de Lindsey y la culpa de que estuviera muerta era de él. Todos estaban mal. Pero sé que Greg pensó que me había comportado mal. Se acercó a mí y me dijo que me controlara, que todos lo estaban pasando mal, no solo yo, y que quién demonios me creía que era para tratar a Patrick como una mierda en el funeral de su mujer. Por supuesto, Greg no sabía nada. —Hace una pausa—. Fue al día siguiente cuando supe que estaba embarazada. Tenía un retraso. Traté de no hacer caso, pero después del funeral cogí un test de embarazo en la farmacia en la que trabajaba. —Respira hondo, expulsa el aire—. Por supuesto, era de Patrick. Yo no había estado con nadie más mientras estuve con él.

—¿Dónde está ahora el niño? —pregunta Stephanie. Erica se gira hacia ella.

—Lo di en adopción. Nunca he dicho que me lo quedara.

Stephanie guarda silencio. En su mente revolotean pensamientos confusos, como si fuese una secadora llena de ropa.

—¿Por qué no abortaste sin más?

—Quizá debí haberlo hecho. —Hace una pausa un momento y, después, prosigue—: La verdad es que sabía que si continuaba con el embarazo hasta el final podría conseguir algo de dinero. Con una adopción privada. Sí, soy codiciosa. Pero eso ya lo sabes.

Stephanie aparta los ojos. No soporta seguir mirando a Erica.

—Lo hizo deliberadamente, Stephanie. Sé que fue así. —Parece pensar si decir algo más y, después, sigue—: Te voy a decir por qué he venido ahora, después de tantos años.

Stephanie la mira de nuevo y se queda esperando. Hay algo más. Siempre hay algo más.

—He estado vigilando a Patrick todo este tiempo. Cuando supe que se había vuelto a casar, busqué información sobre ti.

—¿Información sobre mí? ¿Por qué?

—Porque algunos hombres utilizan a las mujeres como cajeros automáticos —responde Erica—. Y vi que tú ibas a heredar una buena cantidad de dinero.

—¿Cómo lo supiste? —Lleva tiempo haciéndose esa pregunta.

—Porque los testamentos validados son información pública. Investigué a tus padres y vi que habían sido ricos y que habían muerto en un accidente de coche. Busqué sus testamentos. Y vi que te habían dejado un fondo fiduciario y que recibirías el dinero cuando cumplieses los treinta años. —Y añade sin rodeos—: Cosa que ocurrió hace apenas un par de meses.

Stephanie se la queda mirando. No tenía ni idea de que esa información fuera pública. Creía que nadie sabía lo de su fondo fiduciario aparte de los abogados... y su marido.

—Dime una cosa: ¿sabía eso Patrick cuando se casó contigo?

Stephanie guarda silencio.

—¿Tienes también un seguro de vida? Deja que adivine: ¿lo contrataste cuando te quedaste embarazada?

Stephanie no responde. No tiene por qué. La frialdad de su corazón se extiende hasta llegar a todas sus extremidades. Se pregunta si Erica sabe ya que su seguro de vida es por un valor de un millón de dólares.

—Así que ya ves —dice Erica tras una larga pausa—, independientemente de lo que pase, te he hecho un favor.

Stephanie se hunde en la silla de mimbre del porche, agitada. Se acuerda del incendio, de la sartén que estaba en el fogón. Sigue sin recordar haber puesto la sartén ahí. Después, recobra la compostura y se obliga a tener presente quién es la persona con la que está hablando.

—No olvidemos el motivo real por el que estás haciendo esto —dice con frialdad—. Averiguaste nuestra situación económica, viste que teníamos dinero y has tratado de chantajearnos.

Erica asiente.

—Sí, bueno. Nunca he dicho que sea perfecta.

—Creo que deberías irte.

—Muy bien. —Se pone de pie—. Pero recuerda que solo porque haya tratado de chantajearos no es menos cierto que Patrick asesinó a su primera mujer.

Baja la mirada hacia Stephanie, echa un rápido vistazo hacia las gemelas en su carrito y añade:

—Ten cuidado. Al fin y al cabo, si lo hizo una vez, podría volver a hacerlo.

—Patrick jamás intentaría hacerme daño —responde Stephanie, categórica—. Ni a Jackie ni Emmie.

—Yo no estaría tan segura.

24

En cuanto Erica desaparece de su vista, Stephanie mete a las niñas en casa y se derrumba. Se mece en el sofá, con la cara entre las manos, sollozando. Un rato después consigue calmarse, se lava la cara hinchada y continúa con las llamadas a los bancos. El corazón casi se le detiene cuando la mujer del Hudson Valley Credit Union, el penúltimo de la lista, le dice: «No, su marido no ha venido hoy a la caja de seguridad».

Lamenta tener que desaprovechar el rato de sueño de las niñas, pues debería estar durmiendo también, pero las abriga rápidamente y las mete a las dos y al cochecito en el coche.

Cuando llega al banco, empuja a las gemelas hasta una de las empleadas del mostrador. Saca la llave de la caja de seguridad del bolsillo.

—Quisiera acceder a mi caja de seguridad, por favor —dice mostrando la llave.

—¿Puedo ver su identificación? —pregunta la mujer.

Stephanie le muestra su permiso de conducir y contiene la respiración.

—Por aquí.

Acompaña a Stephanie por un pasillo —por suerte, lo bastante ancho como para que quepa el carrito— y abre una puerta enrejada que da a una sala alargada y estrecha con las paredes llenas de cajas de seguridad numeradas. Stephanie deja a las niñas en el pasillo sin apartar la vista de ellas.

—¿Cuál es el número de su llave? —pregunta la empleada a la vez que abre un archivador de tarjetas.

—El dos veinticuatro.

La mujer busca en el archivador, saca una tarjeta y le pide a Stephanie que firme. La empleada baja los dedos por una fila y encuentra la caja. Inserta su llave, le pide a Stephanie la suya y esta se la da. La empleada saca la caja de la pared y lleva a Stephanie a una habitación vacía y privada con una mesa y una silla. Stephanie la sigue al interior de la habitación con el carrito.

La empleada deja la caja suavemente sobre la mesa.

—Hay un timbre en la pared de ahí. Púlselo cuando termine y volveré —dice.

—Gracias —responde Stephanie y espera hasta que la mujer sale cerrando la puerta tras ella. Las gemelas están profundamente dormidas.

Se sienta y se queda mirando la caja un momento, llena de agitación. Nota cómo el corazón le golpea en el pecho. ¿Qué secretos hay ahí dentro? Respira hondo y abre la tapa.

Lo primero que ve son los documentos del seguro. Los revisa, pero simplemente confirma lo que ya sabe. Patrick recibió doscientos mil dólares por la muerte de su primera mujer. Deja los papeles a un lado y coge el siguiente. El certificado de defunción de Lindsey, con fecha del 10 de enero de 2009. Hasta ahora, ninguna sorpresa. Stephanie traga saliva y saca el siguiente papel. Es un acta de matrimonio de Patrick Edward Kilgour y Lindsey Paige Windsor con fecha del 12 de agosto de 2008. Algo no le cuadra. Por un momento, Stephanie pestañea mientras ve que no le salen las cuentas. Recuerda que Lindsey estaba embarazada de ocho meses cuando murió, los artículos de prensa así lo habían confirmado. Stephanie mira de nuevo el acta de matrimonio y hace los cálculos. Lindsey debía de estar embarazada de tres meses cuando se casaron en agosto. ¿Por qué no se lo había contado Patrick?

Cuando Patrick vuelve a casa del trabajo, las gemelas están en el parquecito y su mujer tumbada en el sofá de la sala de estar con los ojos cerrados.

—¿Stephanie? —susurra. Si está dormida la dejará dormir todo lo que quiera. Pero abre los ojos y se incorpora de repente.

—¿Cuándo has llegado? —se apresura a preguntar.

—Ahora mismo —responde él—. ¿Va todo bien?

—Estaba dormida. No debería quedarme dormida cuando las niñas están despiertas.

—No te machaques tanto. Están bien en el parque. No tienes que vigilarlas a cada minuto. Nuestros padres no lo hacían y sobrevivimos.

—Pero no te he oído entrar. —Se aparta el pelo de la cara.

Él se da cuenta entonces de que Stephanie parece nerviosa, incluso enfadada.

—¿Qué pasa?

Ella levanta los ojos hacia él con frialdad.

—He encontrado una llave. Pegada a uno de los cajones de tu archivador. —Se mete la mano en el bolsillo de los vaqueros y la saca.

Patrick nota que se ruboriza.

—¿Qué hacías buscando en mi archivador?

—¿Vas a culparme? —Su voz suena áspera.

Él se da cuenta de que tiene razón.

—No, supongo que no.

—He encontrado tu caja de seguridad secreta —dice Stephanie. Está furiosa con él y quiere oír su explicación—. Lo he visto todo.

—Muy bien —contesta Patrick—. Me había olvidado de esa caja de seguridad. La tengo desde antes de conocerte —añade con tono conciliador—. Siento no habértelo contado, pero no hay nada en ella que no quiera que veas.

Ella le mira con incredulidad.

—¿De verdad? Entonces, ¿por qué escondías la llave?

—Si recuerdas, yo tenía esos archivadores antes de conocerte. Esa llave ha estado ahí desde hace años.

—¿Por qué no me has contado que Lindsey estaba embarazada de tres meses cuando te casaste con ella? —pregunta Stephanie sin rodeos.

Él la mira como si estuviese absolutamente sorprendido.

—¿Y qué importa eso?

Lo dice sin ningún tono de hipocresía, como si no entendiera nada. Ella no puede creer que sea tan estúpido.

—Importa mucho —exclama—. Hace que parezca que te casaste con ella porque te viste obligado, no porque quisieras. ¿Es así?

—Vamos, Stephanie. Eso es ridículo. ¿Cómo puedes decir eso? La gente ya no se casa por un embarazo no planeado.

Parece creer lo que afirma. Ella le mira estupefacta.

—¡Claro que sí!

—No. ¡Por el amor de Dios! Estábamos enamorados, se quedó embarazada y esperamos hasta agosto para casarnos, principalmente porque no habíamos tenido tiempo antes. No nos daba ninguna vergüenza. —Y añade, casi con fastidio—: Dios, no me puedo creer que seas tan antigua.

Ella arquea las cejas, irritada.

—Yo no soy antigua.

—Pues, desde luego, es la impresión que da.

De repente, está furiosa. No hay duda de que Patrick es inocente de la muerte de su esposa. Pero... a cualquiera en su situación le preocuparía lo que eso parece.

—La gente va a pensar que os casasteis por el embarazo, porque consideraste que tenías que hacerlo, no porque la quisieras.

—Eso no es verdad —repite Patrick.

—No importa si es verdad —insiste Stephanie levantando la voz—. Dios, ¿es que no se te ocurre pensar en lo que eso puede parecer? ¿Lo sabe Erica?

—No, no lo creo. No lo publicamos por ahí. Cuando nos mudamos a Creemore a principios de septiembre ya estábamos casados. Nadie nos preguntó cuándo había sido la boda. —Ahora él también parece enfadado.

—¿Y si Erica busca el acta de matrimonio?

—¡Joder, Stephanie, si no para de decir mentiras!

—No todo son mentiras, ¿no es así? —espeta antes de poder contenerse—. Te acostabas con ella, la dejaste embarazada.

Él toma aire un par de veces antes de responder con las fosas nasales dilatadas.

—Sí, me acostaba con ella. Pero no soy ningún asesino —dice bajando la voz y mirándola, casi con frialdad—. Quizá debería preguntarte qué es lo que crees tú.

Stephanie deja caer los ojos y evita la pregunta. Tiene que decírselo.

—Erica ha estado hoy aquí.

25

Erica está sentada en su sofá picando de cajas de comida tailandesa para llevar posadas en su mesa de centro y pensando en su conversación con Stephanie de ese mismo día. Está enfadada. Stephanie no va a pagar. Patrick lo habría hecho, pero ella no. Y es ella la que tiene el dinero. Dios, Erica no soporta a la gente terca que no ve lo que más le conviene.

Recuerda que Stephanie le ha contado que Patrick ha visto su bolso en su apartamento. Se inclina y sube el bolso negro al sofá. Va a tener que deshacerse de él. Lo tirará al río.

Todo esto va a durar más de lo esperado y va a tener que ser un poco creativa. Mientras tanto, Niall goza de un gran potencial y ella cuenta con que su trabajo de media jornada en el hospital la saque de apuros. Le gusta trabajar en hospitales porque en ellos hay médicos. Y los médicos tienen dinero. Y, según su experiencia, cuentan con grandes egos, trabajan mucho y son dados a las aventuras amorosas. A veces, incluso a problemas de adicción.

El mundo está lleno de oportunidades, piensa Erica, si tienes los ojos bien abiertos.

Patrick se queda claramente impactado al saber que Stephanie ha visto a Erica. Por un momento, permanece completamente inmóvil.

—¿Qué?

—Estaba aquí, esperándome, cuando volví del parque —le explica Stephanie. No le dice que Erica estaba dentro de la casa, que probablemente se había vuelto a dejar la puerta sin cerrar por error—. Hemos hablado en el porche.

—¿Y me lo cuentas ahora? —estalla—. ¿Por qué no has llamado a la policía?

—Tú no querías ir a la policía, ¿recuerdas? —responde ella, acalorada—. Querías esperar a ver si se iba.

Él se pasa una mano nerviosa por el pelo.

—¿Qué quería?

—Dinero, por supuesto. Le he dejado claro que no vamos a darle nada. —Y añade—: Y quería hablar conmigo. Así que hemos hablado.

Ahora, él le lanza una mirada de preocupación.

—Dios mío, Stephanie. No deberías haberlo hecho. Es peligrosa. Retorcida. ¿Qué te ha dicho?

—Que los dos estabais enamorados. Que no estuvisteis juntos solamente un par de veces, sino muchas. —Desde el sofá, levanta los ojos hacia él, que está de pie enfrente de ella, para observar cuál es su reacción ante lo que va a añadir—: Ha dicho que ibas a su apartamento a la hora de comer y que hacíais el amor. Después, en su cama, te comías lo que tu mujer te había preparado.

Por la expresión de pánico de él, Stephanie sabe que ha tocado un punto sensible. No lo esperaba.

—¿Es cierto? —pregunta con voz entrecortada.

Él niega con la cabeza. Se ha quedado pálido y, cuando responde, lo hace con voz forzada.

—Eso solo pasó una vez, te lo juro. La única otra vez que nos acostamos fue antes de ese día y estábamos borrachos. Le puse fin, después de aquello. —Y añade con desesperación—: No fue nada, Stephanie. Me di cuenta de lo tonto que había sido. No significó nada para mí. Nada en absoluto.

Ella le mira con intensidad, menos segura de todo.

—Erica no va a sacar nada de todo esto. Te lo prometo.

Stephanie le sostiene la mirada, completamente agotada. ¿Cómo es posible que sea incapaz de ver a qué se enfrentan? ¿Cómo puede hacerle esa promesa? ¿Cómo puede siquiera haber dicho algo así? Quizá sea porque sabe que es inocente. Pero ni siquiera eso es una garantía. Siempre hay gente inocente a la que condenan por asesinato. Siente que la cara se le descompone.

—¿Cómo puedes prometerme que todo va a ir bien? ¿Cómo puedes prometerme nada? —pregunta con tono lastimoso.

—¿A qué viene esto, Stephanie? ¿Es que no me crees?

—Claro que te creo, pero...

—Pero ¿qué?

—Si Erica va al final a la policía..., podrían creerla.

Patrick finge estar durmiendo, pero está completamente despierto a pesar de tener los ojos cerrados. Stephanie ha acostado por fin a las gemelas y se ha metido con él en la cama hace unos minutos. Le está dando la espalda, pero sabe por su respiración que está profundamente dormida. Ha estado aguardando con la esperanza de que esta noche se quedara dormida rápido.

En silencio, baja de la cama, con cuidado de no despertarla. Se pone los vaqueros y una camiseta y sale de la habitación. En cuanto se queda dormida, permanece fuera de combate hasta que las gemelas empiezan a llorar a eso de las seis de la mañana. Para entonces, él ya habrá vuelto. Con suerte, ella ni siquiera notará que no está. Y, si lo hace, le dirá que no podía dormir y que ha ido a dar una vuelta con el coche para aclararse las ideas.

Coge la cartera y las llaves y se desliza en silencio fuera de la casa, cerrando con cuidado la puerta al salir. Se mete en el coche, retrocede marcha atrás por el camino de entrada y no enciende las luces hasta que ya ha avanzado por la calle. Toma la autopista hacia Newburgh.

Erica se despierta con el fuerte sonido del timbre de su apartamento. Levanta la cabeza y mira el reloj de la radio. Son las 2:54. El timbre vuelve a sonar, insistente.

Se quita de encima la colcha y va descalza hacia la puerta. Contesta el telefonillo.

—¿Quién es?

—Soy yo. Quiero que hablemos.

Reconoce la voz de Patrick. El corazón se le acelera.

—Vale. Entra.

Se pregunta por un momento si debería tenerle miedo. Sí que se lo tiene, un poco, pero piensa que él por fin habrá decidido hablar de negocios. Esto podría terminar bien para los dos. Quizá él haya entrado en razón.

Se está poniendo la bata cuando oye que llama a la puerta. Termina de atársela y, a continuación, va a abrir.

Él se queda mirándola un momento antes de pasar por su lado para entrar en el apartamento. Ella cierra la puerta mientras trata de adivinar qué pretende. Patrick se gira para mirarla.

—¿Qué te trae por aquí en plena noche? —pregunta.

—¡Tienes que mantenerte alejada de mi mujer, joder! —Su tono es amenazador.

No es exactamente lo que ella se esperaba. Había imaginado que se daría cuenta de que la muerte de su actual esposa les vendría bien a los dos. Fuera o no lo que él habría elegido. Pero, en lugar de eso, se muestra protector con ella.

—¿Por qué iba a hacerlo? —pregunta con la misma hostilidad—. Merece saber la verdad..., saber de lo que eres capaz.

—¡Deja ya toda esa mierda! —grita él. A continuación, se acerca y habla en voz baja y rencorosa—: Ya estoy harto de esto. Y también de ti.

Ella no se aparta. Aproxima más la cara a él.

—No me digas que no tenías algo en mente para ella antes de que yo apareciera. Te has casado con una mujer de la que sabías que iba a heredar una fortuna. Y ahora la tiene. Y no te olvides del seguro de vida. —Le mira con una sonrisa heladora—. Si yo no hubiese aparecido, ¿cómo habría terminado esta historia? —Ve la furia en sus ojos—. He tocado la fibra sensible, ¿verdad? ¿Te he estropeado los planes?

—Eres una zorra terrible y mentirosa —replica él con furia—. ¡Estás tan obsesionada con tus fantasías que al final te las crees!

—Por si no lo has notado, te tengo entre la espada y la pared —responde ella—. Si tu tacaña mujer muere ahora, antes de que yo vaya a la policía de Colorado, nadie tiene por qué sospechar nada, si lo haces bien. Te librarás de ella y podrás repartir el dinero conmigo. Hay mucho. —Él le lanza una mirada de odio, mudo por la rabia. Erica continúa hablando con tono calmado—: La alternativa es que te investiguen por haber asesinado a tu primera mujer. Una vez que eso ocurra, sea cual sea el resultado, jamás podrás librarte de Stephanie, ¿verdad? No te atreverías. —Hace una pausa momentánea y añade con crueldad—: Y puede que ella se divorcie de ti y se lleve su dinero.

—Zorra egoísta, avariciosa y sin moral.

Lo que él opine no le importa lo más mínimo.

—Así pues, ¿qué vas a hacer? —pregunta ella.

Él la mira con la cara pegada a la suya. Erica puede ver que una vena de la sien le late por la tensión. Se queda esperando su respuesta.

—Estás dando por sentado que soy un asesino —dice él con desesperación.

—¿No lo eres?

26

El jueves por la mañana, Hanna decide invitar a Stephanie y las niñas a su casa para que jueguen. Está cada vez más preocupada por su vecina. Es evidente que Stephanie está agotada y Hanna está segura de que le está costando lidiar con todo. ¿Y a quién no, con dos gemelas con cólicos y sin tener a su madre cerca para ayudarla? Hanna está más agradecida a su madre, que vive cerca, de lo que jamás pensó que estaría. Y Teddy es un bebé fácil.

El otro día le inquietó ver la puerta de Stephanie abierta de par en par y encontrarla en aquel estado. Es un buen barrio, pero eso no significa que no te vayan a robar si dejas la puerta abierta. Con el aumento de las compras por internet, ha habido una racha de robos de los paquetes que se dejan en las puertas de las casas y probablemente haya más aprovechados.

Y hay algo más que preocupa a Hanna. Hace un par de días vio a Stephanie hablando en su porche con la mujer que había estado mirando la casa que se vendía dos puertas más abajo. Hanna recuerda su agradable conversación con la mujer la primera vez que fue a ver qué tal era el barrio. Pero desde donde estaba Hanna —mirando por la ventana de su sala de estar mientras daba vueltas y hacía eructar a Teddy— no le pareció que ella y Stephanie estuviesen manteniendo una conversación agradable.

Hanna no es entrometida; no le gusta fisgonear. Y ha descubierto que Stephanie es una persona discreta que no desvela información personal con facilidad, así que no está segura de que deba hablarle de ello. Pero si esa mujer está pensando en comprar la casa...

Coge el teléfono y enseguida las dos mujeres y los tres bebés están cómodamente instalados en su sala de estar. Hanna se da cuenta de que Stephanie tiene peor aspecto que la última vez que la vio.

—No te lo tomes a mal, pero se te ve fatal —le dice, compasiva.

—Pues me encuentro aún peor de lo que parezco —confiesa Stephanie.

Hanna le ofrece una taza de café.

—¿Quién era esa mujer con la que hablabas en tu porche el otro día? —le pregunta como si tal cosa.

Stephanie evita mirarla a los ojos cuando coge la taza de café. Da un sorbo antes de contestar.

—No es más que una vieja amiga del colegio de Patrick.

—Ah. —Hanna se queda sopesando esa información y continúa preguntando—: ¿Sigue interesada en comprar la casa?

—¿Qué casa?

—La que venden dos puertas más abajo de la tuya. Hablé con ella a principios de la semana pasada y acababa de estar viéndola.

—Ah, no. No lo creo —responde Stephanie. Entonces, cambia de conversación.

«Hay algo aquí que no me cuadra», piensa Hanna.

Nancy trata de saberlo todo sobre E. Voss. Hace lo más evidente —buscar en Google y en Facebook—, pero no encuentra nada que le sirva. Sigue mirando la aplicación de Tesla. Ha visto que su marido ha ido a Newburgh cuando se suponía que tenía que estar trabajando el domingo por la tarde, pero estaba atrapada en la fiesta de cumpleaños de uno de los amiguitos de Henry. Ha decidido seguir a su marido siempre que pueda —al fin y al cabo, Niall podría estar viéndose con esta mujer en cualquier lugar—, pero dejando pasar algo de tiempo. Cuando ve adónde ha ido y que está aparcado, acude allí después, a veces con Henry en el coche. Hasta ahora solo ha estado en sitios justificados por el trabajo.

Pero el jueves por la tarde ve que el puntito azul se mueve en dirección a Newburgh. Le invade la rabia. Contra Niall y contra sí misma por no encararse con él. En casa, siguen actuando como si nada hubiese cambiado. Él finge que no tiene una aventura y ella que no sabe nada. Los dos podrían ganar un Óscar.

Acuerda con su madre que vaya a recoger a Henry de las clases de preescolar por la tarde y que esté con él hasta que ella regrese. Y, después, toma la autopista, furiosa. Cuando llega a su destino, aparca de nuevo al otro lado de la calle y, a continuación, ve el Tesla de su marido en el aparcamiento. Siente deseos de liarse a golpes contra él con una maza.

Pero lo que hace es quedarse sentada en su coche, esperando, con la mirada fija en la puerta del edificio. Al final, sale Niall, solo. Ella aguarda a que se suba a su coche y se vaya. Respira hondo y sale del coche, entra en el edificio y pulsa el botón del apartamento 107. Quiere ver a esa rompehogares con sus propios ojos.

Cuando Nancy oye la voz de una mujer por el portero automático, de repente no sabe qué decir. ¿Y si se niega a dejarla pasar? En ese momento, sale un hombre del vestíbulo y Nancy se cuela en el interior sin decir nada al telefonillo.

Avanza por el pasillo hasta que encuentra el apartamento 107. Se queda ahí un momento, nerviosa. ¿La mujer que se está acostando con su marido irá a abrir la puerta o la verá por la mirilla y se figurará a qué ha ido... la esposa furiosa? Recupera la compostura y llama.

La puerta se abre.

—¿Sí?

Nancy se queda mirándola. No es tan joven como se esperaba, pero, desde luego, es guapa. Rubia, mientras que Nancy es morena. Anne O'Dowd era rubia también. Nancy se pregunta por esa repentina predilección de su marido por las rubias. Siente envidia, inseguridad y rabia por igual mientras mira a esa mujer esbelta y de bonita figura con unas mallas negras y una camiseta ajustada.

—¿Qué desea? —pregunta la mujer.

—Quiero hablar contigo —responde Nancy con firmeza—. ¿Puedo pasar?

La otra mujer la mira con desconcierto.

—¿Quién eres? —pregunta.

Nancy mira por detrás de la mujer al apartamento apenas amueblado. La empuja y entra.

—Perdona..., ¿quién eres?

Nancy baja los ojos hacia una mesita llena de cartas. Ve el nombre de Erica Voss en uno de los sobres y levanta la mirada.

—Quería conocerte, Erica. Has estado acostándote con mi marido..., acabo de verle salir... Y vas a dejarlo.

—Ah —responde Erica con una sonrisa—. Eres la esposa abandonada. Ya me lo imaginaba. Le has estado siguiendo, ¿verdad? Qué lamentable. Y crees que puedes venir aquí a decirme lo que tengo que hacer. —A continuación añade—: Eso es estar muy... segura de ti misma.

A Nancy no le cabe duda de que Erica piensa que esa seguridad es injustificada.

—Considera esto como una visita de cumplido —contesta Nancy con tono severo—. Voy a decirle a mi marido que lo sé todo sobre ti y romperá contigo de inmediato.

—¿Qué te hace pensar que va a ser así? —pregunta Erica a la vez que cruza los brazos bajo su pecho perfecto.

De repente, Nancy no está tan segura. Esta mujer es distinta a Anne O'Dowd. No es ninguna tonta.

—Tú limítate a alejarte de él —le advierte.

—¿O qué? ¿Qué me vas a hacer? —Erica se queda mirándola con una ceja arqueada. Después, añade—: Ya es mayorcito y puede tomar sus propias decisiones.

Nancy le responde con una mirada de desprecio y se da la vuelta en dirección a la puerta.

—Ya verás como tengo razón.

—Conduce con cuidado —le dice Erica cuando sale.

Niall se queda trabajando hasta tarde para compensar el tiempo que se ha tomado a media tarde para ir a ver a Erica. Sabe que su mujer va a estar disgustada, pero no se queja demasiado si llega tarde del estudio. Sabe que trabaja mucho y está orgullosa de su éxito. Tienen una buena vida. Las largas jornadas son el precio que hay que pagar para conseguirla.

Cuando vuelve, aparca en la entrada y entra en la casa. Nancy no le recibe en la puerta como suele hacer. Quizá esté en la cocina, piensa. Puede que le esté calentando algo de comer, como siempre hace. Se da cuenta de que está hambriento. Pero la casa está más silenciosa que de costumbre. La recorre de camino a la cocina mientras grita:

—Nancy, ya estoy en casa.

De repente, se detiene al verla sentada en silencio en el sofá de la sala de estar.

—Hola —dice él.

Pero ella le está mirando de tal forma que hace que las tripas se le revuelvan. Su expresión es seria —recriminatoria, furiosa, dolida— y él sabe que ella lo sabe. Ha descubierto lo de Erica, seguro. De repente, es él quien se pone furioso. ¿Le ha seguido? ¿Es que no puede tener ningún tipo de libertad? Pero esa sensación desaparece en un instante, solo un arranque momentáneo de inmadurez, y es entonces cuando la realidad le invade. Ha sido un estúpido. Va a perderla... Siente que la cara se le descompone. Aun así, ninguno de los dos dice nada.

—¿Dónde está Henry? —pregunta él por fin en voz baja. No quiere que su hijo oiga lo que va a pasar a continuación.

—Está en casa de mi madre —contesta ella—. Va a pasar allí la noche.

Le va a pedir que se vaya. Siente un ligero mareo de incredulidad. ¿Cómo ha podido ser tan estúpido? Se lo había prometido. Y ha roto su promesa. No le va a dar una segunda oportunidad. Ya se la había dado y él la ha echado a perder.

—Nancy... —murmura con voz entrecortada. Ella está esperando a que él se lo diga, pero es incapaz.

—¿Cómo has podido? —estalla Nancy—. ¿Cómo has podido después de la última vez?

Él entra despacio en la habitación, como si se acercara a su propio funeral, y se deja caer pesadamente en un sillón enfrente de ella.

—No lo sé —responde—. Lo siento mucho. Nancy, yo te quiero. Solo a ti. Siempre te he querido solamente a ti. —La mira, humillado y suplicante.

—Eso es lo que dijiste la última vez —contesta ella con rabia.

—Lo sé. Pero es la verdad.

—Ayer fui a verla.

A él se le revuelve el estómago. No quería que esto pasara. No ha significado nada, solo un poco de emoción. No ha querido hacerle daño. No quiere perderlo todo.

—Es muy atractiva —añade Nancy con amargura.

Dios mío, otra vez no.

—Nancy, por favor. Sabes lo atractiva que eres tú. Vamos, ¡mírate! No tiene nada que ver con eso.

—Ah, ¿no? —Espera un poco antes de continuar—: Entonces, ¿por qué lo haces? ¿Por qué te acuestas con otras mujeres? ¿Por qué no soy suficiente para ti?

Casi desea que Nancy se ponga a llorar y a lanzarle cosas, pero está tan enfadada y tan seca que está seguro de que ya ha tomado la decisión de echarle de casa. No puede explicarlo. Lo había intentado, en la terapia de parejas, pero no lo había logrado. Quiere explicárselo ahora, pero no sabe cómo.

—Ya me he hartado, Niall. Creo que deberías irte.

—¡No! —Suena como un grito entrecortado—. No, Nancy, por favor. Por favor, dame otra oportunidad.

—Puedes mudarte a ese apartamento barato de Newburgh con ella. Seguro que los dos vais a ser muy felices. O no. No me importa.

Él se levanta de un salto del sillón y cae de rodillas delante de ella. Mueve la cabeza de un lado a otro.

—No la quiero. No es nada para mí. Quiero estar aquí, contigo. Te quiero, Nancy. Quiero estar aquí contigo y con Henry. Por favor, no me pidas que me vaya. No volveré a verla. Lo juro.

Entonces, ella empieza a llorar y él también. Después, se quedan sentados en silencio durante un largo rato. La noche va cayendo.

—Quiero que la llames ahora y le digas que no vas a volver a verla —exige Nancy por fin.

—Claro. Por supuesto —se apresura él a contestar. Se saca el móvil del bolsillo y llama a Erica. El corazón le late con fuerza. Se acerca el teléfono al oído.

—Hola —responde Erica.

—Erica. Soy Niall. Lo siento, pero no voy a volver a verte.

—Le tienes miedo a tu mujer, ¿no? —Su tono es mordaz.

—La quiero.

—Claro que sí.

Niall cuelga. Está seguro de que su mujer lo ha oído todo. La mira, tímido.

—¿Y ahora qué? —pregunta.

—Me lo pensaré —responde Nancy. Se levanta y añade—: Puedes dormir en el cuarto de invitados por ahora hasta que decida qué hacer. —Sale de la habitación y deja a Niall con la cabeza entre las manos.

Erica quiere lanzar el teléfono contra la pared. Se detiene justo a tiempo. Acaban de humillarla. No se lo esperaba, no hasta que la mujer de Niall ha aparecido en su puerta esta tarde. Claro que sabía que Niall no querría abandonar a su familia. Lo que no se esperaba es que su mujer se enterara o, al menos, no tan rápido. ¿Cómo ha podido él permitir que le descubra? ¿Cómo ha dejado que le siga? Qué estúpidos pueden llegar a ser los hombres. ¿Es que quería el muy idiota que se enterara?

Ahora no puede sacarle dinero para comprar su silencio.

Últimamente, nada le sale como esperaba. Se dice a sí misma que debe ser paciente. Las cosas necesitan su tiempo. Pero la paciencia no ha sido nunca su fuerte.

27

Patrick repasa una y otra vez en su cabeza su última conversación con Erica a altas horas de la noche en su apartamento. Últimamente, las manos le tiemblan a veces. Stephanie se ha dado cuenta. No para de preguntarle si está bien, si le está ocultando algo, si ha sabido algo más de Erica. Pero no ha sabido nada. Ni tampoco ella. No es tan tonto como para pensar que simplemente se ha hartado y se ha ido. Ya no.

Stephanie está también hecha un despojo. Está demacrada y se arrastra por la casa como si cada movimiento supusiese un esfuerzo. Él la ve sobresaltarse por cualquier ruido inesperado, incluso por algo tan inocente como el sonido de las cartas al caer por el buzón. Stephanie le ha contado lo que le dijo Hanna, que Erica había estado viendo la casa en venta de su calle. Eso la puso nerviosa. Les puso nerviosos a los dos, y está seguro de que esa es su intención, pero ambos saben que Erica no está de verdad interesada en la casa, ¿no?

Los dos se están volviendo un poco locos. Patrick se da cuenta de que no han salido apenas de la ciudad desde que han nacido las gemelas. Antes de que Stephanie se quedara embarazada, solían ir de excursión los fines de semana y salir con la bicicleta con regularidad. Después, cuando Stephanie se quedó embarazada, habían hablado de poner asientos de bebé en las bicicletas para salir con ellas por las montañas de Catskill, como si tener bebés fuese un simple contratiempo. No habían sabido lo mucho que sus vidas iban a cambiar. La idea de salir en bicicleta con las niñas metidas en asientos de bebé había sido una ingenuidad. No habían sabido lo que sería tener gemelas, ni se habían esperado lo de los cólicos, algo que los había destrozado a los dos. Ahora, lo único que desean es dormir cuando les sea posible.

—Stephanie —dice Patrick mientras desayunan el sábado por la mañana—. ¿Por qué no preparamos algo de comer y salimos de la ciudad como antes? Hoy va a hacer un día estupendo. Al menos, podremos tomar un poco el aire y cambiar de escenario.

Ella le mira inclinando la cabeza mientras lo considera. Patrick se da cuenta de que tiene sentimientos encontrados: suena de maravilla, pero probablemente esté pensando en todo el trabajo que requiere: organizar la cesta, preparar la comida y perderse la siesta porque probablemente las gemelas se duerman en el coche en el camino de vuelta.

—Yo me encargo de todo —la persuade—. Iré a la tienda a comprar cosas ya preparadas. —La mira con una sonrisa—. Ensalada de patata. Esos sándwiches italianos que te gustan. El refresco de limón y unas galletas. Iremos hasta ese sitio de las montañas al que íbamos antes..., donde nos besábamos. —Le sonríe y a cambio recibe una breve y agotada sonrisa como respuesta—. Podemos relajarnos un poco. Y tú puedes dormir en el coche durante el camino de vuelta. —El rostro de ella se ilumina un poco y él piensa que vuelve a parecer la de antes y no la que ha sido desde el momento en que Erica se ha colado en sus vidas.

—Suena bien —admite Stephanie—. Vale. Voy a preparar una bolsa para las niñas mientras tú vas a la tienda.

—Estupendo. —La besa en los labios y coge las llaves del coche mientras tararea al salir.

Stephanie apoya la espalda en el asiento del pasajero, envuelta en una sensación de tranquilidad mientras dejan el río atrás y suben por la carretera en dirección a las montañas de Catskill. Rodeada por un bosque cada vez más profundo, siente que una paz familiar la va inundando. Hace un día espléndido. Las gemelas balbucean felices en el asiento de atrás y Patrick, que va conduciendo a su lado, la mira y sonríe. Extiende la mano derecha y la coloca sobre la suya. En un repentino estallido de felicidad, Stephanie piensa en lo felices que son..., justo antes de que el recuerdo de lo que están sufriendo ahora la vuelva a abrumar. Luz y oscuridad. ¿Puede existir la una sin la otra? Mirando el perfil de Patrick, la luz del sol inundando el coche, el arrullo de sus hijas atrás..., sabe lo que es la felicidad. Con un fuerte pellizco de miedo, sabe también que alguien ha arrojado una sombra oscura sobre sus vidas. Aparta los ojos de Patrick y mira por la ventanilla. Observa el paisaje que pasa por su lado y escudriña el interior del bosque mientras piensa en todos los cuentos de hadas que está deseando leerles a las gemelas, esos que tanto le gustaban a ella de pequeña: *Caperucita Roja, Hansel y Gretel, Blancanieves y los siete enanitos.*

—Casi hemos llegado —dice Patrick mientras sale de la autopista y se introduce en una carretera con baches que lleva al lugar recóndito que descubrieron hace un par de años y que siempre han considerado como propio. No han estado aquí desde que nacieron las gemelas, piensa Stephanie. Patrick detiene el coche y apaga el motor. Aquí arriba están solos. Hay tanto silencio que ella puede oír el sonido del motor al enfriarse. Salen del coche. Patrick se acerca a ella y juntos miran hacia abajo. Desde aquí las vistas son espectaculares. Después, Stephanie se da la vuelta y extiende las mantas sobre la hierba mientras Patrick saca las sillitas de las niñas del coche.

Pronto tienen cada uno a una bebé sobre el regazo y están disfrutando de su almuerzo a la vez que inspiran bocanadas de aire fresco. Aquí sus problemas parecen haberse alejado, piensa Stephanie, mientras da un bocado a su sándwich y sonríe a Jackie, que extiende las manos hacia su pelo. Están lejos de todo. Ojalá pudieran quedarse aquí, fantasea, donde Erica jamás logre encontrarlos.

—¿Quieres que demos un paseo por el bosque? —pregunta Patrick después de comer—. He traído los portabebés.

Stephanie, adormilada después de comer, se lo piensa y niega con la cabeza.

—Prefiero quedarme aquí sentada.

—Lo que quieras —acepta Patrick—. Este día es para ti. —Se inclina sobre Stephanie y le da un beso en la boca que ella le devuelve, con ansia, como se besaban antes.

Tras un par de horas de descanso y casi felicidad, recogen las cosas y piensan en volver a casa. Stephanie se da cuenta de que una nube ha cubierto el ánimo de Patrick. Ahora está como retraído, tenso. Quizá esté pensando en lo que les espera. La pequeña escapada ha terminado. Ella se imagina que los dos están preocupados por lo mismo mientras cargan el coche. ¿Cuándo volverán a tener noticias de Erica? ¿Qué va a pasar ahora? Le observa mientras aseguran a las bebés en el asiento de atrás.

—Pareces muy cansado —dice—. Quizá debería conducir yo.

Él niega con la cabeza.

—No, estoy bien. Yo conduzco.

—Tú has traído el coche al venir. Yo lo llevaré hasta casa.

Él la mira por encima del capó del coche.

—No, en serio. Estoy bien. Deberías dormir un poco durante el camino de vuelta.

Pero ella no acepta una negativa por respuesta. Rodea la parte delantera del coche hasta el lado del conductor.

—Yo conduzco. Mira, estás temblando. Lo creas o no, me parece que tú estás en peor forma que yo.

28

Ha pasado una semana desde que Patrick fue al apartamento de Erica en medio de la noche. Erica está cada vez más impaciente. No está ocurriendo nada. En concreto, no le ha ocurrido nada a Stephanie y a ella no le gusta hacer el gilipollas. Entra en la librería del centro de Aylesford. Es un lugar encantador, pero Erica no ha ido ahí a sentirse encantada. Sabe lo que quiere. Ve la sección infantil y se dirige hacia ella.

Es hora de hacerles un regalo a las gemelas. Ha pasado mucho tiempo pensando en ellas, casi se siente ya como parte de su pequeña familia. Examina con detenimiento las estanterías buscando una cosa específica, algo que recuerda de su propia infancia. Puede que incluso fuera su cuento favorito. Por un momento, le preocupa que no vaya a encontrarlo, que tenga que pedirlo por internet cuando lo que está deseando es regalárselo hoy mismo a las niñas. Patrick necesita un pequeño empujón.

Ah, ahí está. Reconoce el librito y lo saca del estante. Busca una silla y se sienta a leerlo entero. Es tal y como lo recordaba y al final, a su pesar, termina sintiéndose encantada. Se descubre a sí misma sonriendo a medida que lee y disfruta de las palabras, las ilustraciones y la moraleja que tan familiares le resultan. Es perfecto.

Patrick es el primero en ver el paquete envuelto en papel de regalo y adornado con un lazo en el suelo de la puerta de la casa. Están de vuelta de un paseo nocturno por el barrio con las niñas. Nota que Stephanie está subiendo detrás de él. Cuando ella ve el paquete envuelto en papel amarillo claro salpicado de dibujos de corderitos suelta un grito de alegría.

—¡Un regalo! —exclama.

A Stephanie siempre le han encantado los regalos: elegirlos, envolverlos, darlos y recibirlos. Con un sobresalto, Patrick se da cuenta de que últimamente no le ha regalado a su mujer ningún detalle, ni siquiera unas flores. Debe hacer algo al respecto. Le comprará algo pronto.

Stephanie sube los escalones del porche con él y se agacha a coger el paquete mientras Patrick abre la puerta.

—Vamos a meter a las niñas antes de ver de quién es —propone ella.

Entran y dejan a las niñas en la sala de estar.

—Hay una tarjeta —dice Stephanie—. Para Jackie y Emma. ¿De quién será? —Se sienta en el sofá y la abre.

Patrick está a punto de sentarse a su lado cuando ella arroja el paquete como si hubiese sufrido un calambre. Sigue con la tarjeta en la mano y la mira con asco. Patrick la observa con fuerte recelo.

—¿Qué ocurre?

Stephanie le pasa la tarjeta y él ve que la mano le tiembla.

—Es de Erica. —Pronuncia su nombre con repugnancia.

Él coge la tarjeta y la mira, alarmado. En su interior ve escrito: «Un pequeño detalle para vosotros y las niñas. Erica».

Una sensación de espanto le invade. Mira el paquete que Stephanie ha tirado al suelo. Es pequeño y plano, como un libro.

—No lo abras —dice Stephanie.

Él vacila. Tampoco quiere abrirlo. Erica está enferma y está tratando de joderlos. Pero, al mismo tiempo, necesita saber qué es. Se acerca al regalo, se agacha y lo levanta mientras Stephanie se encoge en el sofá. Él la mira, como si le pidiera permiso. Ella no dice nada, así que rompe el papel. Respira aliviado. Se gira hacia Stephanie.

—No es más que un libro. Un libro de dibujos.

Vuelve al sofá y se sienta al lado de ella mientras lee el título en voz alta: *La gallinita roja*.

Stephanie se lo quita de las manos y contempla el libro.

—Lo conozco. Es una fábula antigua. La gallinita roja tiene que hacerlo todo ella. —Pasa la primera página y repasan el libro juntos, leyéndolo rápidamente. Es sobre una gallinita roja que encuentra un grano de trigo, pero nadie la ayuda a plantar la semilla. El ganso, el gato y el cerdo le dicen que no. Así que la gallinita roja les contesta que lo hará ella. Cuando llega la época de la cosecha del trigo, nadie la ayuda. Les dice que lo hará ella. Por fin, cuando llega el momento de comer el pan que ha hecho con el trigo, todos quieren un poco, pero les dice que se lo va a comer ella.

Stephanie ha pasado las páginas hasta el final, como si esperara algo más. Pero no hay nada. Le mira con gesto serio.

—Solo está tratando de hacernos enfadar —dice Patrick. Pero reconoce la intención y eso le produce escalofríos. Erica le está enviando un mensaje y no puede ser más claro: «Lo haré yo».

A la noche siguiente, miércoles, Erica va caminando hacia el hospital de Hillcrest, en Newburgh, donde trabaja como auxiliar administrativa tres días a la semana. Debería haber vuelto a estudiar para encontrar algo mejor, pero siempre ha sido impaciente, incapaz de estar mucho tiempo en el mismo sitio. Siempre está buscando una forma más rápida y fácil de ganar dinero. Le toca el turno de noche y ya ha oscurecido. El hospital no queda lejos de su apartamento y disfruta de estar a solas con sus pensamientos. Siempre tiene muchas cosas en las que pensar.

Erica va caminando por el arcén de la vía de servicio que conduce a la entrada trasera del hospital. No hay acera. Empieza a pensar en las decisiones que ha tomado. No tiene marido que la mantenga. Dio a su único hijo en adopción. Aquella fue una decisión práctica, también económica, y no le resultó difícil tomarla. Erica se había aprovechado un poco de aquella pareja tan ilusionada y acomodada.

Y, después, un poco más. Todo se hizo con mucha discreción. Estaban encantados de pagar.

No estaba preparada para ser madre. ¿Cómo se suponía que Erica, de solo veintiún años, iba a poder criar ella sola a un niño? Cuando la verdad era que nunca había pensado siquiera si quería tener hijos. Ahora sabe que no quiere. No tiene instinto maternal. Le sorprende el poco interés que siente sobre su propio hijo.

Camina con paso enérgico por la carretera oscura y desierta con la cabeza agachada, sumida en sus pensamientos, con los auriculares puestos, escuchando música. De repente, nota algo. Oye el sonido de un motor acelerando detrás de ella. Se gira para mirar y ve la forma oscura y amenazante de un coche que se dirige hacia ella a gran velocidad, con los faros apagados. Actuando por puro instinto, se lanza a la cuneta del lateral de la carretera, aterrizando con fuerza de lado y dando vueltas hasta que oye que el coche se aleja a toda velocidad.

Se queda tumbada en la cuneta, jadeando, con el corazón latiéndole con fuerza. Se incorpora despacio y se frota el hombro. Está alterada, pero no ha sufrido ningún daño. «Ha estado a punto».

Quizá, piensa con repentino miedo, haya presionado demasiado a Patrick. Él ya ha tomado su decisión. Ella se la ha jodido.

29

Es tarde y Stephanie sujeta a Jackie entre sus brazos. La bebé tiene la cara roja y llena de mocos y lágrimas mientras no para de chillar. Su cuerpecito está caliente, aun estando vestida solo con un pañal y una camiseta fina. Stephanie también suda de estrecharla tanto tiempo contra su pecho. Habla con Jackie, meciéndola mientras recorre la sala de estar, pero la bebé no se calma. Si intentan acostarlas, lloran aún con más fuerza y ni ella ni Patrick pueden soportarlo. Patrick tiene a Emma en sus brazos y está dando vueltas por la entrada y saliendo y entrando de la cocina. Repiten lo mismo una noche tras otra y eso los está destrozando. Ni siquiera pueden hablarse con tanto ruido, aunque quizá eso sea bueno. Stephanie no quiere hablar ahora mismo con su marido.

Está furiosa. Con él, con la situación. Está tan cansada que no puede pensar con claridad. Normalmente, es una persona muy racional, pero ya apenas se reconoce a sí misma.

No cree que Patrick matara a su primera mujer de forma deliberada. Stephanie le conoce. Decir eso es una barbaridad. Si de verdad estaba enamorado de Erica, como asegura ella, ¿por qué no iba a dejar a Lindsey sin más, como Erica dice que quería? Es lo que habría hecho cualquiera. No había motivos para matarla.

Salvo que estaba en camino un bebé y la manutención de una familia joven a la que has dejado sale muy cara. Y estaba ese dinero del seguro.

Agotada, da una vuelta tras otra por la sala de estar y sus pensamientos dan una vuelta tras otra en su mente, con el mismo agotamiento. Erica es una chantajista, una mentirosa despiadada. Pero es muy persuasiva, muy creíble. Aun así, aunque Erica sea capaz, con todas sus mentiras, de hacer creer a la policía que su aventura amorosa fue seria, eso no puede ser suficiente para demostrar que Patrick asesinó a su mujer, ¿no? Entonces recuerda el dinero, y siente cómo la recorre una oleada de náuseas. Su rodilla choca contra el sofá y da un pequeño traspié. Y entonces recuerda las palabras de advertencia de Erica al irse: «Si lo hizo una vez, podría volver a hacerlo». Cierra los ojos un momento y se queda quieta. No. No puede pensar eso. Erica solo estaba tratando de confundirla.

Stephanie se muerde el labio y decide negarse a dejar que su mente vaya por ese camino tan peligroso. Intenta aferrarse a lo que sabe con seguridad. Erica es consciente de que no van a darle dinero. Desde luego, no va a sacarles nada si va a la policía. De todos modos, puede que vaya a la policía por despecho. Si lo hace, esto cobrará vida propia.

Con suerte, se resolverá rápidamente en Colorado y nadie de aquí se enterará nunca.

Pero si no es así, si atrae la atención de los medios de comunicación, si ella no consigue dormir, teme que vaya a terminar destrozada.

A primera hora de la mañana siguiente, Erica va con el coche hacia el aeropuerto de LaGuardia para tomar un vuelo directo a Denver.

Lo había decidido durante su turno de la noche anterior. Después, había ido a casa y había preparado un bolso de viaje para pasar una noche en Colorado. Va a ir a la oficina del sheriff. Es la mejor forma que se le ha ocurrido de protegerse de Patrick.

Duerme durante todo el vuelo y, cuando aterriza, alquila un coche, un descapotable. Se queda un momento sentada en el asiento del conductor pensando en lo que ha dejado atrás y, ahora, en lo que tiene por delante.

Antes vivía en Denver. Su hijo está aquí. Ella se había mudado al centro, lejos de Creemore, después de que Lindsey muriera. Pero hoy va a volver a Creemore, donde ocurrió todo. Irá a ver al sheriff y a contárselo todo. La verdad es que no había pensado que esto iba a ser necesario. Había calculado mal.

Pero está empezando a considerar otra posibilidad. Cuando una puerta se cierra, piensa, otra se abre.

Stephanie pasa la mañana moviéndose con torpeza, olvidándose de lo que está haciendo, tropezándose con todo, reprendiéndose por no prestar suficiente atención a las gemelas. Está en la cocina, con la mente perdida en una neblina, y sabe que debería preparar a las niñas para subirlas al carrito. Pero no tiene energías para enfrentarse a todo eso, al enorme esfuerzo que va a requerir. Se sirve automáticamente otra taza de café, pero la cafeína no le sirve de nada. Quizá debería dejar de tomarla. Pero, entonces, ¿cómo narices va a arreglárselas? No resulta fácil cuidar de las gemelas todo el día y también la mayor parte de la noche.

Lleva el café y el ordenador portátil a la sala de estar. Con un ojo en las niñas, enciende el ordenador y hace búsquedas en Google sobre la falta de sueño. Lo que ve la perturba. Puede tener efectos físicos: torpeza y propensión a los accidentes. Eso ya lo sabe. Pero los efectos psicológicos son aún más preocupantes. Tendencia a olvidarse de las cosas. Sí. Inestabilidad emocional, cambios de humor. Sí, pero es difícil saber si es por la falta de sueño, dadas las circunstancias. Pérdida de perspectiva. Muy posible. Actuar de forma impulsiva, de manera inusual. Imaginarse cosas, tener alucinaciones. ¿Va a sufrir todas estas cosas si no consigue regular el sueño de sus niñas?

¿Las está sufriendo ya? En los momentos peores, lo cierto es que se ha imaginado a Patrick amontonando la nieve dentro del tubo de escape, inclinado sobre su pala, tomándose su tiempo, esperando a que el monóxido de carbono haga efecto para deshacerse de su no deseada familia... Sacude con fuerza la cabeza y, después, otra vez más. Se dice a sí misma que ya basta.

No sabe si sus imaginaciones descontroladas son el resultado de no dormir o una reacción legítima a lo que está averiguando sobre su marido. Cuando se siente despierta y lúcida, sabe bien lo que hay. Sabe que Patrick jamás haría daño a nadie, mucho menos a alguien querido. Stephanie está empezando a no fiarse de sí misma, de sus pensamientos. No es de extrañar que esté comenzando a no fiarse de él.

Y Patrick..., a él también le afecta la falta de sueño, estar sometido a todo este estrés adicional. Los dos podrían estar arreglándoselas mejor si estuviesen en condiciones más normales, sin tener que tratar de enfrentarse a todo este ciclo de cólicos y agotamiento.

Pero ella no ve ninguna señal de que las niñas vayan a cambiar pronto su rutina.

Se sienta en el sofá, abrumada por la fatiga, y siente que empieza a caer por la madriguera del conejo. Se queda mirando el dibujo de la alfombra y no le parece posible apartar la vista, aunque mueva la cabeza. Su mente deriva hacia Erica y lo que puede estar haciendo ahora. De repente, Stephanie se levanta y la taza de café se le cae al suelo, a los pies, pero no hace caso de las salpicaduras y va rápidamente a la puerta de la calle a mirar por el porche, para ver si Erica está ahí. Pero el porche está vacío. Cierra la puerta con llave y vuelve a la sala de estar. Erica es el enemigo, se recuerda a sí misma, la serpiente que se ha metido en sus vidas casi perfectas para destruirlas. Su marido no es culpable de lo que ella le acusa.

Piensa en preparar el carrito y sacar a las gemelas a su paseo matutino. Pero ¿y si Erica está ahí fuera? Patrick dice que es peligrosa, posiblemente una psicópata. Él no quiere que vuelva a hablar con Erica nunca más.

Stephanie se queda sentada en el sofá, casi catatónica, demasiado cansada y asustada como para poner un pie en la calle mientras el café derramado impregna la alfombra.

30

Erica inicia el trayecto de una hora de camino desde el aeropuerto de Denver hasta Creemore. Bordea la ciudad y enseguida la deja atrás. Su ruta la lleva hacia las laderas de Denver; es un recorrido bonito, pero no se deja embelesar por el entorno. Una carretera familiar se despliega ante ella.

Cuando llega a la localidad, se descubre tomando un desvío improvisado hacia donde todo ocurrió, a la calle residencial donde vivían Patrick y Lindsey. Aparca el coche alquilado enfrente de la vieja casa de ladrillo en cuya segunda planta tenían su apartamento. Sale del coche y se queda mirando la ventana de la planta de arriba de la fachada. Esa era su sala de estar. Erica puede recordarla todavía a la perfección; con muebles baratos, llena de cosas —algunas nuevas y otras de segunda mano— para el bebé en camino. Erica se gira y ve el callejón donde ese día tenían aparcado su coche, el día que Lindsey murió. Es finales de agosto y cuesta imaginarse ahora mismo esta calle enterrada en más de un metro de nieve. Intenta recordar exactamente dónde habían tumbado el cuerpo de Lindsey ese día, pero no hay banco de nieve y no puede estar segura. A continuación, cierra los ojos y, de repente, puede verlo todo.

Minutos después, vuelve a meterse en el coche y conduce hasta la oficina del sheriff del condado de Grant. Es un edificio grande de hormigón y cristal apartado de la calle. Deja el coche en el aparcamiento y dedica un momento a prepararse mentalmente. Por fin, sale del coche, va hacia la puerta principal y entra. Se acerca a la mujer de uniforme que está en la recepción.

—¿En qué puedo ayudarla? —pregunta la mujer.

—Quiero hablar con el sheriff, por favor.

—¿Puedo preguntarle el motivo?

—Es sobre un caso antiguo —responde Erica—. Tengo información importante.

La otra mujer se queda un instante observándola.

—Espere un momento —dice antes de abandonar la mesa. Regresa enseguida—: Venga por aquí, por favor.

Avanzan por un pasillo muy iluminado y sus pisadas retumban en el suelo. Llegan a un despacho con la puerta abierta.

—Pase —dice la mujer antes de marcharse.

Un hombre alto y fornido vestido con un uniforme oscuro se levanta de su mesa y se acerca a ella. Parece tener poco más de cuarenta años, piensa ella.

—Soy Lorne Bastedo —dice el sheriff a la vez que le estrecha la mano.

—Erica Voss —responde.

Él le ofrece asiento y se sienta detrás de su mesa.

—¿En qué puedo ayudarla?

—Tengo información sobre un asesinato —contesta. Mientras habla, él la escucha con atención. Ve que la expresión del sheriff se va volviendo más seria. Por fin, cuando ya le ha contado todo —lo de la aventura amorosa, el embarazo, la mirada de Patrick, el dinero del seguro—, se queda esperando su reacción. Ha contado su historia muy bien. Y está segura de que sus actos —alejarse de Patrick, dar al niño en adopción, salir a la luz ahora— le dejarán claro que ella no tiene nada que ver. Que es su conciencia lo que la obliga a hacer esto ahora.

—Se trata de una acusación grave —dice el sheriff, pensativo, mientras apoya la espalda en la silla. Se queda mirándola un momento—. Este caso ocurrió antes de que yo llegara —continúa, por fin—. Deje que vaya a por el expediente. —Sale del despacho y ella puede oírle hablando con alguien en el pasillo. Vuelve y se sienta y, poco después, alguien deja una carpeta en su mesa y se va. Revisa en silencio lo que parece un expediente escaso mientras ella le mira. Sabe que no habrá mucho que leer—. Parece que no hubo una investigación extensa —comenta él, expresando en voz alta lo que Erica está pensando. Levanta la vista hacia ella mientras piensa—. Deje que me encargue.

Después de que Erica Voss se vaya, el sheriff Bastedo revisa de nuevo el expediente. Ve el nombre del juez de instrucción, George Yancik. Yancik ocupa ese cargo en el condado de Grant desde hace casi veinte años. Por lo que ha podido ver, él y el anterior sheriff, Michael Bewdly, estuvieron rápidamente de acuerdo en que aquello no había sido más que un trágico accidente. No cabe duda de que la primera impresión parecía así indicarlo. Pero ha despertado la curiosidad de Bastedo y la mujer que se acaba de marchar le ha parecido convincente. Ha hablado con claridad y persuasión y lo que ha contado resultaba verosímil.

Pero ¿puede sacarse algo de lo que ella ha contado? Es evidente que en su momento pareció un accidente. Por otra parte, si resulta que sí fue un asesinato, el hombre salió impune. El asesinato perfecto. Si tenía que deshacerse de su mujer y la hija que esperaban, fue un modo fácil de conseguirlo. Brillante, la verdad.

Coge el teléfono y llama a George Yancik.

—¿Te importa que vaya a verte? —le pregunta Bastedo cuando responde.

—Claro, ¿cuándo?

—Ahora —contesta Bastedo—. Salgo ahora mismo.

Cuelga, coge el expediente, sale, se sube a su camioneta blanca y negra con la palabra «sheriff» estampada en la puerta y recorre la corta distancia hasta la oficina del juez de instrucción. Al llegar, le recibe Yancik y van a su despacho.

—¿De qué se trata? —pregunta Yancik cuando están sentados.

Bastedo coloca el delgado expediente sobre la mesa del otro hombre.

—De este caso. Hace nueve años y medio. Una mujer murió por intoxicación de monóxido de carbono sentada en un coche con el motor encendido en Dupont Street mientras el marido apartaba la nieve. Estaba embarazada de ocho meses.

Yancik entrecierra los ojos.

—Sí, lo recuerdo. Una tragedia.

—Tengo algunas preguntas.

—De acuerdo, pero fue un caso muy claro.

—Cuéntame lo que recuerdes.

El juez de instrucción se acomoda en su silla.

—Hubo una fuerte tormenta de nieve. Una nevada de récord. Todo el mundo estaba retirándola. Habían sacado las quitanieves. Si no recuerdo mal, iban a salir de viaje y la mujer estaba esperando con el coche en marcha. Se quedó dormida. Fin de la historia. La autopsia confirmó que había muerto por intoxicación de monóxido de carbono. Un caso muy sencillo.

—¿Y el marido? No parece que nadie le investigara a fondo.

Yancik le mira fijamente y se inclina hacia delante.

—El sheriff Bewdly le interrogó y hablamos después. Yo vi, según lo que tenía delante, que la muerte había sido un accidente. —Vuelve a apoyar la espalda en la silla y pregunta—: ¿Por qué?

Bastedo le cuenta lo de la nueva información. Mientras habla, ve que la expresión de Yancik se ensombrece.

—En aquel momento no sabíamos nada de esto —comenta el juez de instrucción—. ¿Por qué no dijo nada esa mujer?

—Según ella, tenía miedo de que la implicaran —responde Bastedo—. Y que ahora quiere cumplir con su deber. En cualquier caso, ahora sí tenemos esa información. La cuestión es qué hacemos al respecto.

Yancik está sentado en su silla, pensando en el caso. Se siente inquieto. Lo que el sheriff le ha contado es perturbador. Si lo que ha revelado esa mujer es verdad —si tenía una aventura con el marido, si él le dijo que quería acabar con su matrimonio, si había un dinero del seguro—, deberían echarle otro vistazo. Solo para estar seguros.

No dará buena imagen volver a sacar a la luz ese asunto, parecerá que no hubiese hecho bien su trabajo la primera vez. Últimamente, se ha criticado mucho el hecho de que los jueces de instrucción de Colorado sean funcionarios electos. Este es uno de los dieciséis estados de Estados Unidos que aún siguen eligiendo a sus jueces de instrucción, los demás han adoptado un sistema de médicos forenses cualificados. Esto va a servir para echar leña al fuego y provocar un mayor escrutinio. La labor del juez de instrucción es investigar las muertes, determinar la causa y el modo de la muerte, si se debe a causas naturales, suicidio, accidente u homicidio. La gente se va a quejar de que él no estaba cualificado para esa tarea. La prensa le va a acosar. Se siente un poco indignado. Había confiado en que la oficina del sheriff habría investigado como debía. La autopsia la realizó una patóloga forense cualificada. En su momento, él no contó con esta información para ayudarle en sus conclusiones.

Ahora hay un sheriff nuevo, sentado enfrente de él, y sin temor a los errores del pasado, pues él no estaba allí. Es probable que quiera enmendarlos, dejar su huella. Yancik necesita salir airoso de esto.

Sabe que el sheriff puede realizar su propia investigación, pero el juez de instrucción puede decidir también que se inicien pesquisas judiciales, aun después de tantos años desde la muerte. Puede llamar a testigos, buscar las pruebas.

—Quizá deba abrir una investigación —dice Yancik.

—Creo que es una buena idea —responde el sheriff—. Oír lo que tenga que decir esa gente bajo juramento.

31

Erica ha reservado una habitación en un hotel del centro de Denver para pasar la noche. Tras su visita al sheriff de Creemore, vuelve con el coche a Denver y se registra en el hotel. Está cansada tras el largo día de viaje al salir de su turno de noche, pero tiene que hacer una cosa más antes de tomar su vuelo de vuelta a Nueva York por la mañana.

No es el sentimentalismo lo que le hace ir a Washington Park, una de las mejores zonas residenciales de Denver. Es aquí donde viven las familias adineradas. Erica aparca el coche justo delante de una casa de ladrillo elegantemente restaurada. Conoce esta casa, aunque nunca ha estado en su interior. Cuando dio a su bebé en adopción, los Manning vivían en otra casa, no tan impresionante como esta, en un barrio menos próspero. Los ha estado vigilando a lo largo de los años; se mudaron a esta casa cuando Devin empezó a dar sus primeros pasos.

Es evidente que les ha ido bien. Erica se alegra de ello.

Se queda sentada en su coche alquilado y espera. Ha tenido sus razones para elegir un descapotable; afortunadamente, hace un día agradable y ha podido bajar la capota. No parece que haya nadie en casa —no hay ningún coche en la entrada—, pero es casi la hora de cenar y espera que aparezcan pronto.

Después de casi una hora, un resplandeciente SUV blanco se detiene en el camino de entrada. Ve que Cheryl Manning sale por el lado del conductor mientras Devin salta por el lado del pasajero y va corriendo a la puerta. No es el niño quien interesa a Erica, apenas le mira de pasada. No. A quien observa es a Cheryl, y está deseando que ella le devuelva la mirada. Recibe su recompensa. Cheryl levanta los ojos hacia la calle mientras cierra la puerta de su coche y se queda inmóvil. Ve a Erica sentada en el descapotable abierto. La mira bien mientras Devin la llama impaciente para que se dé prisa.

Erica saluda a Cheryl con la mano como si tal cosa, pone el coche en marcha y se aleja.

Cheryl siente que le falta el aire. Esta vez no le cabe ninguna duda. Era Erica Voss, la madre biológica de Devin. Sentada junto a la puerta de su casa, esperando a ser vista.

—Mamá —vuelve a gritar Devin con tono de frustración.

—Ya voy —responde ella, tan aturdida que se le caen las llaves dentro de su bolso grande y tiene que buscarlas de nuevo mientras se acerca a la puerta de la casa. Por fin las encuentra y mete la llave en la cerradura. Las manos le tiemblan.

—¿Estás bien? —le pregunta su hijo, mirándola con curiosidad.

—Estoy bien —le contesta con una sonrisa.

—Estás rara —insiste él.

Ella le da la espalda y se dirige hacia la cocina.

—¿Pedimos pizza esta noche? —le propone con fingida alegría—. Papá volverá tarde.

—Claro. —Él sube a su habitación y la deja sola en la cocina con su preocupación.

Cheryl se deja caer en una de las sillas de la cocina. El corazón le late con fuerza. Así que no se equivocaba. Probablemente sí fuese Erica la mujer que había visto en el parque no hace mucho, con una cámara al cuello. Gary pensó que se lo había imaginado y la había tranquilizado.

«¿Por qué? ¿Por qué ha venido después de tanto tiempo?».

Su primer pensamiento es que Erica necesita dinero. Pronto se pasará por casa, como hizo antes, y les pondrá en una situación incómoda ofreciéndoles una alternativa. ¿Qué será esta vez? ¿Y qué harán ellos? A Gary no le va a gustar en absoluto. Pero, en serio, ¿qué es lo que les puede hacer? Ya había renunciado a todos sus derechos legales con respecto a Devin.

Después, sus pensamientos se vuelven más oscuros. ¿Y si no es dinero lo que quiere? ¿Y si lo que desea es un papel más importante en la vida de Devin? La adopción fue abierta; Erica renunció a la patria potestad y, posteriormente, dijo que no quería mantener ningún contacto. Pero ¿y si había cambiado de opinión con respecto a lo de mantener el contacto? Sabe quiénes son y dónde viven. Ni siquiera le han contado a Devin todavía que es adoptado.

Devin lo es todo para ella y para Gary. No pueden permitir que Erica venga a fastidiarlos. Cheryl se levanta y se sirve una copa de vino blanco.

Esa misma noche, cuando Devin ya se ha acostado y Gary ha vuelto por fin a casa tras su cena de negocios, Cheryl le lleva a la habitación de la televisión que tienen en el sótano y le cuenta todos sus temores.

—¡Te aseguro que era ella! —le dice a su marido.

—Baja la voz —responde él con un fuerte susurro.

—No creo que nos pueda oír aquí abajo —contesta Cheryl con tono normal.

—Esto no pinta bien —comenta Gary con gesto preocupado—. No me fío de ella. Nunca me he fiado.

A Gary Manning le ha ido muy bien; por una parte, porque es listo y trabajador, y, por otra, porque puede ser bastante implacable cuando hay que serlo. No le había gustado que Erica Voss fuera a su casa para decirles que le dieran cien mil dólares o que, de lo contrario, no les entregaría a su bebé. Podrían haber avisado a la agencia de lo que estaba haciendo, pero, de ser así, nunca habría dejado que se quedaran con Devin. Si hubiese sido por él, la habría mandado a tomar viento fresco. Él quería el bebé, pero no le gustaba que se aprovecharan de él. Al mirar a su esposa, sin embargo, recordó todo lo que había sufrido hasta llegar a ese momento, los años de frustración, de expectativas y de dolor —no le cabía duda de que para ella había sido mucho más duro que para él—, y cedió sin pensárselo, y le extendió un cheque a esa mujer.

Le había preocupado más de lo que estaba dispuesto a admitir que ella pudiera echarse atrás después de tener el dinero. No le había gustado que les obligara a incumplir la ley. Se habrían quedado sin recursos si ella los traicionaba. Pero lo hizo por Cheryl. Y ahora... Dios, Devin es un niño estupendo y los dos lo quieren con toda su alma. Devin es lo mejor que les ha pasado. Y por eso nunca se ha arrepentido lo más mínimo. Devin es de ellos, estaba destinado a serlo y siempre lo será. Así que no sabe qué se cree esta mujer que va a hacer.

No tiene ningún derecho legal sobre su hijo. Y Gary no cree que a ella le importe el niño un pimiento. De lo contrario, habría aparecido antes.

Intenta decirle a Cheryl que no tiene por qué preocuparse. Erica no está interesada en su hijo. Pero está preocupado.

32

Cuando Patrick vuelve a casa del trabajo encuentra a Stephanie dando vueltas por la sala de estar. Tiene el pelo revuelto y parece más angustiada de lo que la ha visto nunca.

—¿Ha estado Erica aquí? —se apresura a preguntar con una sensación de náusea.

Ella le mira con ojos algo furiosos.

—No. ¿Por qué?

—Pareces alterada —se atreve a decir.

—¡Claro que estoy alterada!

—¿Has salido algo en todo el día? —pregunta él mientras mira el desorden de la casa, la taza de café en el suelo y a las bebés que lloriquean y huelen como si necesitaran un cambio de pañal.

Ella niega con la cabeza.

—No. No quiero encontrarme con ella. No voy a volver a salir por si acaso está por ahí.

A Patrick se le encoge el corazón. Todo esto es culpa suya. Su mujer está terriblemente angustiada, no es ella misma, y la culpa es de él. Que Erica haya dejado ese regalo para las gemelas en la puerta parece haberla llevado al borde de la locura.

—Stephanie, tienes que tranquilizarte.

—¿Cómo voy a tranquilizarme? —pregunta elevando la voz—. Tu examante quizá sea una psicópata que está tratando de destrozarnos. ¡No puedo salir a la calle porque quizá esté esperándome! ¡Soy una prisionera en mi propia casa, joder!

Le mira con furia. Él nunca la ha visto así. Está perdiendo la cabeza por completo.

—Cariño —dice él con la voz quebrada—. Solo necesitas dormir un poco.

—Sí, necesito dormir un poco —admite—. Pero eso no va a hacer que todo esto acabe, ¿verdad?

Él la mira alarmado. La necesita de su lado. No puede con esto solo.

—Patrick, ¿por qué te casaste conmigo? —pregunta ella, de repente.

—¿Qué? ¿De qué estás hablando?

Ella lo repite con lágrimas en los ojos y voz angustiada:

—¿Por qué te casaste conmigo?

—Porque te quiero. ¡Me enamoré de ti en el momento que te vi, lo sabes! Esto..., esto es... Solo estás agotada, Steph, no piensas con claridad.

Las gemelas empiezan a llorar y el escándalo se vuelve enseguida abrumador. De un modo absolutamente anómalo en ella, Stephanie se coloca las manos con firmeza sobre las orejas como si no pudiera soportarlo mientras las lágrimas le recorren el rostro. Patrick se queda paralizado, completamente perdido por un momento. No sabe qué va a hacer si ella no resiste. No puede encargarse solo de las niñas. No puede enfrentarse a todo esto solo.

Se acerca a su mujer e intenta abrazarla, pero ella le empuja y se aparta.

—Erica me dijo una cosa cuando estuvo aquí. —Pero, entonces, se detiene, como si quisiese controlarse.

—¿Qué? ¿Qué dijo? —grita Patrick.

—Que si lo hiciste una vez podrías volver a hacerlo.

Patrick siente que una enorme rabia le inunda el pecho. Esa zorra. Esa entrometida zorra mentirosa. ¿Cómo se atreve a mentir a Stephanie y a hacer que su propia mujer dude de él? Traga saliva y casi se atraganta con su propia furia.

—Stephanie, yo no maté a Lindsey a propósito. Debes saberlo. —Ella le mira como si estuviese a punto de desmayarse—. No puedes creer nada de lo que diga.

—Lo sé —contesta ella hundiéndose en el sofá y tapándose la cara con las manos.

Esa misma noche, mientras Stephanie da vueltas llevando en brazos a Emma, que no para de llorar, y Patrick da vueltas con Jackie siguiendo otra órbita, con cuidado de no cruzarse, ella piensa en lo que se han dicho horas antes. Le ha espetado: «¿Por qué te casaste conmigo?». Pero lo que no se ha atrevido a decirle ha sido: «¿Te casaste conmigo por mi dinero?». Porque esa es la duda incómoda, la realidad que ninguno de los dos ha estado dispuesto a reconocer. Apenas dos meses atrás, Stephanie se convirtió en la administradora única del fondo fiduciario que sus padres le dejaron al morir juntos en un accidente de coche cuando ella era adolescente. Le habían dejado todo su dinero a su única hija y ella lo había recibido al completo —más de dos millones de dólares— en su trigésimo cumpleaños. Sin condiciones.

Esta idea ha estado carcomiéndole la mente junto a todo lo demás. La semilla de la duda que Erica ha plantado ha echado raíces. Patrick cobró el dinero del seguro de su primera mujer. Claro que eso por sí solo no tiene por qué significar nada. Pero, ahora, con todos estos descubrimientos tan desagradables...

Está tan cansada que se siente mareada; se pone de pie tambaleándose. Se ve gorda, desaliñada y fea, llena de dudas sobre su propia vida. Una madre que no puede siquiera hacer que sus hijas se duerman, como si tuviese alguna tara. No está segura de nada. Creía que Patrick la quería. Pero quizá se haya casado con ella por su herencia. No llegaron a firmar un contrato prenupcial. A los dos les pareció ridícula esa idea. Al fin y al cabo, estaban muy enamorados. Pero es mucho dinero.

Si muere, según los testamentos que Patrick y ella hicieron después de casarse, Patrick se queda con todo. Y está el seguro de vida: un millón de dólares.

En estas horas de oscuridad, nervios y desesperación, esto le da que pensar.

Pasan unos días y Stephanie empieza a albergar esperanzas de que Erica se ha rendido al final. No han tenido noticias de ella desde que dejó su desagradable «regalo» para las gemelas. Quizá todo vaya bien.

Stephanie está en casa cuando oye que alguien llama a la puerta. Mira por la ventana de la sala de estar para ver quién es. Teme que se trate de Erica, justo cuando pensaba que podría haber salido de sus vidas. Es el cartero.

Abre la puerta. Le da una carta certificada.

—Firme aquí, por favor.

Stephanie firma y coge la carta. Cierra la puerta y ve que el sobre es de la oficina del juez de instrucción del condado de Grant, Colorado. Deja caer su peso sobre la puerta y la cierra, mientras nota cómo el pecho empieza a ponérsele rígido. Respira hondo varias veces, con los ojos cerrados, pero la tensión no se pasa. Por fin, baja la mirada al sobre, con manos temblorosas. Va dirigido a Patrick, pero lo abre. Los ojos se le nublan, pero se obliga a enfocar la mirada.

Va a abrirse una investigación por la muerte de Lindsey Kilgour.

—¡Joder! —exclama Patrick cuando llega a casa y ve la carta. La lee hasta el final maldiciendo mientras lo hace y, después, la lanza sobre la mesa de la cocina—. ¡No me puedo creer que vaya a seguir adelante con esto!

Las gemelas empiezan a llorar con fuerza e insistencia. Patrick no les hace caso.

—¡Esto es... intolerable, joder!

Cierra los ojos y exhala con fuerza. De repente, se siente agotado, como si llevara todo el peso del mundo sobre sus hombros. No puede seguir guardando silencio.

—Voy a contárselo a Niall. No puedo ocultarle esta investigación. Tendré que pedir una baja en el trabajo y es probable que salga en las noticias. —Abre sus ojos cansados y ve la expresión asustada de su mujer. Añade con voz amarga—: A ver qué dice cuando sepa el tipo de mujer con la que se ha estado acostando.

—¿Cuándo se lo vas a decir? —pregunta Stephanie.

Él se pasa una mano nerviosa por el pelo.

—Mañana, a última hora.

Al día siguiente, Niall está sentado en su mesa, mucho después de que todos los demás se hayan marchado a casa, vencido por el impacto y la incredulidad. Teme enfrentarse a su esposa. Va a tener que decírselo.

Sabía que le pasaba algo a Patrick, algo más que unos simples cólicos de las gemelas. Tenía razón: a Patrick le ha chantajeado la mujer con la que Niall se ha estado acostando. Y ahora tiene que contárselo a Nancy. Va a salir en las noticias y es probable que su empresa se vea afectada. Y Nancy aún no ha decidido si va a divorciarse de él.

Patrick no sabe que Niall se acostaba con Erica y va a seguir ocultándoselo. Se ha quedado aterrorizado por las mentiras que Patrick le ha dicho que Erica va contando de él. Es una chantajista; quizá haya sido una suerte que Nancy descubriera por su cuenta lo de su aventura, antes de que Erica tuviera oportunidad de pedirle dinero para no contarlo. Todo esto le hace sentirse terriblemente inquieto. Patrick y Erica se conocían de antes y habían fingido lo contrario. Y él no había tenido ni idea.

Niall va en su coche hasta su casa y entra. Encuentra a Nancy en la cocina, limpiando. Se da la vuelta y, por primera vez, tiene una sonrisa de verdad en la cara... hasta que le ve.

—¿Qué pasa? —se apresura a preguntar.

—Tenemos que hablar —dice él antes de sentarse pesadamente junto a la mesa de la cocina. Ella se sienta también con preocupación en sus ojos.

—Hoy he recibido una noticia horrible. —Le cuenta con detalle lo de la próxima investigación, que una mujer ha tratado de chantajear a Patrick inventándose mentiras y acusándole de haber asesinado a su primera mujer, una muerte que claramente fue un accidente.

—Dios mío —susurra Nancy, alterada—. Claro que no la mató. Ha hecho lo que debía al enfrentarse a ella. —Se lleva una mano a la boca—. Pobre Stephanie.

Niall asiente.

—Está diciendo unas mentiras terribles, pero ¿y si la creen a ella antes que a él?

—No la van a creer. Desde luego que no.

Él deja caer la cabeza y toma la mano de ella entre las suyas.

—Cariño, hay una cosa que debes saber. —Siente que su tez se queda pálida y sufre un ligero mareo, como si estuviese enfermo.

Ella le mira fijamente.

—¿Qué pasa, Niall? Me estás asustando.

—La mujer que le acusa... es Erica Voss.

Nancy se queda mirando a su marido, muda. Apenas puede asimilar lo que él le está diciendo. Tarda unos segundos en entenderlo. Pero debe de ser verdad, porque Niall tiene muy mal aspecto.

—¿Cómo es eso posible? —pregunta sin comprender.

—No lo sabía, Nancy —insiste Niall—. ¡Yo no tenía ni idea de esto! ¡Si llego a saber cómo era, me habría mantenido a mil kilómetros de distancia de ella!

Nancy recuerda entonces su enfrentamiento con Erica en su apartamento, la sensación de que esa mujer no era ninguna tonta, como Anne O'Dowd. No, era completamente distinta.

Nancy siente, de repente, el impacto de un terrible y abrumador temor que deja a un lado todo lo demás.

—¿Crees que ella lo sabe? —susurra a su marido. Su miedo es enorme y puede verlo reflejado en los ojos de él. En ese momento se da cuenta de que Niall ha llegado a la misma aterradora conclusión.

—No. Es imposible. ¿Cómo va a saberlo? —pregunta. Pero parece petrificado.

33

Seis semanas después

Cheryl y Gary han empezado a relajarse un poco. No han visto a Erica desde que Cheryl la contempló sentada en un descapotable enfrente de su casa varias semanas atrás. Quizá no vuelvan a verla nunca. Es lo que los dos esperan.

En estas últimas semanas, Cheryl ha empezado a notar algunos cambios sutiles en Devin: cambios de humor, cierto egoísmo que ella no había percibido antes. Los niños atraviesan distintas fases, eso lo sabe todo el mundo. Pero le está vigilando.

Lleva el periódico y su café a la sala de estar. Gary se ha ido a trabajar y Devin ya se ha marchado al colegio. Ve un artículo en la primera página del periódico de Denver: «SE INICIA UNA INVESTIGACIÓN JUDICIAL POR LA MUERTE DE UNA MUJER EMBARAZADA EN UN COCHE CUBIERTO POR LA NIEVE».

Lee el artículo con interés. Recuerda la historia original. Salió en todos los periódicos de Denver. Se le había

quedado grabada porque la mujer que murió estaba embarazada. Había sido muy triste. Ahora le sorprende ver que
hay dudas al respecto, que al final podría no haber sido un
accidente.

Qué horror, piensa.

Tendrá que ver las noticias de las seis para conocer los
detalles.

Patrick lleva un elegante traje azul marino, una camisa
blanca y una discreta corbata azul. Su abogado le ha aconsejado sobre su atuendo y todo lo demás. Está sentado en
el taxi detenido delante del juzgado de Creemore, Colorado, receloso de los periodistas que andan por allí esperán-
dole. El aire sopla con fuerza; están a mediados de octubre
y siempre hace más frío en las montañas. Llegaron aquí
anoche, él y Stephanie, para lo que esperaban que fuera
una audiencia de un día. Las gemelas se han quedado en
Aylesford con Hanna, la amiga de Stephanie.

Se siente raro al estar de vuelta aquí, en Creemore.

Las últimas semanas han sido un infierno. La notifi-
cación de la investigación del juez de instrucción, la reunión con el abogado en Denver, su preocupación por
Stephanie. Las gemelas han superado por fin y de forma
repentina sus cólicos, lo único bueno que ha pasado en
estas últimas semanas de mierda. Ahora se quedan dormidas sin mucho alboroto a eso de las diez de la noche y
duermen hasta, más o menos, las seis de la mañana. Los
gritos y lloros terminaron sin previo aviso, tal y como les

había dicho la doctora que sucedería. No podían creerlo y seguían esperando que aquella paz tuviera un final.

Pero no ha sido tan maravilloso como se habían esperado porque, al parecer, Stephanie ha perdido el hábito del sueño. Ahora sufre de insomnio y es, sin duda alguna, por culpa de él. Se queda tumbada en la cama mirando a la oscuridad o camina por la casa en mitad de la noche como una lady Macbeth atormentada. Parece rendida, con el pelo lacio sobre los hombros, la piel pálida y los ojos hinchados. Ya no se pone maquillaje, aunque hoy ha hecho un esfuerzo. Su abogado le había insistido en lo importantes que resultan las apariencias en momentos como este: debe parecer bien descansada, segura y que apoya a su marido. No parece ninguna de esas cosas, piensa él mirándola de reojo. No había querido que viniera. Pensaba que iba a ser demasiado para ella y que debía quedarse en casa con las niñas. Pero el abogado decía que era importante que ella estuviese.

Y ella quería ir. De hecho, había insistido.

Patrick desea con desesperación que todo esto acabe, que el jurado concluya rápidamente que la muerte fue un accidente para que puedan volver a casa y dejar esto atrás. Stephanie podrá por fin dormir de nuevo, recuperar su equilibrio, y todo volverá a la normalidad. Y Erica no podrá hacerles nada.

Han estado sentados en el taxi demasiado rato y ahora los periodistas están revoloteando alrededor del vehículo. Stephanie le mira, tensa.

—Todo va a ir bien, Stephanie —dice él—. Mañana todo esto habrá terminado. —Extiende la mano, le retira un mechón de pelo por detrás de la oreja y la besa en la mejilla. Ella asiente y se gira para desabrocharse el cinturón de seguridad.

Salen del taxi y empiezan a andar. Los equipos de televisión los siguen, también periodistas con grandes micrófonos. Por supuesto. Esta es una noticia importante para una ciudad tan pequeña... y para Denver, e incluso para todo el estado. Él ha visto el periódico mientras desayunaba esta mañana en el hotel: «SE INICIA UNA INVESTIGACIÓN JUDICIAL POR LA MUERTE DE UNA MUJER EMBARAZADA EN UN COCHE CUBIERTO POR LA NIEVE».

Ha leído todo el artículo y, después, se lo ha pasado a su mujer. No decía nada que no supieran ya; no había nada en el artículo sobre Erica ni sobre lo que ella pudiera decir.

Los periodistas les lanzan preguntas:

«¿Fue de verdad un accidente?».

«Señor Kilgour, ¿mató a su mujer deliberadamente?».

¿Por qué hacen preguntas así?, piensa Patrick con rabia mientras avanza sujetando la mano de Stephanie. ¿Esperan que les responda?

«¿Sabe qué pruebas nuevas han salido?».

«¿Tiene algo que decir en su defensa?».

Stephanie se tropieza dos veces y se aferra al brazo de él para sujetarse. Él la ayuda a subir los escalones y a entrar. De algún modo, consiguen hacerlo sin que Patrick arremeta contra nadie.

Es una sala moderna con un estrado al frente, un espacio para los testigos y mesas largas para los abogados. Se supone que este va a ser un proceso no contencioso, un procedimiento para determinar los hechos, pero Patrick no lo ve así. Mueve los ojos hacia los bancos del jurado, que ahora están vacíos. Se estremece sin querer.

Las pesquisas del juez de instrucción se hacen en audiencia pública y se permite la asistencia de medios de comunicación y espectadores. Y estos lo han aprovechado: la sala está casi llena. La prensa está ansiosa por oír detalles morbosos sobre cómo ha podido asesinar deliberadamente a su mujer y a su hija nonata. Esto les va a encantar, piensa Patrick con creciente amargura. Se sienta en la primera fila, con Stephanie justo a su lado. El sheriff que le interrogó después del accidente y el juez de instrucción acudirán como testigos. Erica y él tendrán que declarar. No debería haber sorpresas. Mira a Stephanie, tensa, a su lado.

Patrick recorre la sala con la mirada, nervioso. Entonces, de repente, ve al sheriff, Michael Bewdly. Casi no le reconoce porque no lleva uniforme. Va vestido con ropa de calle, ya no es el sheriff del condado de Grant. El abogado de Patrick, Robert Lange, le ha dicho que probablemente el antiguo sheriff insistirá en que hicieron las investigaciones oportunas. A continuación, ve que llega el sheriff actual —su uniforme le delata— y que toma asiento al otro lado de la sala. Lange le ha advertido que estará en la investigación judicial para escuchar las pruebas, por si, una vez que el jurado dé su veredicto, tiene que decidir si sigue investigando o si presenta cargos. Patrick mira al sheriff y traga saliva. Después, aparta la mirada y sus ojos buscan por la sala. Reconoce a Lauren, la hermana de Lindsey, sentada hacia el fondo, como si no quisiera que nadie supiera que está ahí. Y después, identifica otro rostro, aunque el hombre está algo mayor. Es el juez de instrucción, George Yancik. Estuvo allí aquel día, inclinado sobre el cadáver de Lindsey, revisando el coche cubierto de nieve. Pero es Erica quien le preocupa. Es su palabra contra la de él. ¿Dónde está?

Oye un ligero revuelo a sus espaldas y se gira para mirar. Es ella, como si de algún modo la hubiese invocado. Lleva un traje gris carbón, con el pelo recogido y un maquillaje mínimo. Tiene un aspecto profesional y él siente que un estremecimiento de miedo le recorre la espalda. Teme que cause mejor impresión que él. Durante todo este tiempo su miedo ha sido que la crean a ella antes que a él. Nota cómo Stephanie se pone rígida cuando Erica se sienta en la primera fila, al otro lado de la sala, sin mirar a ninguno de los dos.

Lange se acerca a Patrick y se inclina sobre él.

—¿Cómo se encuentran? —Mira rápidamente a Stephanie, como si le preocupara si va a poder resistirlo.

Patrick asiente.

—Estamos bien.

—Estupendo. Vamos a empezar en un instante. —Lange se aleja y se sienta en la mesa de la defensa.

Momentos después, entran los seis miembros del jurado y toman asiento sin hacer mucho ruido. Patrick, inquieto, los ve pasar. Esas seis personas van a decidir cómo va a ser el resto de su vida. Esa idea le asusta. Nunca se ha considerado una persona cobarde, pero, ahora mismo, está aterrado. Nota que tiene la mandíbula apretada y se obliga a tranquilizarse mientras el juez entra por una puerta lateral y se sienta en el estrado. Los miembros del jurado prestan juramento. Al juez de instrucción le representa una abogada que se llama Susan Spellman. Patrick ha decidido que le represente su propio abogado.

Empiezan. El juez se dirige a la audiencia con unos comentarios preliminares. La abogada del juez de instrucción se dirige después al jurado y llama al primer testigo. Patrick sabe que, a medida que llamen a cada uno de los testigos, Lange tendrá oportunidad de hacerles preguntas relevantes y ponerlos a prueba con las repreguntas.

En primer lugar, la abogada llama al juez de instrucción, George Yancik.

34

Yancik se acerca con paso enérgico al estrado. Al tomar asiento, Patrick ve que parece ligeramente nervioso cuando presta juramento. No es eso lo que quieren. No quieren que el juez de instrucción esté a la defensiva. Eso hace que Patrick se ponga también nervioso.

Una vez que dejan claras sus credenciales, la abogada le pregunta:

—Como juez de instrucción del condado de Grant en aquella época, ¿asistió al número 712 de Dupont Street, en Creemore, la mañana del 10 de enero de 2009?

—Sí.

—Háblenos de esa mañana y de lo que vio allí.

—Hubo una llamada a emergencias a las ocho y veintinueve de la mañana —responde el juez de instrucción con voz entrecortada—. Me informaron de la muerte repentina de una mujer y me dirigí allí de inmediato. Cuando llegué, habían sacado a una mujer del vehículo y la habían dejado tendida sobre la nieve. —Se aclara la garganta—. Observé el color intenso de la intoxicación por monóxido de carbono y declaré su fallecimiento en el lugar de los hechos.

—¿Puede decirnos qué hizo después?

—Hablé con el marido de la mujer, Patrick Kilgour. Resultaba evidente que estaba destrozado. Le pregunté qué había pasado y me contó que su mujer le había estado esperando en el interior del coche con el motor encendido mientras él apartaba la nieve. Había estado nevando con intensidad durante los dos días anteriores. Examiné de inmediato el vehículo. Estaba aparcado al fondo de un callejón, casi metido en un banco de nieve. El tubo de escape estaba lleno de nieve. A partir de ahí, determiné que lo más probable era que la víctima hubiese muerto por intoxicación de monóxido de carbono, pero ordené una autopsia para estar seguros.

—¿Y quién realizó la autopsia?

—Acudí a una de las patólogas forenses con la que normalmente trabajamos, Karen Soley.

—¿Hizo más investigaciones sobre la muerte de Lindsey Kilgour?

Yancik se remueve incómodo en su silla.

—Bueno, como juez de instrucción, es mi obligación investigar las muertes. Me encargué del lugar de los hechos, ordené que se llevaran el cadáver para hacerle la autopsia. El sheriff de aquella época, Mike Bewdly, interrogó al marido, Patrick Kilgour, en la oficina del sheriff, pues parecía ser el único testigo. El sheriff me habló después de esa conversación.

—¿Y qué concluyó la autopsia?

—La autopsia confirmó que la víctima había muerto por intoxicación de monóxido de carbono.

—¿Y hubo algo en el interrogatorio de Patrick Kilgour, tal y como le informó el sheriff, que le llevara a tener alguna sospecha con respecto al motivo de la muerte?

—Nada en absoluto.

—Y basándose en sus observaciones, sus investigaciones y la autopsia, ¿cuál fue su conclusión?

—Concluí que la muerte había sido accidental.

—Gracias.

El abogado de Patrick se pone de pie.

—Ninguna pregunta, señoría.

El juez de instrucción abandona el estrado y vuelve a su asiento.

—Llamo al estrado a Michael Bewdly —dice Susan Spellman.

Michael Bewdly se levanta y va pesadamente hasta el estrado. Patrick le observa con atención.

—Usted era el sheriff del condado de Grant en el momento de la muerte de Lindsey Kilgour, ¿es correcto? —pregunta la abogada después de que el testigo preste juramento.

—Sí.

—Díganos qué pasó después de que llegara el juez de instrucción.

—El juez de instrucción llegó y tomó el control del lugar de los hechos, como corresponde. Una vez terminado, acompañé a Patrick Kilgour a la oficina del sheriff para hablar con él sobre lo que había pasado.

—¿Y qué le contó?

—Nos dijo, a mí y a mi agente encargado de la investigación en aquel momento, Dan Abbott, que su mujer se había metido en el coche para calentarse mientras él terminaba de quitar la nieve. Cuando le interrogué, me dijo que no era consciente de que el tubo de escape del coche estuviera atascado ni tampoco de los peligros que eso podría conllevar. —El antiguo sheriff se aclara la garganta y continúa—. Esto ocurre todos los años en algún punto de Estados Unidos después de una fuerte nevada. La gente no es todo lo consciente que debiera de estos peligros.

—¿Tuvo usted alguna sospecha de que pudiera haber sido deliberado?

—Ninguna.

—¿Le preguntó si tenía una póliza de seguro de vida de su mujer?

—No.

—¿Le preguntó por la situación de su matrimonio?

—No.

—Gracias.

De nuevo, Lange se pone de pie.

—¿Por qué no le preguntó a Patrick Kilgour por su matrimonio ni por el seguro de vida? —pregunta.

—Era..., era tan evidente que se trataba de un trágico accidente que no lo consideré necesario.

—No hay más preguntas, señoría —dice Lange antes de sentarse.

Hasta ahora todo va como debe, por supuesto. Patrick no tiene nada de lo que preocuparse hasta que Erica suba al estrado. Intenta calmarse, pero el hecho de saber que ella va a comparecer hace que le resulte imposible.

—A continuación, quiero llamar a Ken Dingwall —dice la señora Spellman.

Una vez que el testigo ha prestado juramento, la abogada le pregunta:

—Señor Dingwall, ¿contrató usted una póliza de seguro de vida a nombre de Lindsey Kilgour?

—Sí.

—¿Y cuáles fueron las circunstancias que rodearon la contratación de esa póliza?

—Los dos, Patrick y Lindsey Kilgour, vinieron a mi oficina en noviembre de 2008. Me contaron que estaban recién casados, era evidente que esperaban un bebé, y querían contratar unos seguros de vida para los dos.

—¿Y de cuánto eran esas pólizas?

—De cien mil dólares cada uno, con otros cien mil más en caso de muerte accidental.

Patrick oye un revuelo de excitación en la sala.

35

Stephanie oye los susurros y siente rabia hacia todos los que están en la sala del juzgado. Quieren oír que su marido es culpable.

—¿Es... poco habitual que exista una cantidad adicional en caso de muerte accidental? —pregunta la señora Spellman.

El profesional de la aseguradora responde con claridad y seguridad:

—No, en absoluto. Es más probable que la mayoría de la gente joven muera por accidente que por causas naturales. Así que la cobertura por accidente es un punto que nosotros fomentamos.

Lange no tiene más preguntas y el testigo es enviado de nuevo a su asiento.

Stephanie nota que los hombros se le relajan ligeramente. Hasta ahora, todo ha ido bien. Pero Erica no ha prestado todavía declaración.

Como si le hubiesen leído la mente, llaman a Erica Voss al estrado y Stephanie siente que el corazón se le acelera. Ve que Erica se acerca con notoria desenvoltura al estrado y, a continuación, dirige su atención al jurado. ¿Cómo reaccionan ante ella? Todo se reduce a quién van a creer: a esta mujer o a su marido.

—Señorita Voss, ¿conoce usted a Patrick Kilgour? —pregunta la señora Spellman.

—Sí, le conozco.

—¿Puede hacer el favor de explicarnos la naturaleza de su relación con él?

Asiente.

—Conocí a Patrick a través de Lindsey, su mujer. Lindsey y yo éramos amigas. A pesar de eso... —vacila y, a continuación, prosigue—: Tuve una aventura con su marido, Patrick, en las semanas previas a su muerte.

Hay una sensación de aguzado interés en la sala. A esto es a lo que han venido, piensa Stephanie con rabia. Todo esto ya se había filtrado; en el periódico ya se hacía mención a una posible aventura amorosa. Ella no ha hecho más que confirmarlo.

—¿Una aventura sexual?

—Sí.

—¿Se trataba de una aventura sin importancia o diría usted que era seria?

Erica parece tomarse un momento para recomponerse antes de responder con claridad:

—Era seria. Estábamos enamorados.

Stephanie oye murmullos en la sala y varios gritos ahogados. Los miembros del jurado observan a Erica con enorme interés. Stephanie contempla a su marido, a su lado; su semblante es serio y tiene la mandíbula apretada. Está mirando a Erica como si la odiara.

—¿Con qué frecuencia se veían?

—Empezó una noche cuando un grupo de amigos nos juntamos a tomar unas copas. Lindsey se había ido antes. Patrick y yo estábamos borrachos. Terminamos en mi apartamento, en la cama. Después de eso, aprovechamos cada oportunidad que teníamos para estar juntos, pero no era fácil porque él estaba casado y Lindsey quería que él estuviera en casa. —Y añade—: Nos veíamos a la hora de comer entre semana. Su mujer le preparaba el almuerzo para que él se lo comiera en el trabajo, pero él se venía a mi apartamento y hacíamos el amor.

Stephanie oye el murmullo de desaprobación que recorre la sala.

—¿Alguna vez hablaron los dos de estar juntos, de contárselo a su mujer?

—Sí. Él me dijo que no la quería, y se quejaba de estar atado a ella. No quería tener un hijo en ese momento de su vida. Discutían mucho. Decía que quería estar conmigo.

—¿Alguna vez usted o él hablaron de hacer algo concreto para poder estar juntos?

Erica se muerde el labio.

—No con esas palabras. Dijo que quería librarse de ella. Pero yo creía que se refería al divorcio, no a un asesinato.

Más gritos ahogados entre la sala; el juez golpea su mazo y todos quedan en silencio, cautivados por su testimonio.

—Díganos qué ocurrió el 10 de enero de 2009.

—Recibí una llamada de Greg Miller. Era un amigo de Patrick del trabajo. Solíamos salir juntos. Me llamó para decirme que había habido un accidente. Fui hasta allí lo más rápido que pude.

—¿Habló con Patrick?

—No. Estaba impactada. Él estaba histérico, llorando. Pero luego, cuando nadie podía verlo, me miró a los ojos y... su expresión era de triunfo.

—¿De triunfo?

—Sí. Supe entonces que la había matado a propósito y que pensaba salir indemne. —Hace una pausa, parece todo lo disgustada que la ocasión requiere; es la primera vez que pierde la compostura—. Creo que se esperaba que yo... me alegrara.

Otro murmullo de sorpresa recorre la sala del juzgado.

—¿Habló con él después?

Ella niega con la cabeza.

—No en ese momento. Él trató de hablar conmigo, pero yo le evité. Fui al funeral y allí también le evité. Yo creía que la había matado a propósito, por mí, pero me daba miedo decir nada. Temía que la policía pensara que yo estaba involucrada. Me sentía culpable, pensaba que la había matado por mí. Ni siquiera podía mirarle después de aquello. Sabía lo que había hecho. —Hace una pausa y, a continuación, añade—: Y luego supe que estaba embarazada de él.

Más consternación en la sala. Stephanie trata de adivinar la reacción de los miembros del jurado, pero no está segura de lo que piensan mientras no pierden detalle de cada palabra de Erica, cada gesto. No sabe si se creen o no la versión de Erica. Parece excesiva.

—¿Y qué pasó con el niño?

—Lo di en adopción cuando nació. No sé dónde está.

—Una última pregunta. ¿Alguien más conocía lo de su aventura amorosa? ¿Puede alguien confirmar lo que nos ha contado?

Niega con la cabeza.

—No se lo dije a nadie. Lo he contado ahora a la policía porque no puedo seguir viviendo con esto. Le debo a Lindsey contar la verdad. Y quiero que todo el mundo sepa lo que hizo porque temo por la vida de su actual esposa. Me da miedo que pueda volver a hacerlo.

Hay un sonoro grito ahogado en la sala. ¿De horror? ¿O de incredulidad?

—Gracias, señorita Voss.

Stephanie mira angustiada cómo Lange se pone de pie para las repreguntas. Se acerca despacio al estrado de la testigo.

—Señorita Voss, ha dicho que usted y Patrick Kilgour estaban «enamorados». ¿Tiene alguna prueba de ello?

—Pues no. No se lo dijimos a nadie ni nadie nos vio, porque debíamos mantenerlo en secreto.

—Muy bien. Entonces, solo contamos con su palabra. ¿Tiene alguna prueba del número de ocasiones en las que los dos se acostaron?

—Tuve un hijo suyo —responde ella con cierto desafío.

—Tuvo *un* hijo. No hemos determinado si era del señor Kilgour, ¿no es así? —Espera.

—No —responde ella por fin—. Pero yo sé que era suyo.

—En cualquier caso, un único acto sexual puede dar lugar al embarazo. ¿Tiene alguna prueba real de que los dos se acostaron más de una o dos veces?

—No.

—Una cosa más. ¿No es cierto que el pasado mes de agosto usted se acercó a Patrick Kilgour en Aylesford con la intención de chantajearle? ¿Le amenazó usted con que si no le daba dinero le contaría a su esposa que había tenido una relación extramarital con él y que había matado a su esposa de forma deliberada? Y cuando vio que eso no funcionó, ¿no amenazó con que iba a intentar que se reabriera la investigación de la muerte de Lindsey Kilgour?

Stephanie contiene la respiración.

Erica mantiene la mirada en el abogado con absoluta tranquilidad.

—En absoluto. ¿Es eso lo que le ha contado? De hecho, me acerqué a él en Aylesford para informarle de que iba a acudir a las autoridades de Colorado para contarles la verdad. Cuando le dije eso, él trato de darme dinero. En efectivo. Yo me negué a aceptarlo y le dejé claro que no me iba a sobornar.

Stephanie siente que se ha quedado sin aliento. Quiere ponerse de pie de un salto y gritar: «¡Está mintiendo!». Pero se queda paralizada. Mira el rostro del abogado. Es evidente que no se había esperado esto y que está haciendo lo posible por recobrar la compostura. Se había esperado una negación rotunda. Patrick se ha quedado pálido.

36

Incapaz de rebatir la declaración de Erica, Lange dice que no tiene más preguntas. El juez anuncia un breve descanso para almorzar y, cuando vuelven, es el turno de Patrick de sentarse en el estrado.

—Llamo a declarar a Patrick Kilgour —anuncia la representante del juez de instrucción.

Stephanie se da cuenta de que está nervioso. Le aprieta la mano para darle ánimos mientras él se levanta, pero ni siquiera la mira. Se acerca y toma asiento en el estrado como si asistiese a su juicio final. Al menos, así se lo parece a Stephanie.

Se siente mareada. Apenas pudo dormir anoche, asolada por el insomnio, por la falta de costumbre de estar lejos de las gemelas, preocupada por lo que pudiera pasar hoy. Y no ha sido capaz de comer mucho en el desayuno. Ahora se siente aturdida. Erica acaba de cometer perjurio. Stephanie trata de concentrarse en lo que está ocurriendo delante de ella; es muy importante, pero la cabeza se le va y la rigidez de su pecho se está volviendo insoportable.

—Háblenos de la mañana del 10 de enero de 2009 —dice la señora Spellman una vez que Patrick ha prestado juramento.

Él muestra un aplomo considerable y Stephanie se siente aliviada al verlo.

—Íbamos a Grand Junction para visitar a la madre y la hermana de Lindsey. Lindsey estaba deseándolo. Había caído una fuerte nevada, por lo que yo no quería ir, pero ella insistió. Tuvimos una pequeña discusión sobre ello la noche anterior, pero vi lo importante que era para ella. Había estado nevando desde el jueves por la noche y, por esa razón, yo había trabajado el viernes desde casa. El sábado por la mañana, el coche estaba casi enterrado en la nieve. Salí a desenterrarlo y lo puse en marcha para que se calentara. Ella salió y se metió en el coche a esperar. Yo le había dicho que esperara en casa, pero estaba ansiosa por que nos fuéramos.

—¿Vio usted que el tubo de escape estaba bloqueado por la nieve?

—No. Ni siquiera se me ocurrió mirar. No sabía que eso podía provocar que el monóxido de carbono se acumulara dentro del coche. Cada día que pasa me culpo por ello.

—¿Tuvo usted una aventura amorosa con Erica Voss antes de la muerte de su esposa? —pregunta Spellman.

Patrick toma aire y responde:

—No tuve una aventura amorosa con ella. Me acosté con ella dos veces exactamente. Una vez en su apartamento, después de emborracharnos... Esa fue la primera vez. Y otra cuando me pidió que fuera a su casa a la hora del almuerzo para arreglarle una cosa. Terminamos juntos en la cama. Después de eso, le puse fin.

—Entonces, niega lo que Erica Voss ha contado.

—Lo niego rotundamente. Tuvimos sexo sin más. Dos veces. Eso es todo. No estábamos enamorados. Ella nunca dio muestras de que sintiese nada por mí. Yo quería a mi mujer. Pensaba que Erica me había seducido de forma deliberada en ambas ocasiones. Yo tenía veintitrés años. No me siento orgulloso de haber engañado a mi esposa. Acabé con aquello. Rápidamente. No quería poner en peligro lo que tenía con Lindsey.

—Entonces, ¿su matrimonio iba bien?

—Sí, desde luego.

—¿No discutían?

—No. Al menos, no mucho. Nos llevábamos bien.

—¿Trató de hablar con Erica después de la muerte de su mujer?

—No. La había estado evitando desde la segunda vez en su apartamento. Sí que me acerqué a ella en el funeral, intenté hablar con todos para agradecerles que hubiesen venido, pero ella me dio la espalda. Me sentí aliviado, la verdad. No quería tener nada que ver con ella.

—¿Alguna vez le ha amenazado Erica Voss y le ha exigido dinero a cambio de su silencio?

—Sí, en varias ocasiones, en agosto de este año.

—¿Alguna vez le ha dado dinero?

—No.

—¿Alguna vez le ha ofrecido dinero?

—No.

—Gracias.

El abogado de Patrick se pone de pie.

—Ninguna pregunta, señoría —dice.

Stephanie ve cómo su marido abandona el estrado. Se ha defendido bien. Ha estado creíble, quizá algo más creíble que Erica. Pero no sabe qué estará pensando el jurado. Él se sienta a su lado y ella le agarra la mano y se la aprieta con fuerza. Él le responde apretando la suya.

—Señoría, llamo a declarar a la doctora Karen Soley.

Una mujer corpulenta se dirige al estrado y presta juramento.

—Por favor, diga su nombre y sus credenciales —le indica Spellman.

—Me llamo Karen Soley. Soy patóloga forense del condado de Grant.

—¿Y realizó usted la autopsia de Lindsey Kilgour?

—Sí.

—¿Qué vio?

—Vi que Lindsey había muerto de una intoxicación aguda por monóxido de carbono. El bebé había muerto *in utero*.

—¿Vio algo más de interés en la autopsia?

—No, nada en absoluto.

—Llamo a declarar al doctor Joseph Chang —anuncia después la señora Spellman.

Stephanie nota que Patrick se sobresalta a su lado. Le mira, pero él tiene los ojos dirigidos al frente. Se pregunta quién será ese médico. No tendrá que esperar mucho para saberlo.

—¿Puede decirnos su profesión?

—Soy médico de Urgencias del hospital Saint Brigid de Denver. Llevo trabajando allí más de doce años.

—Y en el curso de su desempeño, ¿tuvo alguna vez ocasión de ver a Lindsey Kilgour en la sala de Urgencias del hospital Saint Brigid?

—Sí. La vi a última hora de la noche del... —consulta sus notas— 24 de noviembre de 2008. Se había caído por las escaleras y quería que comprobáramos el estado del bebé. Estaba embarazada de unos seis meses y medio en aquel momento.

—¿Se había caído por las escaleras?

—Eso es lo que dijo.

Un murmullo recorre la sala.

—¿Y la examinó usted?

—Sí. Le realizamos una ecografía y vimos que el bebé no había sufrido daños. Pero ella..., Lindsey..., tenía unos moretones recientes y grandes por la espalda, así como magulladuras y contusiones en la nuca, por debajo del pelo, daños propios de una caída por las escaleras.

—¿Y tuvo usted alguna sospecha con respecto a esta caída?

—Ella insistió en que había sido un accidente. No había motivos, en aquel momento, para no creerla.

37

Stephanie se hunde en su asiento. Intenta respirar a pesar del intenso dolor de un ataque de pánico. No quiere que nadie vea que está angustiada. Patrick mantiene la mirada fija y estoica hacia el frente, pero ella nota la tensión en su mandíbula apretada. Parece estupefacto. Ella sabe que no debería hacerlo, pero se atreve a girarse para mirar a Erica. Su rostro muestra sorpresa. Stephanie se da cuenta con una sensación de náuseas de que Erica no sabía nada de esto.

«¿Qué va a pasar ahora?».

Como si respondiese a esa pregunta, el juez golpea su mazo y dice:

—Hacemos un pequeño descanso. Continuaremos dentro de veinte minutos.

Stephanie y Patrick se retiran rápidamente a una sala privada acompañados de Lange, que cierra la puerta cuando entran. Tiene el rostro encendido. Stephanie está tratando de dar sentido a lo que eso puede significar.

—Siéntense —les ordena.

Los dos obedecen de inmediato. Él permanece de pie, mirando a Patrick con expresión severa.

—¿Por qué no me ha contado esto antes?

—No me gusta su tono —responde Patrick como si tuviese ganas de pelea.

—Ahora mismo tiene muchas más cosas por las que preocuparse que mi tono —contesta el abogado con brusquedad.

Stephanie ve cómo su marido traga saliva; ella siente tanta presión en el pecho que casi le resulta insoportable. Pero ellos no notan su angustia. Se le da cada vez mejor ocultarlo.

—Se me pasó —responde Patrick, malhumorado.

—¿Espera que me crea eso? —pregunta el abogado con rabia.

Patrick permanece en completo silencio, negándose a mirar a su abogado.

—Díganos qué ocurrió.

—Se cayó por las escaleras desde la cocina hasta la puerta trasera. Estaba cansada y no vio el escalón de arriba cuando iba a sacar la basura.

Stephanie se lleva una mano a la boca y nota cómo la bilis le sube a la garganta. Él nunca les había contado esto. ¿Por qué iba Lindsey a sacar la basura? ¿Por qué no la sacaba él? Estaba embarazada de seis meses y medio. Patrick siempre saca la basura. ¿Se había olvidado sin más de que ella se había caído por las escaleras y había estado en el hospital pocas semanas antes de morir? ¿No había visto lo incriminatorio que eso podría parecer? Se pregunta si estará mintiendo.

—¿Dónde estaba usted?

—En la cocina.

—¿Habían discutido? —pregunta Lange.

Patrick lanza una mirada fría a su abogado.

—No. Yo no estaba cerca de ella. Se cayó sola.

Stephanie mira al abogado de Patrick. Parece serio y el corazón se le encoge aún más. Ahora sabe que están metidos en un lío. Siente como si estuviese flotando, como si abandonara su cuerpo. Sabe que el cansancio puede causar estragos en sus percepciones y es casi un alivio sentir como si al flotar en el aire se alejara de lo que está pasando aquí, en esta habitación claustrofóbica del juzgado. Se pregunta de una forma extraña y como desde la distancia si habían discutido, si se habían peleado, a pesar de las negativas de su marido, y si él la habría empujado por las escaleras. Sabe que su abogado se está preguntando lo mismo. Patrick nunca ha sido violento con ella. ¿Fue violento con su primera mujer? ¿Es eso posible? Ese momento de silencio parece que va a durar una eternidad, como si estuviesen al borde del desastre y nadie quisiera dar un paso adelante.

Pero, por fin, el abogado mira su reloj y dice:

—Va a tener que dar una explicación.

Patrick asiente.

—Y tendrá que ser convincente.

Cuando vuelven a llamar a Patrick al estrado, él se levanta y recorre la corta distancia a lo largo de la sala del juzgado. Siente como si todos sus sentidos estuviesen a flor de piel. Se recuerda a sí mismo que no debe parecer enfadado. No debe mostrar lo furioso que está por encontrarse aquí, defendiéndose ante estas acusaciones, por muy justificada que sea su rabia. Nunca debería haber llegado a esto. Es todo por culpa de Erica. ¿Cómo se atreve a mentir sobre el chantaje? Pero no debe pensar en Erica porque eso es lo que más le enfurece. No va a mirarla cuando llegue al estrado, se gire y se siente delante de la gente que ocupa la sala. Mirará solamente a la abogada cuando le haga las preguntas. Mantendrá un tono suave y calmado y explicará lo que ocurrió. Le creerán. Deben creerle. Ya le han creído antes. Lo notó. Pudo notar que, en la sala, apenas hace un rato, el jurado se había puesto de su parte, no de la de Erica. Pero esta cuestión de los moretones los ha alejado de él. Lo sabe. Sabe qué es lo que parece. Su abogado está preocupado, y su mujer. Ha notado que ella ha empezado a dudar de él y eso le ha dejado a la deriva. Esto la ha disgustado. Ya no sabe qué es lo que su mujer cree.

Recuerda aquella noche. Había visto a Lindsey caer por las escaleras, lo vio todo como a cámara lenta. Él había temido que alguien pudiera indagar en aquella visita al hospital para tratar de sacar algo de ella. Pero no creyó que pudiera pasar.

—¿Nos puede explicar cómo se hizo su mujer aquellas magulladuras? —pregunta la abogada del juez de instrucción.

Cheryl pone las noticias de la noche en la cocina mientras prepara la cena. Oye que un reportero empieza a hablar de las pesquisas judiciales de hoy en Creemore y se gira para mirar la pantalla de la televisión. Ve imágenes de una pareja de pelo oscuro y aspecto atormentado que entra a toda prisa en el juzgado y, después, una mujer rubia que les sigue. Todo el cuerpo de Cheryl se pone en tensión al reconocer a Erica Voss. ¿Qué narices tiene que ver con esto?

Cheryl sube el volumen y escucha mientras el periodista da los titulares de la sesión. Lo oye todo. Erica Voss asegura que tuvo una aventura con Patrick Kilgour, cuya esposa murió en aquel coche. Dice que Kilgour mató deliberadamente a su mujer. Tuvo un hijo suyo. Cheryl hace los cálculos. Ese hijo es Devin. Y su padre es, posiblemente, un asesino.

La dolorosa investigación judicial ha terminado. Se han retirado a un restaurante italiano cercano para cenar. Han elegido una mesa del fondo que les permite cierta privacidad.

Patrick ha contado la caída por las escaleras de aquella noche de una forma sosegada y convincente. Lange parecía encantado por cómo se había desenvuelto, e incluso le había dado unas palmadas en el hombro cuando todo había terminado.

Stephanie pide una copa de vino blanco y engulle casi la mitad por su garganta seca en cuanto se la sirven. Ahora tienen que esperar el veredicto. Todos están nerviosos. Stephanie está tan agotada que se siente contenta solo por que el calvario de la investigación haya terminado. No es capaz de pensar en lo que vendrá después. Lange quiere hablar de lo que puede pasar a partir de ahora. Ella tiene ganas de gritar.

Piden la comida, pero apenas logra tomar nada. Su mente viaja hasta Jackie y Emmie. Echa de menos abrazarlas contra ella, olerlas, sentir su piel contra su cara. Quiere estar en casa. Volverán corriendo a primera hora de la mañana, haya el jurado llegado o no a una decisión y sea cual sea el resultado.

Sabe qué posibilidades tienen. El jurado puede decidir que la muerte de Lindsey fue un accidente. Esto es lo que evidentemente todos esperan. Pero ahora piensa que es casi igual de probable que ganar la lotería. Erica ha estado convincente y luego está lo de esa preocupante caída. Si no dan un veredicto de muerte accidental, es probable que el actual sheriff lleve a cabo su propia investigación. Podría incluso arrestar a Patrick de inmediato. Levanta su copa de vino vacía y se da cuenta de que mañana puede regresar a casa sola. ¿Sería eso algo muy malo?

Siente una repentina sacudida en el pecho. No puede creer que esté pensando siquiera algo así. Pero esa caída por las escaleras —y el hecho de que Patrick la ocultara— ha cambiado su forma de ver las cosas. Deja la copa de vino. Quiere otra, pero se va a resistir. Siente que ha cruzado en secreto algún tipo de línea y está horrorizada consigo misma.

«Claro que él no lo hizo».

Ama a Patrick, se dice. Es el padre de sus hijas. Es solo que resulta difícil sentirse igual que antes, con toda la presión a la que han estado sometidos. No cree ni por un segundo que él sea un asesino. Eso es imposible. Demasiado rocambolesco como para pensarlo siquiera. Lindsey debió de caerse, tal y como Patrick ha dicho. No la empujó en medio de una discusión. No pierde los nervios con facilidad, ella nunca lo ha visto. No es avaricioso ni egoísta. No es impulsivo. Es bueno, paciente y generoso. Todo esto es culpa de Erica. Es una mentirosa vengativa, movida por su propio egoísmo y sus motivos retorcidos. No tiene conciencia ninguna. No le importa el daño que pueda hacer.

Es bastante posible que el jurado vuelva con un resultado «sin determinar». Que sea incapaz de decidir, según lo que han escuchado, si la muerte fue accidental o intencionada. El jurado no puede determinar la culpa. En ese caso, correspondería al sheriff, que podría investigar o no. Probablemente lo haga. Stephanie no cree que pueda seguir viviendo con esta inseguridad sin perder la cabeza. Necesita ser una buena madre para sus hijas. Necesita que todo esto acabe.

Suena una señal en un móvil. Lange saca el teléfono del bolsillo de su chaqueta. Por la expresión de su rostro, ella sabe que es lo que habían estado esperando. Se queda inmóvil, mirando la cara del abogado.

—Ha vuelto el jurado —anuncia.

Salen rápidamente del restaurante, terminada la comida, y recorren en coche el corto trayecto hasta el juzgado. Toman sus asientos mientras el jurado está entrando.

El juez le pregunta al portavoz si han llegado a un veredicto. Sí.

Stephanie siente que va a desmayarse.

—¿Cuál es su veredicto? —pregunta el juez.

—Sin determinar, señoría.

Stephanie mira a Patrick y ve que literalmente se encoge. Mira a Lange. Su expresión es seria.

El silencio que le sigue está cargado de terror. No ha terminado, para nada. Puede que solo sea el principio. Stephanie se queda mirando a su marido. Se ha puesto pálido. Al verle, se da cuenta de que él esperaba un resultado distinto. Esperaba ser absuelto.

Por fin, Patrick habla con su abogado con voz temblorosa.

—¿Qué hacemos ahora?

—Es decisión del sheriff —responde el abogado en voz baja—. Y del fiscal del distrito. Vuelvan a casa y esperen.

38

Esa noche, el sheriff Bastedo está sentado a la mesa de su despacho, a oscuras y sumido en sus pensamientos. No está especialmente contento con este embrollo que ha aterrizado en su mesa. Sabe que es una oportunidad. Y eso le preocupa. Es una oportunidad que podría beneficiarle o perjudicarle y él preferiría mantener un perfil bajo. Es constante y metódico —eso le funciona—, aunque está seguro de que este caso tiene todos los ingredientes para convertirse en un circo. Pero no puede mirar hacia otro lado sin más. Es lo que hizo el sheriff anterior y podría haber dado lugar a que Patrick Kilgour se fuera de rositas.

Había prestado una enorme atención a las pesquisas judiciales y había tomado notas de los detalles. Cuando terminó la vista, estaba tan poco seguro como el jurado. Es cauto por naturaleza, pero es consciente de la presión que le compele a hacer algo. A primera hora de la mañana debe hablar con la fiscal del distrito.

A Patrick le cuesta despertar al día siguiente cuando suena la alarma a las cinco y media de la mañana. No ha conseguido dormirse hasta las tres. Se siente como una mierda. Stephanie se revuelve a su lado.

—Vamos, tenemos que tomar un avión —dice él mientras se levanta y va caminando lentamente hacia el baño de su habitación del hotel. Entra en la ducha y deja que el agua caliente se lleve las telas de araña. Pero la claridad es peor. Le aterra lo que pueda pasar ahora. Intenta recordar lo que su abogado le dijo la noche anterior, pero estaba tan destrozado que hubo partes que no llegó a asimilar del todo. Su mente empieza a dispararse. Si le arrestan y el caso termina en juicio, probablemente no podrá salir bajo fianza. Podría pasar varios meses en prisión, lejos de su mujer y sus hijas. En el juicio tendrían que demostrar que había asesinado a su mujer fuera de toda duda razonable. Pero hay demasiadas incógnitas en este caso. No hay discusión en cuanto a los hechos. No tienen por qué preocuparse de las pruebas forenses. Saben que su mujer se subió a un coche con el motor encendido y que el tubo de escape estaba bloqueado por la nieve. «No pueden demostrar que usted obstruyera el tubo de escape», dijo el abogado sin rodeos. «Tampoco que la dejara subir al coche en marcha sabiendo que estaba obstruido y que eso la mataría». Todo se basa en la intención que él tuviera más allá de toda duda razonable. Esto es lo que Lange le explicó la noche anterior en un intento por tranquilizarle mientras él sentía que su vida antes cómoda se le escapaba en medio de un maremoto de miedo. «Quizá piensen que deberían detenerle. Pero con eso no pueden ir a juicio. No tienen pruebas suficientes», insistió Lange.

Pero el estigma... Todo el mundo va a creer que lo hizo. Quedará manchado durante el resto de su vida. No puede demostrar que él no tenía ninguna intención de matarla.

Es imposible de demostrar..., incluso a su mujer.

No ha sido el resultado que esperaban. Stephanie no podrá volver ahora a casa y olvidarse de todo. Estará esperando a lo siguiente que tenga que pasar. No tendrá oportunidad de recobrar su equilibrio.

Y Niall... Su socio se mostró comprensivo cuando supo lo de la investigación, pero no le había gustado la trascendencia del caso. Patrick le había dicho que lo entendía. Pero se había abierto una profunda brecha entre los dos desde que Patrick se lo había contado.

Patrick sabe que para Niall nada que no sea una absoluta exculpación será suficiente. Y no la ha conseguido.

Pero ¿querrá Niall disolver la sociedad? ¿Cómo se lo tomaría Stephanie? Sospecha que nada bien.

Tendrían que vivir durante un tiempo del dinero de ella. Y los gastos legales van a ser desorbitados si esto sigue adelante.

Vuelve al dormitorio y Stephanie ya está levantada y vistiéndose. No habla. No le ha dicho casi nada desde que terminó la vista. Él quiere saber qué es lo que está pensando.

—¿Steph?

—¿Sí? —responde ella dándole aún la espalda mientras se pone una camisa por encima del sujetador. Ni siquiera le mira.

—Stephanie —repite—. Mírame. —Ella se gira despacio, al otro lado de la cama sin hacer—. Todo se va a solucionar. Yo no lo hice y no pueden demostrar que lo hiciera. —Ella asiente. Él rodea los pies de la cama y la estrecha entre sus brazos—. Steph, te quiero. Lo sabes, ¿verdad? —Ella levanta la mirada hacia él con lágrimas en los ojos. Una le baja por la cara y él se la limpia suavemente con un dedo—. Lo superaremos, lo sé.

Ella se da la vuelta.

—No puedo creerlo —dice Niall—. No me lo creo, joder.

Nancy tampoco se lo puede creer, pero se han levantado temprano y han leído la noticia en internet, todo lo que han logrado encontrar sobre la investigación en Colorado. Nancy alza ahora los ojos del portátil sentada en la mesa de la cocina.

—Más vale que comas algo —dice.

Él niega con la cabeza, visiblemente disgustado mientras se apoya en la encimera de la cocina. Ella aparta su silla y se acerca a la máquina del café, le sirve otra taza y se la da. Él la mira, incrédulo.

—Tuvo que ser un accidente. ¡Patrick no asesinaría a su mujer!

El veredicto no ha sido el que esperaban.

—Está claro que ella miente —coincide Nancy, pero la información que ha salido sobre las pesquisas ha resultado bastante impactante. Se pregunta cómo estará llevando do Stephanie todo esto. Siente una terrible compasión por ella.

Aunque lo que más siente es preocupación.

—Desde luego, eligió a la amante menos adecuada —dice con despecho—. Igual que tú.

Niall cierra los ojos.

—Nancy, no empieces.

Ella respira hondo. Tiene razón. Deben seguir juntos. No pueden separarse. Ahora no.

—Vas a tener que desvincularte de Patrick —comenta con tono más calmado.

Él abre los ojos.

—Nancy, quizá deberíamos esperar a ver qué pasa. No le han arrestado.

—No le han arrestado *todavía* —le corrige ella—. Tienes que deshacerte de él. Y lo que es más importante, tenemos que distanciarnos de Erica. Mientras sigas vinculado a Patrick, si trabaja contigo, ella te tendrá en el punto de mira. —Y añade, con tono angustiado—: No para de llamarte. Casi es acoso. —Él responde asintiendo, con mirada de preocupación.

Nancy sabe que tiene razón. Él está tan preocupado por Erica como ella.

—Es que no me gusta darle una patada a un amigo cuando está en un mal momento —dice él con rabia.

—No tienes otra opción. Puedes disolver la sociedad. Formarla con otra persona. Pero sé generoso. Seguro que él lo entenderá.

En Denver, Cheryl da vueltas por la cocina retorciéndose las manos mientras Gary tiene la mirada fija en el suelo. El periódico está abierto sobre la mesa de la cocina. Están solos. Devin se fue temprano al colegio porque tenía entrenamiento de fútbol.

—Es evidente que ella miente sobre el chantaje —dice Gary por fin—. Nos lo hizo a nosotros. No tengo ninguna duda de que le ha amenazado también a él.

—¿Deberíamos decírselo? —pregunta Cheryl, vacilante.

—No podemos.

Cheryl se tapa la cara con las manos y estalla en lágrimas.

—No me puedo creer que esté pasando esto —solloza. Oye el chirrido de una silla y, a continuación, nota que los brazos de su marido la rodean y la abrazan con fuerza. Cuando deja de llorar, se aparta de él.

—¿Qué tipo de mujer hace esto? Podría estar mintiendo en toda esa investigación. Es la madre de Devin. Podría ser una especie de sociópata. ¿Y si es genético? —Nota que se le está yendo la cabeza. Su hijo tan perfecto. Gary la mira. Ella está segura de que él también está inquieto—. ¿Y si es verdad que él mató a su mujer..., a su mujer embarazada..., a propósito? Tampoco es un hombre normal y es el padre biológico de Devin. No puedo enfrentarme a esto. ¡No puedo!

Gary la mira a los ojos.

—Escúchame —dice—. Devin es un chico estupendo. Ha tenido una educación estupenda. No le va a pasar nada. Tú eres muy buena madre. Él se está convirtiendo en un gran chico y lo sabes. Por favor, no llores. Nos tiene a nosotros. Siempre nos va a tener.

El sheriff Bastedo va de camino al despacho de la fiscal del distrito. Ha mantenido una rápida conversación telefónica con Yancik, el juez de instrucción, a primera hora de la mañana. Han hablado del veredicto y de lo que implica.

—Es un lío —dijo Yancik con fastidio—. ¿Cómo es que Mike pasó esto por alto? Nos está dando una mala imagen.

Bastedo recuerda lo avergonzado que el anterior sheriff se había mostrado el día antes en el juzgado, pero no le tiene demasiada compasión. Y sabe que Yancik está a la defensiva, pero nada de esto está perjudicando a la imagen de Bastedo: él no estaba ahí en aquella época. Sin embargo, sabe a qué se refiere Yancik. Últimamente la oficina del juez de instrucción ya está sufriendo suficientes presiones sin necesidad de este tipo de cagadas. Y tiene razón en que es un lío.

—La cuestión es qué hacer ahora —contestó Bastedo. Ha pasado toda la noche pensando en ello—. Esta mañana voy a ver a la fiscal del distrito.

—¿Qué crees que va a querer hacer?

—No lo sé. Pero te contaré lo que me diga.

Ahora, cuando el sheriff llega al despacho de la fiscal del distrito, ve su nombre en la puerta: Aurora Lydia Domínguez. No hay mucha delincuencia en su comunidad rural, pero este es un caso bastante importante. Querrá estudiarlo con atención. Ella también debe pensar en su propio puesto. Cada uno tiene su propia perspectiva, piensa Bastedo con cierto cinismo.

—Pase —dice Domínguez cuando él llama a la puerta.

Va camino de los cuarenta. Lleva su pelo negro recogido en una pulcra coleta y viste un buen traje y unos zapatos cómodos.

Bastedo vislumbra unos zapatos negros de tacón en el rincón. Es demasiado lista como para llevarlos todo el día. Confía en que tomará la decisión correcta con respecto a este asunto. Él no sabe cuál es la decisión correcta, pero espera que ella sí.

—Cierre la puerta —dice ella.

39

El vuelo de vuelta es una pesadilla. Stephanie no para de ver que la gente la mira una y otra vez; la reconocen. La historia ha salido en los periódicos de esta mañana y también sus fotos. Han salido en televisión, imágenes de ellos entrando y saliendo del juzgado. Aunque ella se ha hecho un recogido con el pelo y lleva gafas de sol oscuras, la gente sabe quién es porque Patrick tiene el mismo aspecto.

Cuando por fin llegan a casa desde el aeropuerto y aparcan el coche en el camino de entrada, lo único que Stephanie desea es dejar las cosas y cruzar corriendo la calle para recoger a las bebés en casa de Hanna. No espera a que Patrick la acompañe. Prefiere que no lo haga.

—¿Puedes prepararlo todo aquí mientras yo traigo a las gemelas? Tendrán que comer.

Y dicho eso, cruza la calle con el corazón golpeándole el pecho por la angustia. ¿Cómo les habrá ido a las niñas sin ella? Se sintió muy mal por tener que dejarlas. Pero le había pasado a Hanna un montón de leche materna para darles y confiaba en que cuidaría de sus bebés mejor que nadie. Ahora, sin embargo, mientras va hacia su casa, desesperada por ver a sus hijas, titubea. ¿Cómo reaccionará Hanna? No han tenido el veredicto que Stephanie le había dicho que esperaban.

Unas semanas antes le había contado a Hanna lo de la investigación judicial. Había ido con las niñas a su casa. Las había dejado con el pequeño Teddy en las alfombrillas de juegos de la sala de estar. Stephanie nunca le había hablado a Hanna de ello, pero la fecha de la vista se aproximaba y sabía que tendría que contarle la verdad de por qué necesitaba que cuidara de las gemelas durante dos noches. Iba a salir en las noticias. Se enteraría enseguida.

El hecho de ver las distintas emociones que cruzaron por el rostro de Hanna mientras ella le contaba la historia a trompicones —incredulidad, inquietud— aumentó el profundo desaliento que Stephanie había sentido durante las últimas semanas. Sabía que Patrick había tenido una conversación igual de difícil con su socio del trabajo. Le había dicho que Niall se lo había tomado bien. Ella no sabía si creerle. Pero Hanna se había mostrado sorprendentemente comprensiva después de recuperarse de la sorpresa. Ahora, considera a Hanna lo más parecido que tiene a un hombro en el que apoyarse. Stephanie desearía volver a tener familia, que sus padres estuvieran vivos todavía, haber tenido hermanos. Se siente tremendamente sola en el mundo. La única persona de la que ha llegado a depender era de Patrick.

Hanna abre la puerta con una expresión de compasión en su rostro y extiende de inmediato las manos para darle un abrazo. Stephanie se deja hundir en el confort de los brazos de su amiga. Las dos mujeres se separan y, sin decir nada del veredicto, el cual Hanna ya conoce tras haber visto las noticias, Stephanie le pregunta con voz entrecortada:

—¿Dónde están?

Hanna se aparta y Stephanie puede ver desde la puerta a las gemelas en la sala de estar. Se quita los zapatos y se abalanza sobre ellas. Se deja caer en la moqueta del suelo y abraza a sus hijas, inhalando su olor, sintiendo sus cálidos cuerpos contra el de ella. Intenta no llorar, pero las lágrimas salen de todos modos. Y, después, piensa: «A la mierda. ¿Qué madre no lloraría al volver a ver a sus hijitas tras un día entero y dos noches?». Las abraza mientras es consciente de que haría lo que fuera por sus hijas. Lo son todo para ella.

Levanta los ojos cuando Hanna entra en la sala de estar, sonriéndole.

—Han estado estupendamente. Han comido y han dormido bien. Pero es evidente que están contentas de que hayas vuelto.

Stephanie mira a sus niñas sonrientes y balbuceantes mientras las dos van hundiéndose en sus pechos. Tiene que llevarlas de vuelta a casa.

—Te ayudo a recoger sus cosas —se ofrece Hanna a la vez que empieza a guardar los juguetes y mantas en el bolso de las bebés.

—Muchas gracias, Hanna. Si hay algo que yo pueda hacer para compensarte alguna vez...

—Por favor, no te preocupes. Ha sido un placer.

—Lo sé, pero si algún día quieres dejarnos a Teddy, estaremos encantados de tenerlo en casa.

Stephanie se da cuenta de que algo ha cruzado por el rostro de Hanna, pero desaparece de inmediato. Y se da cuenta de que Hanna jamás va a dejar a Teddy con ellos. Porque es posible que Patrick haya asesinado a su esposa.

El escalofrío que Stephanie siente la persigue durante todo el camino de vuelta al cruzar la calle hasta su propia casa y se instala en su corazón para quedarse ahí para siempre.

El sheriff Bastedo espera a que la fiscal del distrito se siente detrás de su mesa y, a continuación, se deja caer pesadamente en la silla que tiene enfrente de ella.

—Menudo lío —dice Domínguez—. El clásico caso de la palabra de uno contra la del otro. ¿Quién dice la verdad?

—Hay otra forma de verlo —contesta Bastedo—. ¿Quién de ellos miente? —Ve que ella le mira con sorpresa y continúa—: Está claro que uno de los dos miente. Voy a tener que citarlo para interrogarle.

Ella asiente, pensativa.

—Sí, desde luego, hágalo —dice frunciendo el ceño—. Pero no quiero iniciar un procedimiento judicial si no tengo claras posibilidades de ganar. —Se inclina hacia delante por encima de su mesa—. Su mujer estaba en el coche en marcha, el tubo de escape estaba obstruido por la nieve. ¿Lo sabía él? ¿Lo hizo a propósito? Prácticamente va a resultar imposible demostrar la intención necesaria para que haya una condena de homicidio en primer grado, a menos que él le contara a alguien lo que estaba planeando. Y estoy segura de que no lo hizo.

—¿Tal vez podríamos probar con un cargo menor?

Ella niega con la cabeza, lentamente.

—No. Pudo hacerlo deliberadamente, consciente de sus actos, o no. Si no fue intencionado, estamos ante un accidente. No podemos tratarlo de forma distinta a otros casos parecidos a menos que lo hiciera premeditadamente.

El sheriff asiente.

—Le haré venir para interrogarle y someterlo al polígrafo.

Ella imita el gesto.

—Intente cansarlo. Quizá consiga que acepte un acuerdo con la fiscalía.

Patrick sabe que Niall no se espera que vaya hoy al trabajo, pero quiere terminar con esto. Debe contarle lo del inesperado veredicto. Stephanie tiene a una gemela en cada brazo.

—¿Por qué no tratas de descansar? —le pregunta él con ternura—. Pareces agotada.

Ella asiente distraída. Él la besa en la cabeza.

—¿Estarás bien si salgo un rato?

—¿Adónde vas? —pregunta ella levantando los ojos hacia él.

—Al estudio.

De repente, hay más tensión en la habitación que un segundo antes. Los dos habían fingido siempre que solo había un veredicto posible, que había sido un accidente.

—¿Cómo crees que va a reaccionar?

Patrick se encoge de hombros.

—No lo sé. Ninguno de nosotros pensaba que esto fuera a pasar. La verdad es que no lo habíamos hablado.

Se gira para salir de la habitación.

—No estaré fuera mucho tiempo.

Stephanie da vueltas por la sala de estar imaginándose lo que estará pasando en el estudio. Niall querrá echar a Patrick. Cualquiera lo haría. No se puede tener un socio con un posible cargo de asesinato cerniéndose sobre él.

Oye el coche de Patrick en el camino de entrada. Ella se queda inmóvil en la sala de estar, esperando a que entre en la casa. Él entra, lanza las llaves sobre la mesa que está junto a la puerta y la mira. Por su expresión, ella sabe que trae malas noticias.

—¿Qué ha pasado?

—Va a disolver la sociedad.

—¿Puede hacerlo?

—Claro que puede, según las cláusulas del acuerdo de constitución. —Y añade—: Va a comprar mi parte.

Ella siente una puñalada de furia.

—Con amigos así, ¿quién necesita enemigos? —dice con rabia.

Erica está sentada en su apartamento, con una taza de café entre las manos.

«Sin determinar». Ahora el balón está en el tejado del sheriff. Tendrá que hacer algo tras oír la declaración. Patrick debe de estar aterrado. Piensa por un momento en su mujer, Stephanie. Tenía un aspecto terrible en el juzgado. Más delgada, pero no en el buen sentido. Estaba demacrada. Debe de estar pasando por un infierno, piensa ahora Erica. Se dice a sí misma que ese no es problema suyo. Le está haciendo un favor a Stephanie. Debería saber con quién se ha casado. Espera que le arresten.

Se dice a sí misma que todo tiene su lado positivo. No le cabe duda de que esto también.

40

Para Stephanie, ese primer día tras el regreso es una neblina de fatiga, entre encargarse de las niñas y preocuparse todo el rato por el futuro. El tiempo se ha vuelto oscuro y húmedo y la gente ha empezado a preparar sus jardines para Halloween.

Stephanie no puede dejar de pensar en las magulladuras del cuerpo de Lindsey. ¿La empujaría Patrick por las escaleras? ¿Podría haber hecho algo así? Ha visto en él síntomas de estrés, grietas en la fachada que la hacen dudar. Esa tarde le ha gritado por dejar que se acabara la leche. Ella le ha respondido con otro grito.

A última hora de la noche, mirando a la oscuridad, se pregunta cómo sería para Lindsey casarse tan joven, quedarse embarazada, estar sola todo el día en un lugar lejos de su familia. No tenían mucho dinero. El amor salta por la ventana cuando la pobreza entra por la puerta. ¿Sabría que él la había engañado? ¿Lo sospecharía? ¿Le habría acusado? Quizá lo hizo y a él no le gustó. Quizá por eso la empujó por las escaleras... No. No puede pensar eso, no puede. Es la rabia lo que le hace pensar así, rabia hacia él, hacia todo. Rabia por que engañara a su primera mujer y haya provocado que les pase todo esto a él, a ella y a sus preciosas hijas. Podrían perderlo todo por el hecho de acostarse con una mujer atractiva un par de veces cuando no debía hacerlo. Hacia quien más rabia siente es hacia Erica, por haberse acostado con el marido de una amiga, por insistir en esta locura del asesinato. Por mentir en el estrado sobre el chantaje.

Intenta no culpar a Patrick por lo que ha hecho. Acostarse con la mejor amiga de su mujer es imperdonable. Entonces, ¿por qué le ha perdonado?

¿Le ha perdonado?

Aún no lo ha decidido. Sigue dándole vueltas. A ella no le ha engañado, o eso cree. ¿Debería dejarle de todos modos, por una cuestión de principios? ¿Porque el que es infiel una vez va a serlo siempre? Aunque no pase nada más con el caso y todo termine —el mejor resultado que pueden esperar—, la gente la verá el resto de su vida y se preguntará si está casada con un asesino. Recuerda la expresión en el rostro de Hanna cuando se ofreció a cuidar a Teddy.

Si le dejara ahora parecería como que no le cree, que lo ve como un asesino. No puede hacerle eso. Y tiene que pensar en las niñas..., él es su padre. No pueden criarse pensando que ella cree que su padre asesinó a su primera mujer. Sobre todo, cuando no es verdad.

A la mañana siguiente, Patrick está comprando unas cosas en la tienda cuando suena el teléfono y Stephanie responde con renuencia.

—¿Sí?

—¿Puedo hablar con Patrick Kilgour? —pregunta un hombre. Su cuerpo se pone en tensión de inmediato. La voz suena seria, autoritaria.

—No está. ¿Me puede decir quién llama? —responde con el corazón acelerado.

—Soy el sheriff Bastedo, de la oficina del sheriff del condado de Grant. ¿Puede decirle que me llame en cuanto vuelva, por favor? —Le da un número y ella toma nota, con mano temblorosa y la mente al borde del pánico. Cuando cuelga el teléfono, se dirige a la sala de estar y se hunde en el sofá. Está pasando. Le van a arrestar. Siente que la inunda un mareo. Mete la cabeza entre las rodillas antes de que todo se vuelva negro.

Unos instantes después, oye que Patrick está de regreso. Se da cuenta de que va a encontrársela doblada hacia delante como si se hubiese desmayado, pero no puede levantar la cabeza.

—Stephanie, ¿qué te pasa? —exclama Patrick. Y, a continuación, se arrodilla delante de ella y le habla con tono de preocupación—: ¿Estás bien?

Pero no puede respirar. Siente que una correa le aprieta el pecho y ve puntos negros moviéndose delante de sus ojos.

—Respira —le dice Patrick.

El momento pasa. Los puntos negros desaparecen y ella puede levantar la cabeza para mirarle. Él le aparta de la cara un mechón de pelo.

—¿Qué te pasa? ¿Ha ocurrido algo? —pregunta él con voz tensa.

—Te han llamado —responde Stephanie—. El sheriff del condado de Grant. —Ve cómo el miedo aparece en el rostro de él. Los dos están aterrados—. Quiere que le llames. Ha dejado un número.

Patrick se pone de pie rápidamente y la mira con ojos atemorizados.

—¿Qué quería?

Ella le devuelve la mirada, asustada.

—No lo ha dicho. Solo quiere que le llames.

Patrick empieza a dar vueltas por la habitación.

—Joder. Joder.

«No hay forma de salir de esta», piensa Stephanie a la vez que la inunda el pánico. Le van a arrestar. Va a ir a la cárcel. Le van a juzgar. No cree que pueda sobrevivir a un juicio. La investigación ya supuso casi más de lo que ella podía soportar.

—Voy a llamar a Lange para preguntarle qué hago —dice Patrick. Ella asiente y él saca su móvil y llama.

Stephanie ve cómo Patrick habla con el abogado. Es una conversación corta.

—¿Qué ha dicho? —pregunta ella, nerviosa.

—Que no me asuste —responde Patrick con acusado tono sarcástico—. Para él es fácil decirlo. Me ha pedido que averigüe qué quieren y que le vuelva a llamar.

Patrick da más vueltas por la habitación, demasiado agitado como para llamar al sheriff. Ella le ve entrar en la cocina y oye cómo se sirve una copa. Vuelve a la sala de estar con la copa de licor y se la bebe en dos tragos. Patrick espera un rato antes de hablar.

—¿Dónde está el número?

Le da el trozo de papel con el número. Él traga saliva y, a continuación, llama. Stephanie solo puede oír un lado de la conversación, pero es fácil adivinar lo que está pasando.

—¿Qué quiere decir eso exactamente? —pregunta Patrick—. ¿Me va a arrestar?

Ella ve cómo su cara se queda pálida.

—Muy bien. Claro. —Cuelga el teléfono. Despacio, se gira hacia ella—. Quieren que haga la prueba del polígrafo.

Patrick está completamente inmóvil con el teléfono en la mano. Siente el sudor que le asoma en la frente. Levanta automáticamente la mano como si fuese a desabrocharse el cuello de la camisa, pero solo lleva una camiseta —ya no tiene que vestirse para ir a trabajar— y deja caer la mano.

Su mujer le mira.

—Eso no es malo, ¿no? —dice con voz vacilante—. No te van a arrestar. Te harán la prueba y, cuando la pases, quizá lo cancelen todo y nos dejen en paz. ¡Sabrán que tú no lo hiciste!

Él la mira.

—No es tan sencillo, Stephanie —responde con voz tensa.

Ella se tambalea, con la cara pálida y demacrada.

—¿Qué quieres decir? —Hay una larga y tensa pausa.

—Esas pruebas no son fiables. Ni siquiera las admiten en los juicios.

—Entonces, ¿por qué las hacen?

Él la vuelve a mirar y la rabia se arremolina en su interior. «Los muy cabrones». Intenta recuperar la calma.

—Te voy a decir por qué. La policía las puede manipular. Van a hacerme quedar mal.

—Pero no pueden obligarte a que lo hagas mal. No si dices la verdad.

Él aparta la mirada. No quiere mirarla. Mira el móvil. Tiene que hablar con su abogado.

41

Al día siguiente, jueves, Stephanie se despierta temprano. Mira a su marido, que sigue durmiendo. Las niñas todavía no se han despertado. Se queda observando el cuerpo dormido de su marido, su hombro, su pelo oscuro, su perfil de belleza clásica. Piensa en lo mucho que antes le amaba. Ni siquiera hace tanto tiempo. Eso hace que se pregunte si el amor no es más que una ilusión que desaparece cuando la realidad se vuelve demasiado oscura. No, decide. El amor sí que es real. El amor que siente por sus hijas es real. Pero el amor romántico... quizá no sea más que una ilusión.

Debe preparar a las niñas temprano y volver a llevarlas a casa de Hanna. Patrick y ella tienen hoy un vuelo a Denver. Van a reunirse en el despacho de Lange y, después, irán juntos a la oficina del sheriff de Creemore. No sabe qué va a pasar. Le parece que la tensión es casi insoportable. Hubo un momento desagradable, cuando estaban comprando los billetes por internet, en que Patrick no sabía si reservar dos billetes de vuelta para ese día o solo uno. Lange le había advertido que quizá él no fuera a volver. Al final, un billete de ida y vuelta no era mucho más caro que solo el de ida, así que reservó también el de vuelta.

Sabe que ella, al menos, volverá a casa en el vuelo de la noche. Se lo ha asegurado a Hanna. Volverá a casa a última hora de esa noche y se llevará a las niñas.

Patrick había discutido con ella sobre si debería ir. Se había mostrado bastante insistente, incluso terco, con que no fuera. No había nada que pudiera hacer para ayudar. Era mejor que se quedara en casa para cuidar de las gemelas. No era como en la pesquisa judicial, donde las apariencias eran importantes. Acudirían a la oficina del sheriff, tal y como le habían pedido, y lo que tuviera que suceder sería en privado. No era necesario que ella estuviese.

Pero Stephanie se mantuvo firme. Lo que él no terminaba de entender era que ella quería estar presente. Quería oír por sí misma lo que el abogado tuviera que decir.

Sobre todo, quería estar presente cuando Patrick se sometiera al polígrafo en la oficina del sheriff.

Se levanta de la cama en silencio y baja a poner el café.

El tiempo pasa en medio de una neblina: da de comer a las gemelas, las viste, se toma una tostada mientras Patrick se ducha y lleva a las gemelas a la casa de enfrente justo antes de marcharse. Están en el coche a las seis de la mañana para tomar su vuelo de las 8:35. No hablan durante todo el trayecto al aeropuerto.

Stephanie pasa el tiempo apoyada contra la ventanilla, con la mente en blanco. Le ha dicho a Hanna que van a ver al abogado de Denver y que la policía quería interrogar a su marido. Hanna no ha sabido qué contestar. Se ha limitado a darle un abrazo fuerte.

El vuelo aterriza a su hora y enseguida están en un taxi de camino al bufete del abogado. Stephanie mira estoica hacia delante. No muestra ningún interés por Denver.

La oficina es elegante y moderna y desprende un aire de discreción. Lange los recibe en la recepción.

—¿Qué tal ha ido el vuelo? —pregunta. Es por decir algo, pero ninguno está de humor para hablar de trivialidades—. Síganme —dice dirigiéndolos a su despacho. Ya han estado antes allí, para prepararse para la investigación.

Una vez que están en el despacho, acomodados en sus sillas, él va directo al grano.

—Lamento esto, pero no me sorprende. Como le dije al terminar las pesquisas, después de un veredicto sin determinar tienen que aparentar que hacen algo. Interrogarle es el siguiente paso. Han de hacerlo. Y en Colorado, es bastante habitual pedir a los sospechosos que hagan la prueba del polígrafo.

—Pero ¿y si no la hago? —pregunta Patrick.

Stephanie le mira, consternada.

—En ese caso, le pueden arrestar —responde el abogado.

—No entiendo nada —interviene Stephanie—. ¿Por qué hacen la prueba del polígrafo si no pueden usarla?

Lange la mira.

—Deje que le explique lo de los polígrafos. Funcionan midiendo distintos cambios fisiológicos, como el ritmo cardiaco, la presión arterial, el sudor, la respiración y cosas así, cuando el examinador realiza cada pregunta. Según los resultados, el examinador puede concluir si la persona miente o no. A menudo no son fiables. Y por ese motivo no suelen ser admitidos en un juicio.

—Entonces, ¿para qué sirven? —insiste Stephanie.

—Aunque no sean admitidos en un juicio, la policía cree que pueden proporcionar información valiosa —responde el abogado con cautela.

—Entonces, la policía sí cree en ellos, solo que no pueden usarlos en un juzgado —dice Stephanie leyendo entre líneas.

Sin responder, el abogado mira a su marido.

—Si pasa la prueba, probablemente todo acabe. Normalmente es así. Además de que resultaría casi imposible demostrar en un juicio que fue un asesinato.

Stephanie mira a su marido, que tiene la atención fija en el abogado.

Lange se inclina sobre su mesa.

—Dejen que les explique una cosa más sobre los polígrafos. Son muy arriesgados. Nunca dejamos que nuestros clientes se sometan a un polígrafo de la policía sin hacer antes otro con nuestro propio examinador. —Deja que esa idea cause su efecto mientras los mira a los dos con expresión seria—. En cualquier caso, aceptar ir a la comisaría para hacer una prueba del polígrafo equivale a responder a las preguntas de la policía. Le pueden manipular o engañar para que aporte información incriminatoria... porque, aunque los resultados del polígrafo no se admiten en un juicio, las preguntas y respuestas que se den sí que se aceptan. A veces, es mejor no hablar nada con ellos. Es una decisión importante que no se debe tomar a la ligera. —Y añade—: En la mayoría de los casos, un polígrafo de la policía no sirve de nada, pero a veces sí.

Hay un silencio incómodo hasta que Patrick lo rompe.

—¿Y qué vamos a hacer?

—Como le dije por teléfono, vamos a conectarle a la máquina para hacer un polígrafo aquí mismo —contesta—. Quédese sentado. Ahora vuelvo.

Patrick no le había dicho a ella que primero iban a hacer el polígrafo en el bufete del abogado. Stephanie se queda sentada, dándole vueltas a la cabeza. Parece que el abogado no cree que Patrick vaya a superar la prueba del polígrafo. Normal. Probablemente, la mayoría de sus clientes serán culpables y lo habitual es que no la pasen. Pero no hay duda de que Patrick no asesinó a su mujer. Esto les ayudará. Tiene que ser así.

Observa a Patrick, que está sentado y nervioso en su silla. Él no la mira a los ojos. Un escalofrío empieza a invadirla, como si unos dedos fríos le recorrieran el cuerpo.

Cuando el abogado vuelve, lo hace acompañado de un hombre que lleva un equipo en sus brazos. Rápidamente, lo preparan todo sobre una mesa del rincón del amplio despacho. Enseguida, Patrick está sentado delante del examinador. Tiene dos tiras de goma alrededor del pecho y una pinza en el dedo índice.

Stephanie y el abogado miran desde el lateral.

—Tranquilo —dice Lange a Patrick—. Roddy es uno de los mejores en esto, es un oficial de la policía jubilado. Sabe lo que hace. —Patrick lanza una mirada nerviosa al examinador—. Roddy va a hacerle una serie de preguntas que hemos preparado. Responda solo sí o no —le explica el abogado.

El examinador hace una señal con la cabeza a Lange.

—Bien, empecemos —ordena el abogado.

Cuando habla el examinador, lo hace con voz calmada y contenida.

—¿Estamos en el mes de octubre?

—Sí.

—¿Va a responder a todas mis preguntas con la verdad?

—Sí.

—¿Alguna vez ha mentido para evitarse algún problema?

Una ligera vacilación.

—Sí.

—¿Vivía usted en Creemore, Colorado, en enero de 2009?

—Sí.

—Antes de que su mujer, Lindsey Kilgour, muriera el 10 de enero de 2009, ¿sabía que es peligroso que una persona permanezca dentro de un coche en marcha si el tubo de escape está obstruido por la nieve?

—No.

—El día que murió su mujer, ¿le dijo usted que esperara en el coche mientras quitaba la nieve?

—No.

—Antes de que su mujer muriera el 10 de enero de 2009, ¿sabía que el tubo de escape de su coche estaba obstruido por la nieve?

—No.

—¿Vive en la actualidad en el número 17 de Danbury Drive en Aylesford, Nueva York?

—Sí.

—¿Alguna vez empujó a su mujer Lindsey Kilgour por las escaleras?

—No.

—¿Tenía intención de que su mujer, Lindsey Kilgour, muriera estando en un coche en marcha con el tubo de escape obstruido por la nieve?

—No.

—Antes del 10 de enero de 2009, ¿había oído usted de algún caso en que una persona muriera en el interior de un coche en marcha porque el tubo de escape estaba obstruido por la nieve?

—No.

Por fin, el examinador apaga la máquina y mira a Lange. Niega con la cabeza y tiene una expresión seria.

Stephanie ve puntos negros que se mueven delante de sus ojos.

42

Patrick, aturdido, sigue sentado en la silla, rígido, con los brazos apoyados en los reposabrazos y el corazón a toda velocidad. No. Esto no puede ser lo que parece. Pero Lange está de pie junto al examinador estudiando los resultados. Su expresión es seria.

De repente, oye que Stephanie ahoga un grito. Toma aire, con la mano agarrándose el pecho, y todos dirigen su atención hacia ella. Él la mira, incapaz de moverse. Lange se inclina hacia Stephanie. Patrick sigue enganchado al equipo, como si ya estuviese en la silla eléctrica. Mira a su mujer con incredulidad. Está teniendo uno de sus ataques de pánico.

El abogado le está diciendo que respire. Stephanie tiene la cabeza inclinada hacia abajo, contra las rodillas. Esto es lo que le pasa cuando las cosas se ponen difíciles, piensa Patrick. Sabe lo de sus ataques de pánico. Su mujer le ha hablado de ellos y le ha descrito lo que siente. Él sabe que el polígrafo ha salido mal. Está seguro de ello por la reacción del examinador y su abogado.

Todos están concentrados en su mujer. Pero nadie parece darse cuenta de que él está en el mismo estado de conmoción que ella.

Poco a poco, los ruidos de angustia procedentes de su mujer se van suavizando y empieza a respirar con más regularidad. «Eso es», dice Lange con voz firme. Patrick siente las manos del examinador sobre su cuerpo, desabrochándole el equipo. Quiere hablar, pero no parece que le salga la voz.

El ambiente de la habitación ha cambiado, puede sentirlo. Se queda mirando a su mujer. Él no había querido que viniera. Piensa que debería haberse quedado en casa, como le dijo; así se habría ahorrado esto.

Lange se incorpora, con la mano sobre el hombro de Stephanie. Ella sigue inclinada hacia delante, probablemente para así no tener que mirarle. Sus peores temores se han cumplido, supone Patrick. Qué equivocada está.

Lange dirige su atención a Patrick, deja escapar el aire con fuerza y dice lo que ya todos saben:

—Me temo que no ha pasado la prueba.

Patrick niega con la cabeza.

—No. Eso es imposible. ¡El aparato está mal!

Stephanie se incorpora lentamente, pero parece haberse convertido en una piedra. ¿Por qué cree a la máquina más que a él? Ya le ha contado lo poco fiables que son estas pruebas.

Liberado ahora de los cables, Patrick se acerca tambaleante a su mujer y se arrodilla a su lado.

—Stephanie, ya sabes que estas pruebas son muy poco precisas. ¡Fue un accidente!

Ella ni siquiera le mira.

—Mire, tenemos que tomar algunas decisiones. —Hace una señal al examinador, que sale en silencio de la habitación con su equipo—. Gracias, Roddy. —Mira a Patrick y le habla a la vez que vuelve a colocarse detrás de su mesa —. Siéntese. Tenemos trabajo por delante.

Stephanie mira al abogado. A Patrick no le gusta la expresión de su cara. Se puede imaginar qué está pasando por su mente. Cree que lo hizo. Quizá ahora haya terminado todo entre los dos, piensa aturdido. Su mujer no va a confiar en él después de esto. No va a quererle más. Se pregunta cuánto tiempo va a tardar en abandonarle. Esa idea le deja asustado y hundido.

—Nos están esperando en la oficina del sheriff. Esto es lo que yo sugiero —dice Lange—. Sabemos que le van a pedir que se someta al polígrafo. Mi consejo es que usted se niegue. Es probable que, en ese caso, le arresten con la acusación de asesinato en primer o segundo grado. Dependerá del nivel de premeditación que crean que hubo. —Patrick solo puede mirar al abogado, inmóvil e incrédulo—. En ese momento, quedará detenido. No tiene por qué hablar con ellos. Yo estaré con usted. Sugiero que sí permitamos un breve interrogatorio en el que usted niegue los cargos abiertamente. Volverá a explicarles que fue un accidente. Y eso será todo. No permitiré que le hagan más preguntas. Les corresponde a ellos probar su caso más allá de toda duda razonable en un juicio. No tenemos que proporcionarles nada que puedan utilizar, ¿entendido?

Patrick asiente, incapaz de hablar.

—No va a volver a casa esta noche. —El abogado mira a Stephanie y Patrick hace lo mismo, sin entusiasmo—. No creo que vaya a servir de nada que usted venga con nosotros a ver al sheriff.

Patrick está de acuerdo. Stephanie parece estar pensando que es inevitable que su marido vaya a ser condenado por asesinato. Quiere que vuelva a casa. No está siendo de ninguna ayuda.

El abogado se gira hacia él y debe parecer tan asustado como se siente, porque le dice:

—No se desanime. Son ellos los que tienen que demostrar que fue un asesinato más allá de toda duda razonable. Siéntese con la espalda erguida. Son ellos los que tienen que cargar con la responsabilidad. Y, sinceramente..., no creo que lleguen a juicio.

Patrick se pregunta si su propio abogado piensa que es culpable. ¿Le importa algo a Lange? Para él, Patrick es solo un cliente más.

Lange rodea su mesa y ayuda a Stephanie a levantarse colocándole una mano en el codo.

—Lo siento, pero creo que es mejor que se vaya al aeropuerto. Diré a mi secretaria que llame a un taxi. Vamos a hablar con ella.

Patrick ve cómo Stephanie sale de la habitación con su abogado sin mirar atrás. Se siente terriblemente solo y, a pesar de lo que ha dicho su abogado para tranquilizarle, está aterrado por lo que le espera. Y todo por culpa de esa zorra traidora.

Stephanie da vueltas por el aeropuerto, haciendo tiempo hasta que llegue la hora de su vuelo. Qué extraño resulta estar en un aeropuerto desconocido, entrando y saliendo de tiendas, mientras su marido está en la oficina del sheriff siendo acusado de asesinato.

Por fin, agotada, se detiene en un Starbucks y se sienta en una mesita con un café. Lo que necesita es tener a alguien con quien hablar. Alguien en quien pueda confiar. Siente mucha agitación en su interior y no tiene a nadie con quien desahogarse. Piensa en Hanna. ¿Puede confiar en ella? ¿Puede contarle lo que ha pasado hoy en el despacho del abogado? Decide que no. No puede.

Incluso a ella misma le cuesta asimilarlo.

Patrick no ha pasado la prueba del detector de mentiras. ¿Qué quiere decir eso? Que lo hizo. Que mató deliberadamente a su mujer y a la hija que esperaban.

Da vueltas a toda la información para tratar de verle algún sentido. Los polígrafos no son fiables. Todo el mundo lo sabe. Él no tenía intención de matarla. No pudo hacerlo.

Pero la policía sí cree en los polígrafos. Van a pensar que su marido es culpable, si es que se enteran del resultado de la prueba. El abogado ha hablado con ella al salir del despacho y le ha asegurado en voz baja que la policía no va a saber nunca que no ha pasado la prueba. Esa información es confidencial.

Quizá ella sí quiera que lo sepan.

Ha sido un momento surrealista y extraño.

Ella es la única, aparte de Patrick y su abogado —y el examinador—, que lo sabe. Es una carga demasiado pesada. Pero sabe que no puede contárselo a nadie. Debe mantener el secreto.

Y, ahora, debe decidir qué hacer.

43

Patrick camina erguido hacia el edificio que alberga la oficina del sheriff. Adopta en su rostro una expresión de firmeza. Es un hombre inocente al que han tratado injustamente y que está haciendo lo que su abogado le ha aconsejado.

—¿Preparado? —pregunta Lange, a su lado.

Mientras suben los escalones, Patrick recuerda la última vez que los subió, la mañana en que Lindsey murió. Entonces, era invierno. No puede creer que esté ahí de nuevo. Siente náuseas. Ese día también las sintió. Vomitó en la nieve.

Le están esperando. Lo llevan a una sala de interrogatorios, con Lange a su lado. El sheriff y un agente uniformado de la policía están ahí. Esto no es más que un formalismo. Lo que viene después es lo que le aterra. Las noches que pase en la cárcel. El juicio. Está proyectándose en el futuro, sin poder prestar apenas atención a lo que está ocurriendo aquí y ahora. Oye al abogado decir que le ha aconsejado que no se someta al polígrafo, pues no es una prueba fiable ni, en cualquier caso, admisible. Patrick se sienta entonces con la espalda más erguida y mira fijamente a los ojos del sheriff, sin intención de parecer culpable. Ve la sonrisa de superioridad del sheriff y se da cuenta de que está pensando que ya le han hecho una prueba y no la ha pasado. Siente como si le hubiesen dado un puñetazo en el estómago. De repente, su situación parece mucho peor. El sheriff que está sentado enfrente de él ya le considera culpable.

—Queremos hacerle unas preguntas, si le parece bien —dice el sheriff.

—Prestará declaración, pero nada más. ¿Patrick? —El abogado apoya la espalda en su asiento y espera a que suelte su discurso. Ya lo han hablado antes, lo que él tenía que decir, mientras venían en el coche.

Patrick se aclara la garganta y habla con voz firme y con convicción:

—No maté a mi mujer intencionadamente. Fue un accidente. No sabía que el tubo de escape estaba obstruido ni que ella estuviese en peligro.

—¿Algo más que quiera añadir? —pregunta el sheriff un momento después.

Patrick lanza una mirada nerviosa a Lange.

—No, creo que eso es todo —responde Lange con soltura.

El sheriff se pone de pie y dice:

—Patrick Kilgour, queda usted detenido por el asesinato de Lindsey Kilgour el 10 de enero de 2009... —La mente de Patrick se queda en blanco y no oye el resto. A continuación, alguien le da un pequeño empujón.

—Por favor, levántese.

Patrick se pone de pie tambaleándose mientras se va quedando pálido.

—Ponga las manos detrás de la espalda, por favor —le ordena en voz baja el agente uniformado.

Patrick coloca las manos en la espalda y siente cómo le ponen las esposas. Y sin más, queda arrestado por asesinato. Va a ir a la cárcel.

Stephanie agradece el anonimato del viaje de vuelta en avión sin su tristemente célebre marido a su lado. Es guapo, fácil de reconocer. Sola, puede pasar como una mujer normal y cansada. Nadie la molesta ni la mira dos veces, no como la vez que habían volado después de las pesquisas judiciales. Patrick había atraído unas cuantas miradas curiosas y, debido a eso, ella también. Sabía lo que la gente estaba pensando al mirarla... «¿Quién puede casarse con alguien que ha asesinado a su primera mujer?».

Habían leído los periódicos y visto las imágenes en televisión y daban por sentado que era culpable. Y ahora ella sabe algo que los demás ignoran. Sabe que no ha pasado el polígrafo. Ahora quiere gritar: «Yo no sabía nada de esto. ¡No lo sabía!».

Siente deseos de llorar contra la ventanilla del avión, pero no se lo permite. Ya llorará esta noche, en casa, sola, después de que las gemelas se hayan dormido. Dejará salir todo de una forma que nunca se ha visto capaz de hacer cuando Patrick estaba en casa. Quizá resulte catártico y tal vez, después, pueda por fin dormir. Y pensar con claridad acerca de su situación.

Ha recibido un mensaje del abogado diciéndole que todo ha ido como se esperaban, que han arrestado a Patrick y que ahora está en la prisión del condado. Ya no va a poder tener noticias directas de Patrick, a menos que él la llame desde un teléfono de la prisión. Se lo imagina en una celda, vestido con una especie de mono. Supone que le habrán quitado el cinturón, los cordones de los zapatos..., cualquier cosa que pueda usar para acabar con su vida. Pero no se puede imaginar qué estará pasando por su mente. Porque no tiene ni idea de lo que él piensa. Se estremece ante la idea de que una máquina pueda conocerle mejor que ella. ¿Alguna vez ha llegado a conocerle de verdad?

Quizá ella esté más segura con él en la cárcel. Ella, Emmie y Jackie. Si de verdad es un asesino, es mejor que esté encerrado, lejos de ellas. Piensa horrorizada en el incendio de la cocina. Aún sigue sin poder recordar haber puesto la sartén en el fogón ese día. ¿Pudo hacerlo Patrick? ¿Tenía razón Erica? ¿Quería Patrick deshacerse de ella y de las gemelas para quedarse con su dinero, más de tres millones de dólares en total?

No se lo puede creer. No puede creer que haya sido capaz de estar tan tremendamente equivocada con respecto a una persona a la que ha querido. Pero tiene suficientes dudas como para sentirse completamente desdichada.

Ya no sabe lo que es verdad ni cómo actuar. El abogado de Patrick espera que ella se muestre comprensiva, que le apoye. Pero ¿puede hacerlo? ¿Debería? ¿Qué pasa si él lo hizo y sale impune y vuelve a casa? Desde luego, él no haría...

Pero podría ser inocente.

¿Alguna vez podrá saberlo con seguridad?

Cuando el avión aterriza, ya es tarde. Coge el coche en el aparcamiento del aeropuerto y conduce el trayecto de hora y media hasta casa, con los ojos enrojecidos por el cansancio. La casa está a oscuras. Ojalá hubiese dejado encendida la luz del porche. Por fin, abre la puerta y entra nerviosa en la casa, con todos sus sentidos en alerta. Estar sola de noche en casa le da miedo. Está acostumbrada a que Patrick esté allí. Él hacía que se sintiera segura. Se pregunta si alguna vez volverá a sentirse segura. Pero en este momento se obliga a enfrentarse a la realidad.

Rápidamente, sube un poco la calefacción, enciende las luces de toda la casa, se pone un pantalón de chándal y, a continuación, toma las llaves y cruza corriendo la calle para recoger a las gemelas. Piensa en lo que le va a decir a Hanna. No debe contarle lo del polígrafo, por mucho que esté deseando confiárselo a alguien.

Cuando Hanna abre la puerta de la casa y la recibe con una sonrisa, Stephanie se sorprende estallando en lágrimas. Hanna la abraza y tira de ella para apartarla del frío de la puerta y hacerla entrar en el calor de la casa. La mira con compasión.

—Vamos, las niñas están arriba durmiendo. Voy a prepararte algo de beber.

—¿Estás segura? Es muy tarde —contesta Stephanie.

—Lo estoy.

Demasiado cansada como para protestar y completamente sola en el mundo, Stephanie la sigue hacia la cocina. Pero quiere ver antes a las niñas.

—Voy a subir para asomarme a verlas, ¿vale?

—Claro —responde Hanna cambiando de dirección—. Pero en silencio. No vayamos a despertarlas.

El parquecito de las niñas está abierto en el cuarto del bebé, junto a la cuna de Teddy, con sus dos hijas profundamente dormidas. Stephanie entra en silencio en la habitación y las mira. La lamparita proyecta un resplandor tenue. Están boca arriba, con las cabezas giradas la una hacia la otra, con sus pequeños puños apretados, las piernas dobladas y sus pechos moviéndose arriba y abajo. Qué inocentes. El corazón se le rompe un poco al mirarlas.

—¿Estás bien? —susurra Hanna.

Stephanie asiente y salen en silencio de la habitación para volver a bajar. Stephanie sigue a Hanna a la cocina. Se sorprende al ver allí a Ben, el marido de Hanna. Pero, claro, él vive ahí. Es ella la intrusa que acude en busca de la generosidad de unos desconocidos.

—No te preocupes por Ben —dice Hanna—. Está viendo la tele en el sótano.

Ben la saluda cordialmente con la cabeza y tiene la elegancia de no quedarse mirándola mientras coge una cerveza del frigorífico. Probablemente, espera enterarse de todo más tarde, piensa Stephanie con cinismo. Pero no debería ser cínica con ellos, se reprende. Se han portado bien con ella. No puede permitir que lo que le está pasando afecte a su opinión sobre los demás.

Ben se va al sótano con su cerveza.

—¿Té? ¿O algo más fuerte? —pregunta Hanna.

—¿Tienes vino?

Se sientan en la sala de estar con una botella de tinto y dos copas, las luces bajas, y Hanna le pregunta:

—¿Qué ha pasado?

—Le han arrestado —responde Stephanie sin rodeos.

La expresión de Hanna es una mezcla de impacto, compasión y miedo.

—¿Qué vas a hacer? —pregunta Hanna en voz baja.

—No lo sé.

Esa misma noche, en su celda, Patrick está tumbado en su catre mientras su mente da vueltas a toda velocidad. Se imagina a Stephanie tumbada en su cama, despierta, mirando fijamente al techo. ¿O está vagando por la casa, como ha estado haciendo desde que todo esto empezó, pensando en él? ¿Cree que lo hizo? ¿Cree en el polígrafo? ¿O ahora se ha calmado y piensa con claridad?

Ese polígrafo de mierda. Stephanie no debería haber estado presente. Aun así, él confiaba en superarlo. Que no haya sido así ha supuesto un golpe terrible.

44

Cheryl se siente atrapada en una pesadilla. Ahora que sabe más cosas sobre los padres biológicos de Devin, se descubre observándolo y analizando cada pequeño detalle. Ha visto últimamente en él comportamientos que quizá antes no quería ver. A veces, Devin se pone en primer lugar, antes que sus amigos. Tiene un enorme encanto que sabe usar para conseguir lo que quiere. Eso antes no le preocupaba. Ahora, aunque le cueste admitirlo, busca en él rasgos sociópatas.

Gary le dice que son imaginaciones suyas, que está buscando problemas donde no los hay. Le dice que el amor es suficiente, que puede ser la solución para todo. Han sabido criar bien a Devin. Son buenas personas. Conseguirán dejar atrás todo esto.

A la mañana siguiente, Erica Voss está en su apartamento repasando en su teléfono las noticias cuando, de repente, se detiene. «Arresto en el caso Kilgour». Su adrenalina se dispara. Pulsa el enlace y lee rápidamente el pequeño artículo. Después, vuelve a apoyar la espalda en la silla y una sonrisa se dibuja lentamente en sus labios.

Patrick se lo tiene merecido. Eso es lo que pasa cuando alguien trata de fastidiarla.

Coge su teléfono móvil y llama a la casa de los Manning. Ya tiene pensado lo que va a decir.

—¿Sí? —suena la voz de Cheryl por el teléfono.

—Hola, Cheryl.

—¿Quién es?

Erica nota recelo, incluso miedo, en la voz de la otra mujer. La había puesto en guardia con aquella visita a su casa.

—Soy Erica, la madre de Devin. —Hay un largo y tenso silencio.

—¿Qué quieres?

—No sé si has visto las noticias... —responde Erica, y espera.

—Te refieres a lo de la investigación —dice Cheryl con voz entrecortada.

—Debe de haber sido una buena sorpresa enterarte de todas esas cosas sobre el padre de Devin.

—Dime la verdad —contesta Cheryl con aspereza—, ¿en serio las mató?

—Claro que sí.

—¿Qué quieres? —repite Cheryl.

—Quería ver más a mi hijo.

—No es tu hijo. Es nuestro. Renunciaste a la patria potestad cuando le adoptamos.

—No me importan los derechos legales —dice Erica—. Me parece bien que esté con vosotros. Pero creo que debería saber de dónde viene, ¿tú no? Podría verle, decirle que es adoptado... Apuesto a que no le habéis contado siquiera que es adoptado, ¿me equivoco? Y podría contarle lo de su padre, por qué tuve que abandonarle, aunque no quería. —Espera un momento antes de seguir—: ¿Te has enterado de que han arrestado a Patrick esta mañana? —Se oye un grito ahogado al otro lado del teléfono—. Por asesinato.

—Voy a colgar.

—No, no vas a hacerlo —responde Erica—. Vas a escucharme. Vas a decirle a Gary que quiero otros cien mil dólares o Devin se va a enterar de cosas que creo que no queréis que sepa. No podéis tenerlo vigilado cada minuto del día. Te llamaré de nuevo dentro de unos días. Mientras tanto, id juntando el dinero. —Y añade—: Cuando Patrick vaya a juicio, no quiero contarles que sí sé dónde está mi hijo y haceros pasar por todo el lío de la prueba de paternidad. Sería muy duro para Devin enterarse de la verdad de ese modo.

Stephanie coge el periódico de la puerta y lo lleva a la cocina. Hace frío y llueve. Se sienta en la mesa de la cocina y va pasando las hojas del periódico buscando alguna mención de la detención. Por fin la encuentra, escondida en la parte posterior de la primera sección. Al menos, aquí no viene en primera página. Se pregunta cuánto tiempo queda antes de que la prensa local entre de lleno en esto.

Se aprieta las palmas de las manos contra sus ojos enrojecidos. Anoche pasó más tiempo del previsto en casa de Hanna y tomó más vino del que debía. Le sentó bien estar con Hanna, contar con su consuelo y normalidad. Habría querido abrirse a ella. Ahora teme haberle contado demasiado... sobre sus dudas. Pero no le ha dicho nada de lo del polígrafo.

Vuelve a la primera página del periódico. Tiene unos minutos, las niñas están tan contentas en la sala de estar antes de que tengan que prepararse para salir. Esta mañana van a ir paseando hasta la tienda a por algunas cosas. Espera no encontrarse con ningún conocido, aunque es muy probable. Siempre le pasa.

Un artículo de la segunda página llama su atención. Es una historia escabrosa de un hombre de Albany que ha matado a sus dos hijos y a su mujer y, después, se ha suicidado. Se dice a sí misma que no debe leerlo, pero, por supuesto, lo hace. No puede evitarlo. Siempre hay historias así y siempre las lee. El hombre asfixió a los niños pequeños antes de que su mujer, de la que estaba separado, volviese a casa del trabajo. Cuando ella llegó a la casa, la apuñaló varias veces en el pecho. Y, luego, se metió tranquilamente en su coche y se tiró por un puente.

Apoya la espalda en el respaldo de la silla, con la cabeza nublada por el horror.

Este tipo de cosas ocurren todos los días. Y no parece que nadie las vea venir.

Suena el teléfono de la cocina y se sobresalta. Lo mira, sin ganas de contestar. Quienquiera que sea, solo va a traerle malas noticias. Últimamente, no se imagina otra cosa.

—¿Sí? —contesta.

—Hola, Stephanie. Soy Robert Lange.

El corazón se le encoge. «¿Qué será ahora?».

—¿Qué ha pasado? —pregunta.

—Quería que supiera que Patrick va a comparecer ante el juez esta mañana para que le lea los cargos.

No se le ocurre qué decir.

—Si siguen adelante con esto, aunque la verdad es que no sé cómo van a hacerlo, es probable que le pongan fecha al juicio para primavera o principios de verano.

Ella cierra los ojos y se apoya en la encimera.

—Muy bien.

—Voy a necesitar un anticipo.

Los días van pasando sin saber cómo. Aunque todo se está cayendo a pedazos, el sol sigue saliendo y poniéndose y Stephanie sigue necesitando comer y dormir. Las niñas necesitan sus cuidados, que les den de comer, las vistan y las cambien. Y ella tiene que responder al teléfono cuando Patrick llama desde la cárcel.

Sus conversaciones son falsas, forzadas, poco naturales. ¿Cómo podrían ser si no? El tiempo de separación está haciendo que se distancien rápidamente, a medida que van compartiendo cada vez menos de su día a día. Siempre pasa eso cuando las parejas están separadas, piensa Stephanie. Es mucho peor cuando uno de ellos está en la cárcel acusado de asesinato y el otro no está convencido de que no sea culpable.

—Stephanie, tienes que creerme —dice siempre Patrick—. Yo no lo hice.

—Lo sé —responde ella de forma automática. Es consciente de que no suena muy convencida. Parece indiferente, despectiva.

—Tendrán que retirar los cargos. Voy a salir de aquí y voy a volver a casa.

—Lo sé —repite con voz monótona y la mirada perdida hacia la ventana. No siente nada cuando habla con él.

—Lange dice que, si no encuentran ninguna otra prueba, no tendrán suficiente para ir a juicio. Será la palabra de ella contra la mía en cuanto a lo de la aventura. Y eso no es prueba suficiente de que matara a mi mujer. Tampoco lo del seguro. No tienen pruebas directas de que yo tuviese intención de matar a Lindsey.

La verdad es que ella no le escucha.

De repente, Stephanie recuerda una cosa que Erica le dijo aquel día en el porche. Que sus vecinos podrían haberle visto entrar y salir de su apartamento, que podrían haberles oído en la cama, a través de la pared. Si encuentran a un solo vecino que le viera allí en más de dos ocasiones, eso demostraría que miente. Patrick dijo que solo había ido dos veces a su apartamento.

—Stephanie, tienes que ser fuerte por mí, ¿vale? Por mí y por las niñas.

Ahora nota cierto tono de desesperación en su voz. La careta se le ha caído un poco. Tiene miedo. Claro que lo tiene.

—Lange quiere un anticipo —dice ella.

—Sí, me ha comentado que te ha llamado.

—Es mucho dinero.

—Lo sé. Y lo siento. —Parece compungido—. Cuando todo esto acabe y vuelva a estar bien, no importará, Stephanie. Solo es dinero. Abriré mi propio estudio y lo recuperaré. La gente tiene poca memoria. Dentro de unos años todo esto parecerá solo un mal sueño.

Mientras el sheriff Bastedo conduce su camioneta por la calle principal de Creemore, piensa que no han conseguido sacarle nada a Kilgour. El listo de su abogado se ha encargado de ello. Y si Kilgour no habla, no van a tener suficiente para ir a juicio.

Aun así, el sheriff Bastedo aparca su camioneta delante de la farmacia K & R. Es aquí donde Erica Voss trabajaba en aquella época. Es un negocio familiar. Se dirige a la parte de atrás del establecimiento donde encuentra a un hombre mayor tras el mostrador. El hombre levanta los ojos y él le enseña su placa.

—¿Es usted el dueño?

El hombre asiente.

—¿Qué desea, sheriff?

—Quiero hacerle unas preguntas sobre una antigua empleada suya, Erica Voss. ¿La recuerda?

El hombre le mira con una mueca.

—Me preguntaba cuándo iba a venir usted por aquí.

Bastedo asiente. La historia ha aparecido en las noticias. Le interesa saber qué opinión tiene este hombre al respecto.

—¿Qué me puede decir de ella?

—Fue una empleada excelente —contesta el farmacéutico. Y, después, añade—: Hasta donde yo sé.

—¿Qué quiere decir?

—Era muy lista, responsable y buena con los clientes. Aprendía rápido. Ambiciosa.

—Estoy esperando un «pero» —dice Bastedo.

El farmacéutico le mira asintiendo.

—En aquella época entraron un par de veces a robar. Se llevaron medicamentos. Oxicodona, sobre todo. Cosas que se pueden vender en la calle. Ustedes no llegaron a coger nunca a quien lo hizo.

—¿Y?

—Y yo no puedo demostrar nada. Pero siempre pensé que había sido ella o que había tenido algo que ver. Le hablé al sheriff de entonces sobre esa posibilidad, pero no encontraron nada. Como le he dicho, era lista.

—¿La despidió?

—No. ¿Cómo iba a hacerlo? No podía despedirla sin pruebas y no tenía ninguna. Pero sí se lo pregunté, sin rodeos. Ella lo negó. O me dijo la verdad o es que se le daba muy bien mentir.

—¿Y qué pasó?

—Se fue de la ciudad. Poco después de aquello tan terrible de la familia Kilgour. Mi mujer y yo nos alegramos de que se fuera. No hemos tenido más robos después de eso. —Mira al sheriff con gesto inquisitivo—. ¿Sabe qué pienso yo?

—¿Qué?

—Que no me creería ni una palabra de lo que dijera.

—Gracias por su tiempo.

—De nada.

El sheriff Bastedo vuelve a la comisaría mientras le da vueltas a lo que acaba de oír. Lo mejor será verificarlo.

Esa noche, Erica llama. Gary nota que el sudor se le acumula en las axilas y por el centro de la espalda. Cheryl le mira angustiada desde el otro lado de la habitación. Sabían que volvería a llamar. Lo estaban esperando. Han bajado al sótano para que Devin no les oiga, por si acaso no está dormido.

—Hola, Gary —dice Erica—. Supongo que sabes que hablé el otro día con tu mujer.

—Me está costando reunir todo ese dinero. —Gary va directo al grano.

—Ya —responde ella como si no le creyera.

—Es la verdad. —Sí que lo es y por eso está sudando tanto. En los dos últimos trimestres han tenido pérdidas con un par de promociones inmobiliarias—. Ahora mismo estoy desbordado.

—Y una mierda. No te creo.

—¿Por qué no? Esto es América. ¡Todos estamos desbordados! Solo necesito más tiempo. No queremos que hables con Devin y le destroces la vida. Nuestras vidas. Lo sabes. —Espera un buen rato mientras ella parece estar pensando.

—Bien. Te doy más tiempo. Os volveré a llamar en unos días.

45

El sol vuelve a salir por fin después de varios días de lluvia incesante. Patrick lleva en la cárcel casi una semana. Es martes por la mañana y Stephanie ha quedado en verse con Hanna y Teddy más tarde para ir juntos al parque y, después, a una cafetería. Se siente más segura saliendo por ahí con Hanna a su lado, ahora que ya se conoce la noticia de que han detenido a Patrick. Hanna se ha convertido en algo así como su protectora, su parachoques ante el mundo. A Stephanie la ha estado molestando la prensa, pero, al menos, no han acampado en su puerta.

Las gemelas están en sus tronas y Stephanie les está dando cucharadas de puré de guisantes mientras la cabeza no para de darle vueltas, igual que ha estado haciendo desde que Patrick no pasó la prueba del polígrafo.

Si de verdad lo hizo, si mató a su primera mujer a sangre fría..., tiene que enfrentarse al hecho de que su marido puede ser un asesino. Cuánto han cambiado sus pensamientos desde que todo esto empezó. Al principio, había creído que él había sido infiel un tiempo breve y que Erica simplemente estaba tratando de sacarles dinero. Stephanie había pasado varias semanas de su vida en una neblina de pánico paranoide pensando que a su marido le estaban acusando en falso. Pero ahora...

¿Qué es lo que espera? ¿Quiere que le dejen salir? ¿Quiere que le condenen? ¿Qué pasa si vuelve a casa?

Se queda mirando a la pared mientras piensa: «Aunque salga impune, eso no quiere decir que no lo hiciera».

Hay ahora demasiadas cosas que le hacen dudar de él. La caída por las escaleras. El polígrafo. No puede seguir engañándose a sí misma. Si es un asesino, no puede ponerse en peligro a ella y a las gemelas. «No puede volver aquí», decide.

Por fin ha sido capaz de admitirlo. No cree que su marido sea inocente.

Patrick es conducido a la sala donde los prisioneros se reúnen con sus abogados. Siente como si hubiese envejecido varios años en esos días que lleva ahí dentro. ¿Cómo puede la gente pasar aquí veinte años? ¿O toda la vida? Cuando piensa en ello se le revuelve el estómago y se pone a sudar del miedo. Tanto él como su ropa de preso apestan. No lo está llevando tan bien como había pensado. Pero ¿cómo puede imaginarse alguien de qué modo va a llevar estar en la cárcel, acusado de asesinato, hasta que le pasa?

Es como si estuviera en otro planeta. Él no es como los demás hombres que están ahí dentro, la mayoría delincuentes reincidentes y matones sin educación. Él es distinto. Sigue enfrentándose cada día a la incredulidad. Se pregunta si alguna vez lo podrá asimilar.

—Patrick —dice Lange poniéndose de pie.

Patrick se acerca arrastrando los pies y se sienta pesadamente cuando el guardia se retira y cierra la puerta al salir. Su abogado le mira con preocupación, cosa que Patrick agradece. Tiene la sensación de que a su mujer no le importa tanto, que va a dejarlo. La verdad es que no la culpa, tal y como están las cosas.

—¿Cómo le va? —pregunta Lange con evidente inquietud en su rostro.

—¿Usted qué cree? —responde Patrick. Después, se ablanda y añade—: Estoy acojonado, si le digo la verdad. Odio estar aquí dentro. Tiene que sacarme de aquí. —Sabe que parece desesperado.

El abogado asiente e intenta tranquilizarle.

—Eso es lo que vamos a hacer, Patrick. Tiene que aguantar. ¿Le tratan bien?

Asiente con desaliento.

—Supongo que sí.

—En caso de que sigan adelante, tendremos que repasarlo todo, cualquier cosa que le pueda perjudicar. Si hay alguien, quien sea, que pueda hacerle daño, debo saberlo ahora. Podemos rebatir a testigos si sabemos qué esperar de ellos, pero no puede haber sorpresas. ¿Lo entiende?

Patrick le mira, ofendido. Lange cree que lo hizo.

—¿Qué me dice de su amigo Greg Miller? —insiste el abogado.

—¿Qué pasa con él?

El abogado se inclina sobre la mesa.

—Mire, un juicio por asesinato es muy distinto de una investigación forense. Se acaban los miramientos, ¿entiende lo que le digo? En aquella época él le conocía. ¿Hay algo que él sepa que le pueda perjudicar? ¿Alguna vez le dijo, aunque fuese en broma, que quería deshacerse de su esposa?

Patrick se queda atónito.

—No, claro que no.

—¿No hay nadie por ahí escondido que pueda aparecer y diga que trató de contratarle para acabar con ella? Porque ese tipo de mierda suele salir.

Patrick se queda sentado y empieza a sudar. Se está ahogando en su propio hedor. No le preocupa nada de eso. Pero lo cierto es que, aunque no fuese la maravillosa historia de amor que Erica dice que fue, sí que había minimizado ante Stephanie el número de veces que se acostó con ella y, luego, tuvo que volver a hacer lo mismo durante la pesquisa judicial. Ha mentido. Y Erica lo sabe.

Niega con la cabeza.

—No. Lo juro. No hay nada de eso.

—Muy bien, Kevin —dice el sheriff Bastedo al hombre enjuto de vaqueros sucios en la sala de interrogatorios.

Han estado interrogando a todos los camellos y antiguos traficantes de la zona que conocen.

—¿Qué tal si me cuenta por qué estoy aquí? Yo no he hecho nada malo desde hace años.

—No tenemos ningún problema. Solo queremos hablar contigo.

—¿De qué? —pregunta el hombre, nervioso.

—Estabas metido en el mundo de la droga de por aquí hace diez años.

—Sí, y ya cumplí mi condena. Ahora tengo un trabajo. Estoy limpio. Pregúntele a quien quiera.

—Ya lo hemos hecho y lo sabemos. No estás metido en ningún lío. Solo queremos hablar contigo sobre Erica Voss.

El hombre se queda inmóvil. Piensa un poco. Traga saliva.

—Vale.

—Sabes de quién te hablo.

—Sí, claro. Está en todas las noticias de ese hombre que mató a su mujer en el coche.

—Lo que queremos es averiguar qué hacía ella en aquella época —dice Bastedo acercándose al hombre por encima de la mesa—. Háblanos de las medicinas.

Kevin vuelve a tragar saliva.

—Ya cumplí mi condena. Nada de lo que diga aquí me va a meter en líos, ¿verdad?

—Verdad. Estás libre y limpio. Solo has venido a ayudarnos.

—Vale, sí, ella estaba en el ajo, en cierto sentido. Solo durante un tiempo.

—¿Vendía?

El hombre asiente.

—Vendía oxicodona. Yo le compré alguna vez.

—¿Dónde conseguía las pastillas?

—Las robaba. Trabajaba en una farmacia. De allí es de donde las sacaba.

46

La fiscal del distrito deja caer de golpe la carpeta marrón sobre su mesa a la mañana siguiente. Está indignada.

—Vamos a tener que soltar a Patrick Kilgour —dice Domínguez—. Nunca vamos a ganar este caso, a menos que él se derrumbe y confiese.

Bastedo asiente.

—Sí. Y ese maldito abogado suyo no le deja hablar. No he podido sacarle nada.

—Y a nuestra única testigo la han acusado de robo y tráfico de opioides. —Se queda pensando un momento antes de continuar—: Qué pena que la ley de prescripciones nos impida ir a por ella por lo de la droga.

—Mírelo por el lado bueno —dice Bastedo un momento después, con una expresión de hastío—. Piense en todo el dinero que se ahorrará el estado al no haber juicio y no tener que pagar su cadena perpetua.

Ella suelta un bufido de burla.

—Sí. Pero tengo la sensación de que ese cabrón lo hizo.

—Yo también. —Bastedo se levanta para irse—. Tendré que retirarle los cargos y soltarle.

Robert Lange recibe una llamada en su móvil. Van a retirar los cargos contra Patrick y le van a dejar libre. Ya era hora. Lange se dirige a la cárcel para darle a su cliente la buena noticia.

Cuando Lange llega allí, el sheriff le recibe en el vestíbulo. Juntos, van a una sala de interrogatorios a la que llevan a Patrick. Parece receloso, asustado, cuando ve allí a su abogado con el sheriff. No se lo esperaba. Parece estar temiendo lo peor.

Lange se apresura a tranquilizarle con una sonrisa.

—Patrick, buenas noticias. Van a retirar los cargos. Es libre. Se va a casa.

Patrick oye las palabras, pero no las comprende. Su abogado se acerca y le da un abrazo. En ese momento, se da cuenta y siente un alivio abrumador. Por un momento, se deja caer sobre Lange. Pensaba que iba a morirse ahí dentro. A pesar de lo que le decía su abogado, le aterraba tener que ir a juicio, que le condenaran, que nunca volviera a ver la luz del sol.

—¿De verdad nos vamos? ¿Ahora? —logra decir Patrick.

—Sí. Puedo hacer que esté de vuelta en casa esta noche. Hay plaza en un vuelo de la tarde. Ya lo he comprobado.

Está empezando a entenderlo. La sensación de sorpresa va atenuándose y es sustituida por la de euforia. Está deseando arrancarse ese hedor carcelario de la piel y volver a dormir en su cama.

—Vamos a hacer el papeleo.

Patrick se pregunta cómo va a reaccionar Stephanie al verle volver a casa de forma tan inesperada.

—Llamaremos a su mujer para darle la buena noticia —dice el abogado como si le leyera la mente.

Stephanie está sentada en el sofá de su sala de estar, estupefacta. Acaba de hablar con Patrick por teléfono. Viene de camino a casa. No se lo puede creer. Pensaba que estaba en la cárcel, que iba a enfrentarse a un juicio por asesinato. Ahora le han dejado libre, han retirado los cargos. Estará de vuelta esta misma noche.

Creía que iba a tener más tiempo para pensar en todo. No sabe qué pensar, qué hacer.

«Erica es una mentirosa». Stephanie sabe con seguridad que mintió en la pesquisa con respecto a lo del chantaje.

«Su marido es un mentiroso». Es lo que dijo el detector de mentiras.

¿A quién se supone que debe creer? Quiere deshacerse de los dos. Piensa en Patrick con inquietud. No le ha visto desde la prueba del polígrafo. Cuando se pierde la confianza, qué rápido desaparece el amor y es sustituido por el afán de supervivencia.

Podría dejarle. Podría dejarle ahora, llevarse a las gemelas y desaparecer para cuando él esté de vuelta, sin decirle adónde ha ido. Se sienta en el sofá, temblando mientras le da vueltas a todo. No tiene mucho tiempo y la presión hace que le sea más difícil pensar. Si sale huyendo, la terminará encontrando. Y él tendría a la ley de su lado. Stephanie no tiene derecho a marcharse y alejar a sus hijas de él. Ante la ley, Patrick es un hombre inocente. Con derechos sobre sus hijas.

Piensa en las gemelas y siente que el corazón se le va a salir del pecho. «Sus pajaritos». Nota cómo el miedo la invade. Si es verdad que él asesinó a su primera esposa —y a la hija que esperaban—, si fue capaz de hacer eso... «Si ella intenta llevarse a las niñas y dejarle, ¿mataría a las pequeñas Jackie y Emma? ¿La mataría a ella?». El corazón se le acelera y siente náuseas. Últimamente ha estado pensando mucho en el hombre que salió en las noticias porque había asfixiado a sus dos hijos con unas almohadas y había matado a su esposa a puñaladas... Es algo que debe tener en cuenta.

¿Patrick era violento antes de que se casaran? ¿Empujó a su mujer por las escaleras? ¿Patrick y ella han estado viviendo una mentira antes de que todo esto pasara y durante todo ese tiempo él ha sido una persona capaz de cometer un asesinato? Siempre se ha sabido de padres —normalmente hombres— que han matado a sus hijos para recuperar a la mujer de la que se habían separado. Y, después, matan a su esposa. No parece que nadie se lo espere. Y quizá él ya lo haya hecho una vez.

Y va a estar de vuelta en casa esta noche.

47

Patrick mete con torpeza la llave en la puerta. Ella le ha dejado encendida la luz del porche. Es tarde, más de las once. Ha tenido un largo viaje de vuelta a casa. Alquiló un coche en el aeropuerto de LaGuardia para que Stephanie no tuviera que despertar a las gemelas y conducir todo el trayecto hasta allí para recogerle. Ha dispuesto de mucho tiempo para pensar. La euforia de antes —cuando Lange le había llevado directamente al aeropuerto de Denver y se habían felicitado con una copa en el bar antes de que Patrick embarcara en el vuelo de vuelta a casa— se ha apagado al pensar en lo que va a pasar ahora.

Pero, por lo menos, ya ha acabado todo. Para siempre. Eso ya no va a cambiar. Erica no puede hacerle nada. No tienen suficientes pruebas para ir a juicio y, además, ella ha quedado completamente desacreditada. Es una mentirosa y una delincuente. Él por fin se ha liberado, de ella y del pasado.

Tiene que convencer a Stephanie de que todo va a ir bien a partir de ahora, que pueden empezar de nuevo y que nada de esto les ha afectado. ¡Son libres! Ha sido absuelto. En las noticias dirán que han retirado los cargos contra él. Él no sabía que en aquella época Erica había estado traficando con medicamentos. La verdad es que apenas la conocía, salvo en el aspecto más carnal. Se sobrepondrá a todo esto y empezará de nuevo. Abrirá su propia empresa y le demostrará a Niall que puede hacerlo. Niall lamentará haberle echado. Y le demostrará a Stephanie que tiene motivos para estar orgullosa de él.

Pero ahora debe hablar con Stephanie, explicarse. Intenta no sentirse molesto por las evidentes dudas de ella, aunque Stephanie tenía perfectamente claro que Erica había mentido en la investigación.

Puede explicarle lo de la prueba del detector de mentiras. Sabe que Stephanie dejó de creerle ese día en el despacho del abogado. Aún puede verlo: su reacción al darse cuenta de que no había pasado la prueba. La ha revivido una y otra vez en su mente durante su estancia en la cárcel. Ella creyó entonces que él había matado deliberadamente a su mujer. Probablemente aún lo piensa, aunque le hayan dejado libre. Debe hacer que cambie de opinión. Espera que ella le perdone y que puedan pasar página. Tienen que pensar en las gemelas. Tienen que construir una vida juntos.

Abre la puerta. Hay una luz tenue que viene de la sala de estar. Las gemelas deben de estar arriba durmiendo. Deja las llaves en la mesita, se quita el abrigo, lo cuelga y camina despacio hacia la sala de estar. Su mujer le está esperando, sentada en el sofá, casi a oscuras, y, cuando le ve, no se mueve. No corre hacia él con los brazos abiertos. La verdad es que tampoco esperaba que lo hiciera, pero, aun así, se siente decepcionado.

Se queda quieto mientras se miran. No le gusta la expresión de ella. Parece recelosa, casi como si tuviese miedo de él. «Este es su recibimiento después de haber sido exculpado? ¿Después de todo lo que ha sufrido?». Nunca ha dado a Stephanie motivos para que le tenga miedo. Su abogado se ha alegrado por él. Sabe que los polígrafos no sirven de nada. Ella debería alegrarse también. Es su mujer. Debería mostrar que le cree o, al menos, que le concede el beneficio de la duda.

—Stephanie —dice con la voz entrecortada. Entra en la habitación—. Estoy aquí. No pasa nada. Ahora todo va a ir bien. Se ha acabado. Ya no puede hacernos nada. —Su mujer se queda mirándole con los ojos bien abiertos. Él debe hacer que le escuche, que le entienda. Da otro paso adelante—. Erica es una mentirosa —continúa, con voz más segura—. Lo sabes. Quería dinero, quería hacerme daño, eso es todo. Me han dejado libre porque no tienen caso. Saben que se lo ha inventado todo. No es creíble ni fiable.

—¿Qué ha pasado? —pregunta ella sin rodeos.

—Han averiguado que ella robaba medicamentos de la farmacia en la que trabajaba y los vendía. Tienen pruebas. Testigos. —Ve el impacto en la cara de ella al oírlo. Es evidente que no se esperaba esto—. Es capaz de hacer lo que sea por dinero —añade con rabia—. No le importa el daño que pueda provocar.

Ella se queda en silencio, como si no entendiera lo que dice.

—Es una buena noticia, Stephanie —insiste él tratando de no sentirse muy decepcionado por su reacción.

—No superaste el polígrafo, Patrick —dice Stephanie por fin—. ¿Qué se supone que debo pensar?

Él empieza a enfadarse. ¿Cuántas veces ha pasado por esto? Se acerca a ella ahora, se sienta a su lado.

—Lo sé. Y puedo explicarlo. —Le quita el pelo de la cara con un gesto familiar y ella se aparta al percibir su tacto. Él siente que se le encoge el corazón. Se aleja un poco de ella para darle algo de espacio—. Nadie se sorprendió más que yo cuando no pasé la prueba —dice. La observa y espera a que ella levante los ojos para mirarle—. Pero continuamente hay gente inocente que no supera la prueba del polígrafo. —Hace una pausa y, después, continúa—: Quizá no la pasé porque estaba nervioso..., porque te mentí en otra cosa, Stephanie. Sobre el tiempo que duró mi aventura con Erica. —Cierra los ojos un momento para no tener que mirarla a la cara, pero, después, los vuelve a abrir para calibrar su reacción—. Te dije que solo me acosté con ella dos veces cuando, en realidad, fueron más. —Ella parece que va a desmayarse. Él sigue adelante, con la sensación de estar al borde de un abismo. Todo depende de si ella le cree ahora—. No quería perderte. Las niñas y tú lo sois todo para mí. Sé que no soy un asesino, pero pensé que, si sabías la frecuencia con la que me acosté con Erica, me dejarías y no me creerías en lo demás. Y después de decirte que solo me acosté con ella un par de veces, tuve que decir lo mismo en la pesquisa.

Nervioso por la forma con que ella le mira, se levanta de repente y empieza a dar vueltas por delante del sofá, como tantas veces ha hecho desde que Erica volvió a aparecer en su vida.

—Luego quisieron hacer lo del polígrafo y yo estaba aterrado. Muy nervioso. Creo que esa es la razón por la que no pasé la prueba. —Se gira hacia ella y le habla con desesperación—: Pero no fue como Erica dijo. No estábamos enamorados. Siempre fue sexo sin más. Eso es todo. Yo tenía veintitrés años. Mi mujer estaba embarazada y ya no nos acostábamos. Sé que no es una excusa. Pero de ningún modo habría matado a Lindsey de forma deliberada. Ni por Erica ni por nada. ¡No soy un asesino! ¡Solo pensarlo me haría reír si no fuese una idea tan aterradora, joder!

Ella le mira, horrorizada.

—Mentiste en la investigación —dice—. Cometiste perjurio.

Él asiente.

—Lo sé, pero ya ha terminado. Nunca lo sabrán.

—Y así será, piensa, a no ser que ella lo delate.

Stephanie se queda contemplándole con los ojos abiertos de par en par.

—¿La empujaste por las escaleras? —pregunta por fin, con un susurro áspero.

Él calla consternado antes de poder responder.

—¡No! No, ¿cómo puedes pensar eso? ¡Yo la quería!
—exclama con la voz rota—. Lamento muchísimo todo lo
que te he hecho pasar. Te prometo que voy a dedicar el
resto de mi vida a compensártelo.

Aguarda su reacción con expresión suplicante. Todo
depende de lo que pase a continuación.

48

Stephanie mira a su marido a los ojos y se pregunta si está mirando a los ojos de un asesino. Sus palabras carecen de sentido para ella. Continuamente le está diciendo que ya le ha contado todo —es lo que ha asegurado desde el principio—, pero siempre aparece algo nuevo. ¿Qué más puede haber después de esto? ¿Se presentará una noche cuchillo en mano y dirá, justo antes de rebanarle el cuello: «Ah, sí, una cosa más, sí que llené el tubo de escape con nieve y esperé a que muriera»?

Siente un escalofrío que le recorre el cuerpo. Se agarra al borde del sofá para no caerse. Ve que es incapaz de hablar.

—Stephanie, por favor, di algo —suplica él con voz entrecortada.

—No sé —responde por fin, sin emoción—. No sé qué decir. —Pero está pensando en lo fácil que le resulta mentir. Le mintió a ella y también en el estrado. Cometió perjurio y ni siquiera eso parece importarle. Le mira—. Has estado mintiéndome desde el principio. —Su tono ahora es más enérgico—. ¿Por qué iba a creerte? ¿Cómo esperas que me sienta?

Eso parece sorprenderle de verdad. ¿Por qué le sorprende? ¿Es que pensaba que ella le iba a creer? Que se haya demostrado que Erica mentía no le convierte a él en menos mentiroso. Son como dos gotas de agua, piensa Stephanie. Idénticos. Quizá merezcan estar juntos. Quizá estén hechos el uno para el otro.

—Tienes todo el derecho a estar molesta —contesta Patrick.

—¡Molesta! —grita. Después, baja la voz—. Estoy algo más que molesta, Patrick. —Se pregunta cuánto más podrá presionar a su posible marido asesino. Se pregunta hasta dónde está dispuesta a llegar para ponerle a prueba. Para saberlo de verdad. Para ver hasta dónde puede alcanzar su rabia. ¿La empujará por las escaleras? Quizá debería averiguarlo, piensa con temeridad. Para ella es muy importante saberlo. Saber lo que pasó de verdad hace tantos años en la nieve. Ahora se siente más cercana a Lindsey que a ninguna otra persona, más cercana a la primera esposa muerta que a su propio marido. Desde el principio, los dos la han estado manipulando, Patrick y Erica.

—¿Hay algo más que me esté perdiendo, Patrick? —pregunta ella, de repente.

—¿Qué? ¿De qué estás hablando?

Se siente agotada física y emocionalmente, demasiado confundida como para pensar con claridad. Todos van detrás del dinero. Su dinero. ¿Van juntos detrás de su dinero? Sus pensamientos van pasando uno tras otro en una sucesión paranoica. ¿Patrick y Erica siguen enamorados? O quizá es que son incapaces de amar de verdad y solo buscan su propio provecho. Dos psicópatas que están juntos en esto. No. No pueden estar tramando esto juntos. Es una locura. Tiene que recomponerse, poner fin a esto. Debe enfrentarse a lo que tiene delante, no imaginarse locuras.

—¿Qué pasa? —insiste Patrick con urgencia.

—Nada. Todo.

Él vuelve a sentarse a su lado y, con cuidado, la acerca a él.

—Todo se va a solucionar, Stephanie.

Ella deja que la lleve a su pecho, que la rodee con sus brazos. La abraza durante un largo rato. Ella siente que el corazón le late con fuerza. Siente que sus labios la besan en la cabeza. Probablemente, Patrick crea que le va a perdonar. Pero no va a hacerlo. Está tratando de buscar una salida.

A la mañana siguiente, Stephanie está en la cocina con Patrick y las gemelas, desayunando, fingiendo que todo es normal, aunque no lo sea. No para ella. Le cuesta imaginar que todo pueda volver a ser normal. Patrick parece creer que sí. Stephanie se está sirviendo otra taza de café cuando suena el timbre de la puerta. Levanta los ojos de la cafetera, mira hacia el vestíbulo y la puerta de la calle y ve la imagen distorsionada a través del cristal ondulado.

Cree que puede ser Erica. El corazón se le para por un momento.

—Ya voy yo —dice Patrick antes de apartar la silla. Ella trata de sobreponerse a un ligero mareo mientras las gemelas balbucean en sus tronas, ajenas a lo que pasa.

Stephanie mira cómo se abre la puerta, conteniendo el pánico, y ve entonces la cara de Hanna, que ahoga un grito de sorpresa.

—¡Patrick! —exclama.

Stephanie recupera la compostura y va corriendo a la puerta.

—Hola, Hanna —se apresura a decir. Hanna debe de haber adivinado que no está precisamente contenta por el regreso de Patrick.

—Has vuelto —le comenta Hanna a Patrick tratando de recuperar la compostura.

Stephanie nota algo en la voz de Hanna aparte de la clara sorpresa: nervios, quizá, o consternación.

—Sí —responde él como si nada—. Ayer retiraron los cargos. Volví a casa anoche. He sido absuelto del todo. Tal y como esperábamos.

Stephanie siente una pequeña punzada en el estómago al oír la forma en que lo explica. «He sido absuelto del todo». Eso es lo que le va a decir a todo el mundo. Pero, en realidad, no es cierto, ¿no? Simplemente, no van a poder demostrar que él lo hizo. Hanna la mira, detrás de él, como si en silencio la estuviese entendiendo. Stephanie se acerca.

—¿Quieres pasar a tomar un café?

Hanna niega con la cabeza.

—No, no tengo tiempo. Ben está cuidando un rato a Teddy antes de irse a trabajar. Solo me he pasado para invitaros a ti y a las niñas a jugar esta mañana. ¿Sobre las diez? Voy a hacer magdalenas.

—Claro, me encantaría —contesta Stephanie forzando una sonrisa. Está deseando salir de la casa. Alejarse de Patrick, aunque solo sea un par de horas. No puede pensar con claridad si él está cerca. Siente que debe estar vigilándole constantemente, evaluándole. Es agotador no tener un respiro. Stephanie tiene que actuar con normalidad, pero ya ni siquiera sabe qué es eso. No hay normalidad. Aquí no. Necesita estar con alguien con quien pueda relajarse, aunque solo sea un rato.

Han pasado la noche en la cama de matrimonio, ella dándole la espalda, él rodeándola con su cuerpo y envolviéndola con el brazo. A ella no le ha gustado. Patrick se quedó dormido rápidamente, pero Stephanie siguió despierta mucho tiempo. En cuanto él empezó a roncar, apartó el brazo de su cintura y se alejó unos centímetros de él hacia su lado de la cama.

Erica se entera del mismo modo que se entera de todo: a través de las noticias. Está desayunando tarde en su apartamento cuando ve en su teléfono el artículo. Han retirado los cargos contra Patrick. No han dado ninguna explicación.

Llama a la oficina del sheriff de Creemore. En Colorado apenas son las ocho de la mañana. Tiene suerte. El sheriff está allí. Espera impaciente a que le pasen con él.

Por fin, él contesta.

—Me preguntaba si tendría noticias suyas —dice el sheriff Bastedo.

Le explica que no tienen suficientes pruebas para ir a juicio. Después, a Erica se le hiela la sangre cuando él le dice que han averiguado que en el pasado era una traficante de drogas de poca monta. Ella pensaba que eso ya estaba muerto y enterrado, que nadie lo sabía.

—Nada de eso es verdad —protesta.

—Claro.

Erica cuelga el teléfono sin decir nada más. A continuación, se pone a dar vueltas por su apartamento, furiosa por el giro de los acontecimientos. Coge los cojines del sofá y los lanza a la otra punta de la habitación. Está tan furiosa que vuelca la mesa de centro y todo lo que hay en ella. Libros, revistas y un plato con caramelos salen volando. Después, se deja caer en el sofá e intenta calmarse.

La verdad es que no importa si Patrick va a juicio o no. Habría estado bien verle sufrir. Pero, económicamente hablando, no va a cambiar nada. Los Manning van a seguir sin querer que ella se acerque a su hijo y le cuente la verdad. Van a darle dinero. Y van a seguir haciéndolo.

Stephanie se dispone a ir a casa de Hanna con las gemelas cuando Patrick la detiene en la puerta para darle un beso. Ella deja que le bese en la boca, aunque su tacto le resulte desagradable. No puede evitarlo. Se lo imagina besando a Erica. Intenta que no se le note la repulsión. No quiere que él sepa cómo se siente, lo que está pensando. Necesita más tiempo.

Que Erica sea una mentirosa no significa necesariamente que mienta en cuanto a Patrick. Y no se ha quedado satisfecha con la explicación que él le ha dado sobre el polígrafo. Sin embargo, sí que sabe que se folló a Erica muchísimas veces y que él la mintió sobre ello. Y que ha cometido perjurio.

Si le abandona, no sabe cómo reaccionará. Parece más posesivo desde que ha vuelto a casa, siempre tratando de tocarla. Quizá antes no lo notara porque no la molestaba. Quizá sea solo que la ha echado de menos en la cárcel. O puede que note que ella se está apartando. Si tratara de dejarle, ¿en qué terminaría eso?

«¿Se pondría violento?».

Sin duda, se enfadaría. No sabe qué haría. Si le dejara y tratara de llevarse a las gemelas —y su dinero— con ella... La verdad es que no sabe de qué sería capaz.

«¿Quedarse o irse?». No se decide. Quizá con el paso del tiempo la decisión sea más clara, más evidente.

Anoche se había quedado en la cama despierta casi hasta el amanecer, pensando en que todos sus problemas se resolverían si él se matara en un accidente de coche, quizá por culpa de un conductor borracho. Pero es que esas cosas no ocurren cuando uno quiere. Y siempre parecen ser buenas personas las que pierden la vida de esa forma.

Está atrapada.

Stephanie recuerda todo esto mientras está en la puerta de la casa de Hanna, casi tambaleándose por el cansancio, y llama al timbre. Hanna abre la puerta y la invita a entrar. Stephanie deja a las niñas en el suelo de la sala de estar y Hanna va a la cocina a preparar café. Stephanie puede oler las magdalenas. Cierra los ojos un momento a la vez que contiene las lágrimas. Recuerda cuando la vida era sencilla. Ella y Hanna juntas, hablando de bebés: cafés, magdalenas y etapas. ¿Cómo ha podido todo eso irse al garete? Oye que Hanna vuelve a la sala de estar y abre los ojos, parpadeando para hacer desaparecer las lágrimas.

—El café estará listo en un periquete —anuncia Hanna y, después, la mira con más atención—. Cuéntame qué está pasando.

Stephanie no sabe qué decir. También estuvo anoche pensando en esto. Qué decirle a Hanna. ¿Fingir que todo va bien? ¿O sincerarse con ella? No está lista para eso. Por fin, se obliga a sonreír.

—Todo va bien. —Le explica por qué han retirado los cargos. Le habla de Erica y de su pasado delictivo.

Hanna se queda mirándola, preocupada. No es fácil engañarla.

—Pero ¿tú qué piensas? —le pregunta por fin.

Stephanie traga saliva.

—Patrick engañó a su primera mujer. Eso lo sé. He conseguido perdonarle por eso..., creo. Pero es evidente que Erica miente. No ha hecho más que decir mentiras sobre el accidente. —Hace una pausa y, después, añade—: Patrick sabe que, si alguna vez me engaña, le dejaré.

Hanna sigue mirándola con inquietud, pero Stephanie le sonríe.

—Yo creo que ya no hay nada de lo que tenga que preocuparme. Todo está bien. Y me muero por comerme una de tus magdalenas.

49

Nancy coge su bolso y una chaqueta y sale de casa para ir a su clase de gimnasia. Está abriendo la puerta del coche cuando ve que una mujer se le acerca desde un vehículo aparcado al otro lado de la calle. Reconoce de inmediato a Erica y siente que se pone como un flan. «¿A qué ha venido?». Nancy quiere meterse en su coche y salir corriendo, pero, de repente, no se puede mover. Solo puede ver cómo Erica se acerca rápidamente por el camino de entrada a la casa mientras el viento mueve su melena rubia. ¿Cómo puede una mujer tener un aspecto tan angelical y ser tan abominable?

—Hola, Nancy —dice Erica.

—¿Qué narices quieres? —pregunta Nancy, nerviosa.

—Tu marido no me devuelve las llamadas.

—Claro que no. Le dije que te dejara en el momento en que le conté que lo sabía todo. No quiere volver a verte nunca. No quiere perderme.

Erica la mira con escepticismo, cosa que enfurece a Nancy. Ahora sabe cómo es esta mujer. No lo había sabido antes, cuando se enfrentó a ella en su apartamento. ¿Cómo puede quitársela de en medio?

—Si tan segura estás, ¿por qué estás tan nerviosa? —la provoca.

—No estoy nerviosa.

—¿De qué tienes miedo? —pregunta Erica, despacio—. ¿Qué estás ocultando?

—Nada —se apresura Nancy a responder. Recupera la compostura antes de seguir hablando—: ¿Por qué te resulta tan difícil creer que un hombre quiera poner fin a una estúpida aventura y continuar con su matrimonio?

—Dile que me llame —replica Erica.

—¡Desaparece de nuestras vidas! —exclama Nancy.

Erica le sonríe.

—Tú solo dile que me llame, ¿vale? —Se da media vuelta y regresa a su coche. Nancy ve cómo se aleja y, después, visiblemente temblorosa, cierra de golpe la puerta de su coche y vuelve a entrar en la casa.

Cierra la puerta tras de sí y se deja caer en el sofá, acurrucada en posición fetal. El pavor la invade. Le da miedo que Erica pueda averiguar lo que ella y Niall han estado ocultando durante los últimos seis años. No quiere pensarlo, pero el remordimiento y el miedo la devuelven al pasado.

Fue una noche lluviosa de finales de noviembre. Niall y ella habían decidido salir a cenar a un restaurante del condado de Westchester, a algo más de una hora en coche desde Aylesford. Estaban de celebración porque Niall había tenido una crítica excelente en una revista de arquitectura y habían tomado mucho vino durante la cena.

—¿Estás bien para conducir? —le preguntó Nancy mientras se ponían los abrigos.

—Sí, estoy bien —contestó Niall. Y parecía estarlo. Desde luego, no daba la impresión de encontrarse borracho. Pero, claro, ella también había bebido y quizá su visión estuviera alterada.

Poco después de salir, empezó a llover con fuerza. Niall estaba inclinado sobre el volante, mirando con atención hacia la oscuridad. Hacía calor en el coche. El fuerte sonido de los limpiaparabrisas moviéndose al compás en el cristal resultaba hipnótico y fue adormeciendo a Nancy.

De repente, un fuerte golpe seco la despertó. Vio que el coche daba un volantazo y, después, se enderezaba y volvía a colocarse en el centro del carril.

—¿Qué ha sido eso? —gritó. Miró a su marido, que parecía aturdido.

—No lo sé. Quizá le he dado a algo. No he visto nada.

Siguió avanzando, con las manos apretadas contra el volante. Estuvo a punto de decirle que parara el coche, pero no lo hizo. Se convenció de que no había sido nada. Y después de seguir conduciendo unos segundos, ya resultaba imposible volver.

—Probablemente no haya sido más que un conejo —dijo Niall un rato después. Pero los dos sabían que un conejo no habría sonado así.

Llegaron a casa y no volvieron a hablar del tema. Se acostaron y se quedaron dormidos.

Nancy se levantó a la mañana siguiente y cogió el periódico de la puerta. Vio un pequeño artículo en la parte inferior de la primera página y su vida cambió para siempre. Un hombre joven que caminaba por el arcén de la autopista bajo la lluvia a las afueras del condado de Westchester, quizá haciendo autoestop, había muerto al instante a causa de un atropello la noche anterior. El coche se había dado a la fuga. No había imágenes de cámaras de seguridad ni tampoco testigos. La policía hacía un llamamiento a cualquier información que pudiera proporcionarse.

Nancy leyó dos veces el artículo mientras una desagradable certeza la iba invadiendo. Entró en la cocina y fue hacia la puerta del garaje, asustada. Tardó un rato en reunir el valor para abrirla. Pensó en avisar a Niall, pero quería verlo antes con sus propios ojos. Ya en el garaje, se agachó, helada de frío con el camisón y descalza, y examinó el coche con atención. Había un golpe en el parachoques delantero por el lado del conductor, pero no se notaba mucho.

Subió corriendo las escaleras y despertó a Niall lanzándole el periódico a la cara.

—¿Es posible que fuéramos nosotros? —preguntó atemorizada. Vio cómo él leía el artículo y le iba invadiendo el mismo espanto.

La miró, claramente agitado. Negó con la cabeza a un lado y a otro.

—No lo sé. Pensé que no había sido nada.

—Pero el lugar... es más o menos por donde íbamos cuando le diste a algo —insistió ella.

—¿Y qué quieres que haga?

—No lo sé.

—El daño está hecho —dijo Niall con voz tembloro-sa—. Ha muerto un hombre. Si fui yo quien le atropelló... Dios mío. —Se levantó de la cama y empezó a dar vueltas por la habitación—. Probablemente iba a más velocidad de la per-mitida. Me di a la fuga. Es posible que tuviera que ir a la cárcel.

—No, no, no —exclamó Nancy con las lágrimas reco-rriéndole la cara—. Llamaré a mi padre. Él sabrá qué hacer.

—No —la detuvo Niall—. Mantenle al margen de esto.

—¡Nos puede ayudar, Niall! Es juez. Él sabrá qué hacer.

—Querrá que me entregue —protestó Niall.

—Solo si es la mejor solución. Le voy a llamar.

Niall se quedó sentado, desesperado, con la cabeza entre las manos, mientras Nancy llamaba a su padre. Le dijo solamente que se trataba de una emergencia. Se pre-sentó menos de una hora después, sin su madre, tal y como ella le había pedido.

—¿Qué hay? —preguntó sin rodeos—. ¿Qué ha pa-sado?

Se lo contaron todo. Le enseñaron la noticia del pe-riódico. La expresión del juez se oscureció.

—¿Cómo es que ibas conduciendo si habías bebido? —le dijo a Niall, indignado—. ¿Por qué te diste a la fuga? ¿En qué estabas pensando?

—Papá, tienes que ayudarnos —le suplicó Nancy. Podía ver el dilema en los ojos de su padre. Estaba dudando qué hacer. Todos sabían que Niall debía entregarse. Pero lo que ella esperaba en realidad de su padre era el permiso para no hacerlo. Que les ayudara. Aguardó.

—Déjame ver el coche.

Salieron al garaje y él lo estuvo observando un buen rato sin decir nada.

—Lo normal es que el golpe fuera mayor si hubieses atropellado a una persona —dijo por fin.

Nancy respiró aliviada.

—Quizá fue otro quien le atropelló.

El juez se dio la vuelta y entró de nuevo en la casa con la cabeza agachada.

—No puedo decirte lo que tienes que hacer —comentó una vez que se hubo sentado en un sillón de la sala de estar mirando directamente a Niall—. La única forma de estar seguros es que te entregues y examinen el coche. —Y añadió—: El camarero del restaurante podría decir cuánto habías bebido. Probablemente pasarías un tiempo en la cárcel.

Nancy empezó a llorar de nuevo.

El juez esperó un buen rato antes de volver a hablar.

—También te digo que el índice de resolución de atropellos con conductores que se dan a la fuga es irrisorio. No hay imágenes ni testigos. —Se quedó en silencio otro rato largo y, finalmente, concluyó con claro desagrado—: Lo que sea que decidas, yo no voy a contar nada.

Nancy lanzó una mirada a Niall. ¿Qué quería hacer él? Ojalá su padre hubiese dejado más claro lo que debían hacer.

—¿Qué hacemos con el coche? —preguntó Niall por fin.

—Nada —respondió el juez con voz cansada—. No lo lleves al taller para que lo arreglen. La verdad es que no es necesario y si lo hicierais podrían sospechar. Nadie va a notar nada en el coche.

Y así fue. Durante mucho tiempo, Nancy se estuvo despertando cada mañana con la esperanza de que descubrieran a quien lo había hecho y que se tratara de otra persona con un coche con un fuerte golpe. La prueba de que no habían sido ellos. Pero no fue así. El caso desapareció pronto de las noticias.

Ahora, Nancy, acurrucada en el sofá con las rodillas en el pecho, tiene que contener el deseo de llamar a su padre.

50

Patrick siente cierta satisfacción al ver la mirada de sorpresa de la recepcionista cuando entra en el estudio.

—¡Patrick! —exclama.

—Hola, Kerri —responde él con una sonrisa victoriosa—. ¿Está Niall por aquí?

Niall ha debido de oírle porque sale a la recepción.

—¡Patrick! —repite con la misma sorpresa que la recepcionista.

Es un momento incómodo. La última vez que hablaron, Patrick esperaba que lo arrestaran y Niall le había dicho que iba a disolver la sociedad. Había sido una conversación áspera. Niall parece estar aún muy a la defensiva. Que le den, piensa Patrick. ¿Por qué no puede alegrarse por él? ¿Es que no tiene ningún amigo de verdad?

—Tengo buenas noticias. Han retirado los cargos. He sido absuelto del todo, como me esperaba —dice.

—¡Eso es genial! ¡Una noticia estupenda! —exclama Niall, claramente aliviado, pero con menos entusiasmo del que habría gustado a Patrick.

—¿Tienes un momento? —le pregunta.

—Claro, entra en mi despacho.

Patrick le sigue y se sienta en la silla que ha ocupado, casi a diario, durante cuatro años. Se queda pensando un momento en que ayer a estas horas seguía en la cárcel, creyendo que iba a morirse allí dentro. Qué rápido puede cambiar todo, para bien o para mal.

—Cuéntame qué ha pasado —dice Niall apoyando la espalda en su asiento.

—No tenían pruebas. Ni una sola. Y, cuando han investigado, han averiguado que Erica Voss es una delincuente y una mentirosa. —Le informa de lo que han sabido sobre el pasado de Erica. Patrick niega con la cabeza—. No paró de mentir. Podría haberme llevado a la cárcel.

Niall se ha quedado completamente pálido.

—Vaya —murmura—. ¿Pueden acusarla de algo?

—No lo sé —responde Patrick—. Pero yo ya me he librado de ella. Estoy listo para volver al trabajo, sin distracciones. —Niall parece incómodo—. ¿Qué? —pregunta Patrick, confundido—. Niall, me han absuelto. Del todo. Se han dado cuenta de que no deberían haberme arrestado. Incluso han llegado a decírmelo —miente.

—Creo que ha habido un malentendido —contesta Niall.

—¿Un malentendido? ¿A qué te refieres?

—Ya hemos acordado disolver la sociedad, Patrick. Se te va a pagar.

—Pero eso era antes. Ahora todo ha cambiado —protesta Patrick—. ¡No puedes seguir queriendo disolver la sociedad! —Se da cuenta, sin embargo, de que eso es exactamente lo que Niall pretende y la adrenalina se le dispara.

Niall se sonroja.

—Entiéndeme bien, Patrick. Estoy muy contento, feliz y aliviado por ti, por que esto se haya solucionado. Esa mujer debería pudrirse en el infierno por lo que te ha hecho. Pero piensa en las apariencias. La gente de esta ciudad no ha hablado de otra cosa. Ha sido... un verdadero escándalo.

—Y ahora hablarán de que me han tenido que soltar. ¡Yo no lo hice, Niall!

—Lo sé y lo siento. Pero si te soy del todo sincero, antes de eso ya llevaba tiempo pensando en hacer un cambio. Has estado varios meses cometiendo patinazos, Patrick. Lo sabes. No puedes negarlo.

—¡Eso era por las gemelas! ¡He pasado varios meses sin dormir nada! Han sufrido cólicos, pero ya están bien. Todo ha vuelto a la normalidad. Puedo volver al trabajo y dar el cien por cien. ¡El ciento diez!

—Siento decírtelo, pero ya he encontrado otro socio —contesta Niall apartando los ojos de él por un momento.

Patrick le fulmina con la mirada, incrédulo.

—Eres un hijo de puta.

—No hace falta ser tan desagradable, Patrick —responde Niall, molesto.

A Patrick le entran ganas de darle un puñetazo en la cara a su antiguo socio, su antiguo amigo. De modo que así es como terminan cuatro años levantando un negocio juntos. Se da cuenta de que ya no tiene nada que perder.

—Te has estado acostando con ella, confiésalo —dice con tono acusatorio. Niall se queda más pálido y, de repente, parece angustiado—. Te ha hecho sentir bien, ¿verdad? Pues deja que te dé un consejo: aléjate de ella. Es peligrosa. No sabes cuánto.

—Yo no sabía lo que te estaba haciendo —responde Niall con voz temblorosa—. Nancy se enteró y hemos terminado. Y luego, cuando me contaste lo de la investigación, y que Erica estaba implicada, sentí asco. Nancy ya me había amenazado con dejarme. Quise alejarme de vosotros dos. —Se hunde en su silla, avergonzado.

—Eres un puto cobarde —dice Patrick. Consigue contener su rabia. Decide dejarlo ahí. Saldrá adelante solo. Se levanta y se va, negándose a mirar a Kerri al pasar por la recepción, y da un portazo al salir.

51

Pasan un par de días incómodos en la casa de Danbury Drive. Patrick se muestra cariñoso con Stephanie y las gemelas, fingiendo que todo está igual que antes. Pero, para su mujer, nada es lo mismo.

Stephanie ha sido incapaz de tomar una decisión. Es como si estuviese paralizada, así que escoge el camino más fácil, que es no hacer nada. Se centra en las gemelas: darles de comer, bañarlas, vestirlas y cambiarlas. Las saca a la calle, les lee cuentos y juega a contar con los dedos de los pies.

Es como si sufriera una especie de colapso interno que le haya dejado sin energías. O puede que solamente sea que le cuesta dormir. Ha vuelto a sus viejas costumbres de caminar por la casa a oscuras por la noche, taciturna, viendo a las bebés dormir, pensando lo peor de la gente, imaginándose cosas. Cosas terribles.

Es hora de cortar por lo sano y dejarle. Pero le da miedo. Tiene miedo por las niñas, sobre todo. Las gemelas necesitan a una madre fuerte. Debe sobrevivir, pase lo que pase, y cuidar de sus bebés. Debe protegerlas. Vive obsesionada con imágenes de ella y las niñas muriendo en una casa en llamas. Piensa en la sartén de la cocina. No sabe quién la puso ahí. Puede que fuera ella. Puede que no.

Patrick interrumpe sus macabros pensamientos.

—Voy a salir un rato.

Ella está tan sumida en sus pensamientos que apenas le mira siquiera.

Erica acaba de salir de su apartamento y va de camino a su coche cuando suena su teléfono móvil. Lo mira y ve quién llama. Es Patrick. Vacila y, a continuación, acepta la llamada.

—Erica —dice él en voz baja.

Respira con fuerza, como si estuviese andando rápido. El corazón se le acelera y, de forma involuntaria, mira hacia atrás por el aparcamiento de la calle de su apartamento. No está aquí. No, espera. El corazón se le detiene. Le ve, al otro lado del aparcamiento, caminando hacia ella. Trata de mantener la voz firme, con su habitual seguridad.

—¿Qué haces aquí?

A medida que él se aproxima, ella cuelga la llamada y guarda el móvil en el bolso. Él se acerca más, hasta que su cara queda a pocos centímetros de la de ella. Es la primera vez que se ven desde las pesquisas.

—¿Por qué narices fuiste al sheriff? —espeta él con furia—. Creía que teníamos un acuerdo.

Ella le mira, sorprendida.

—Y yo también... hasta que me traicionaste. ¿Qué esperabas?

Él la observa fijamente. Erica puede olerle: ligeramente sudado, un olor muy familiar. Acerca aún más su cara a la de él.

—Alguien trató de atropellarme. No finjas que no fuiste tú. —Vierte toda su furia en su voz—. Se suponía que tenías que matarla a ella, no a mí. —Ahora respira con fuerza—. Por supuesto que acudí a la policía. Era la única forma de protegerme.

El rostro de Patrick se retuerce por la rabia y la agitación.

—¡Y una mierda! ¡Yo no he intentado atropellarte! ¿Es que no puedes dejar ya de mentir, joder? No me diste tiempo. Necesitaba estar seguro de que no me descubrirían. Ahora, gracias a ti, nunca podré deshacerme de Stephanie... Y todo por tu culpa... ¡Por acudir a la puta policía! Nos has jodido a los dos.

—No —responde ella con rabia—. Tú la has jodido. Espero que tengas una vida de pena con esa mujer engreída y controladora. Si es que sigue contigo. —Pasa por su lado, se mete en su coche y se va.

Patrick vuelve con paso furioso a su coche. Mientras conduce de vuelta a Aylesford, su mente regresa al caos de aquellos días después de que Erica le ofreciese una dura elección: o mataba a su mujer o iría a la policía. Él se había quedado casi paralizado del todo ante aquella situación, incapaz de pensar en nada por la falta de sueño y por el miedo. Vivía en medio de una neblina de indecisión.

El día de la excursión al campo con Stephanie, había estado inquieto, indeciso. Durante el almuerzo, había preparado un plan a medio definir en el que él llevaría el coche mientras Stephanie y las gemelas dormían, giraría el volante de repente —diría que se había quedado dormido y había perdido el control del coche—, se saldría de la carretera en un punto que él conocía y caerían al lago. No ayudaría a Stephanie ni a las gemelas a salir del coche inundado —le impediría escapar si fuese necesario—, pero haría que pareciera como si hubiese intentado salvarla. Sin embargo, Stephanie había insistido en conducir ella. Él trató de oponerse, pero era como si su mujer intuyera algo, como si lo supiera. Al final, se sintió aliviado. Probablemente no habría salido impune. Se trataba de una idea desesperada, fruto de una situación desesperada. Cuando decidió que sería mucho mejor deshacerse de Erica, la fuente de todos sus problemas, ella ya había acudido al sheriff.

Él siempre había planeado deshacerse algún día y de algún modo de Stephanie, pero Erica le había obligado a actuar.

Recuerda cómo empezó todo, el torpe choque con Lindsey en lo alto de las escaleras mientras ella estaba de espaldas. Lo preparó para que pareciera un accidente, pero él sabía exactamente lo que hacía. Ella fue cayendo por las escaleras hasta llegar al suelo y él creyó que lo había conseguido. Lindsey se quedó inmóvil un momento junto a la puerta trasera, pero después empezó a retorcerse. Y... estaba bien. Recuerda su incredulidad, su abrumadora decepción. Pero rápidamente se dio cuenta de lo que debía hacer y bajó corriendo las escaleras para ayudarla a levantarse, entre exclamaciones de lo mucho que lo sentía. Revoloteando alrededor de ella, montando una gran escena de preocupación. Ella no llegó a sospechar nada. Solo la angustiaba el bebé e insistió en que fueran al hospital para hacerse una ecografía. Tomaron un taxi hasta allí y él se quedó rumiando en la sala de espera de Urgencias, preguntándose cómo podría deshacerse de su mujer y el bebé.

No fue hasta varias semanas después, durante la tormenta de nieve, tumbado en la cama la noche anterior al viaje para ver a la madre de ella, cuando se le ocurrió. El tubo de escape. Era perfecto. Estaba encantado con la idea. Qué fácil había sido y qué poco arriesgado. Recuerda la mirada de Erica en el funeral. Como si lo supiera. Pero ¿cómo era posible?

Desde entonces, le había tenido miedo.

52

Cuando Patrick regresa, Stephanie está en el camino de entrada, poniéndoles a las gemelas el cinturón de seguridad en el asiento de atrás. Por la ventana trasera, le ve llegar y aparcar su coche junto al de ella. Se pregunta dónde habrá estado las últimas dos horas.

—Hola —dice él al salir del coche y acercándose a ella. Stephanie sigue con la cabeza dentro del coche y colocando a las niñas. Él habla con voz conciliadora. A ella no le importa. No sabe qué espera de ella. Patrick ha puesto sus vidas del revés, ha convertido su matrimonio en una mentira, y no parece darse cuenta de que todo ha sido por su culpa.

—¿Adónde vas? —pregunta él cuando ella saca la cabeza del coche y se gira para mirarle.

—A la compra.

—No tienes por qué llevártelas. Ahora estoy en casa. Puedes dejarlas conmigo.

—No, ya las he preparado. No pasa nada. —Se da cuenta de que parece molesto, aunque trate de fingir que no lo está. Su mirada es fría, distante.

—No. Déjalas conmigo. Siempre te quejas de que vas a comprar con las niñas, del lío que es.

Es verdad. Pero no quiere dejarlas en casa con él. Es la primera vez que esa idea ha cristalizado en su mente, y eso la sobresalta. Tiene miedo de dejar a las niñas al cuidado de él.

—Lo sé —contesta dándose la vuelta—. Pero les viene bien. Tienen que salir y van al parque todos los días. Ir a la compra es distinto. Les dejo tocar las naranjas, los paquetes de arroz. Les encanta. —«Y la gente siempre me para para decirme lo adorables que son», piensa, «y eso es lo que necesito ahora mismo. Eso hace que todo sea más fácil de soportar». Lo que sea que haga, lo que decida, será por ellas, por Jackie y por Emma. Puede que se meta ahora en el coche con las gemelas, con la bolsa de los pañales y su bolso, y se ponga a conducir sin más...

—¿Quieres que vaya yo? —se ofrece él.

Ella consigue mirarle con una sonrisa.

—No, no hace falta. Lo hago siempre.

—Vale. —La mira un segundo y, después, se da la vuelta y entra en la casa.

Ella conduce hasta la tienda, con la mente alborotada.

Esa misma noche, después de una cena tensa y de acostar a las gemelas, Stephanie se lleva su ordenador portátil al sofá y ve que Patrick sube al dormitorio.

Stephanie se queda en el sofá sin llorar. Ya ha derramado todas las lágrimas. Llorar es síntoma de debilidad, piensa. Lo que siente ahora es una frialdad, una determinación, una firmeza que antes no tenía. Una especie de fuerza que viene de no tener otra opción que mirar a su situación de frente para solucionarla.

Es tarde, casi las once. Cierra el ordenador, lo deja en la mesa del sofá y sube despacio las escaleras. Está muy cansada. El agotamiento hace que sienta como si estuviese escalando una montaña. Se detiene en lo alto. Por ahora, sigue durmiendo en la misma cama que su marido. ¿Debería cambiarse a la cama de la habitación de invitados? Eso le gustaría. ¿Se atreverá?

Se acerca despacio al dormitorio de los dos y la moqueta suaviza sus pasos hasta hacerlos inaudibles. Llega a la puerta del dormitorio y se detiene. Patrick está en el vestidor. Está de espaldas a ella en oblicuo, de tal forma que Stephanie puede ver lo que hace. Tiene su pistola en la mano derecha, como si la estuviese comprobando. El corazón empieza a latirle con fuerza. «¿Cómo ha podido olvidarse de la pistola?». Siempre ha estado ahí. Guardada en la caja fuerte. Patrick la tiene ahí por si alguien entra en la casa mientras duermen. Tardaría apenas unos segundos en acceder a ella.

Ella se queda mirando, incapaz de moverse, mientras el corazón le golpea en las costillas. Sabe que tiene munición. ¿Ha cargado Patrick la pistola? ¿Ha llegado el momento? ¿Es así como termina todo? Él no sabe que ella está ahí. Parece del todo ajeno a su presencia. Stephanie hace un cálculo rápido. No puede darse la vuelta y salir corriendo. Nunca llegaría a coger a las niñas y sacarlas de la casa con suficiente rapidez. Está clavada al suelo.

Él vuelve a meter la pistola en la caja, la cierra, se gira y se sobresalta al verla ahí. Debe de haber notado lo pálida que está, porque pregunta:

—¿Qué te pasa?

—Nada —contesta ella—. Solo que no me encuentro muy bien. Había pensado acostarme.

Él la observa.

—Sí, no tienes muy buen aspecto.

Ella va hacia su lado de la cama, coge el camisón de debajo de la almohada y le da la espalda. Empieza a quitarse la ropa. No quiere provocarle. No se atreve a irse al dormitorio de invitados. Se mete en la cama sin molestarse en lavarse la cara ni cepillarse los dientes y se gira para ponerse mirando a la pared. Intenta quedarse dormida, pero tiene el corazón acelerado.

Patrick se mete con ella en la cama y la larga noche se extiende ante Stephanie. No puede dormir porque está pensando en la pistola.

53

En la oscuridad, Patrick tiene la mirada fija en la espalda de su mujer, que es lo único que ella le ofrece últimamente. Finge estar dormida, pero a él no le engaña.

Su expresión cuando le ha visto con la pistola... Dios, ha sido como si se esperara que fuera a disparar contra ella. La situación es peor de lo que creía.

De no haber sido por la puta de Erica Voss, Stephanie no sabría nada. Estaría feliz y confiada, con sus gemelas dormidas y un patrimonio de más de dos millones de dólares. Y ahora él podría perderlo todo.

Siente que se está viniendo abajo. Está lleno de rabia contra Erica. Furioso con Niall y decepcionado con Stephanie. Había creído que podría contra el polígrafo. Había estudiado cómo hacerlo, cómo morderse con fuerza el interior de la boca para provocarse dolor y desvirtuar la prueba. Había creído que funcionaría. Debería haber funcionado.

Si Erica no hubiese vuelto a su vida, si no hubiese venido a Aylesford...

Recuerda cuando se había liado con ella, aquella primera vez. Habían salido a un bar después del trabajo un viernes por la noche, él y Greg. Lindsey se había unido a ellos y había llevado a su amiga Erica. La novia de Greg también estaba. Lindsey dijo que se encontraba cansada y se fue pronto a casa tras un par de cócteles sin alcohol, saliendo por la puerta con su pesado embarazo. Dejó allí a su mejor amiga y su marido, sin preocuparse por nada, porque ¿qué razón había para preocuparse? Le había dicho, delante de todos, que se quedara y lo pasara bien, porque después de que llegara el bebé no podría hacerlo más. Él le había sonreído, pero aquel permiso, y su advertencia, le había dejado un mal sabor de boca.

Tenía veintitrés años, su primer trabajo de verdad, y no estaba preparado para ser padre. Vio cómo su mujer atravesaba pesadamente el bar y salía por la puerta y se preguntó si debería acompañarla a casa, pero enseguida se distrajo con algo que dijo Erica. Ya la había visto antes, aunque nunca había hablado mucho con ella. Pero esa noche la cerveza le soltó la lengua, se sentía desinhibido, y, después de que Lindsey se fuera, Erica parecía estar flirteando un poco con él. Patrick lo estaba disfrutando y todo parecía ser inofensivo. Al fin y al cabo, era amiga de Lindsey.

Habían decidido tomar una más y había tratado de convencer a Greg de que se quedara, pero él y su novia querían irse. No parecían pensar que fuera malo dejar a Patrick y a Erica allí juntos tomando una última copa.

Pero una vez que estuvieron solos, la dinámica cambió rápidamente. Se dio cuenta de que ella quería acostarse con él, que terminar en la cama con ella era una posibilidad real. Se contuvo un poco. Era la mejor amiga de su mujer. Otra copa, y se volvió más probable. Ella le susurró que Lindsey jamás se enteraría. Y, entonces, fue inevitable.

Salieron del bar y, una vez fuera, ella le agarró de la mano y le arrastró al otro lado de la esquina del edificio. Se echó contra la pared en la oscuridad y lo atrajo hacia ella. Fue como... tirarse en paracaídas. Esa clase de atrevimiento, esa excitación. Se le puso más dura de lo que la había tenido nunca con Lindsey. Se preguntó cómo había terminado estando con Lindsey, a punto de convertirse en padre, cuando debería estar follándose a mujeres como esta.

Ella le llevó a su casa. Estaba a poca distancia andando. En la pequeña ciudad de Creemore todo estaba a poca distancia andando. Él mantuvo los ojos abiertos por si algún conocido los veía juntos, pero no había nadie. Cuando llegaron a su edificio y entraron en el ascensor, solos, él estuvo a punto de bajarse la cremallera. Pero no daba tiempo. La puerta se abrió y él se imaginó deslizándose dentro de ella.

Una vez en el apartamento —era poca cosa, pues ninguno de ellos tenía mucho en aquella época—, ella le llevó a su dormitorio. Enseguida, todo fue una neblina de fuerte excitación y pérdida de control. Después, se quedaron tumbados en la cama, exhaustos, y él le acarició el pelo y le dijo que era increíble.

Ella le sonrió.

—Ya lo sé —repuso. Y los dos se rieron.

Ella no había dicho lo mismo de él.

—Lindsey no puede enterarse de esto —advirtió Patrick con un tono más serio. No quería problemas. La miró tumbada y desnuda junto a él, con su cuerpo pálido y esbelto, y una imagen de su mujer apareció en su mente. No estaba bien compararlas. No era culpa de Lindsey que se encontrara hinchada, estirada, tuviera manchas oscuras y las venas marcadas. Estaba a punto de ser madre. Pero, Dios, quería más de aquello, de esa mujer perfecta que estaba tumbada a su lado.

—No —convino ella—. Eso la mataría.

¿Estaba esperando que él dijera algo?

—¿Repetiremos esto? —preguntó.

Ella no respondió. Se limitó a sonreír.

—Más vale que vuelvas con tu mujer —dijo.

Así era ella. Le gustaba ser la que tenía el control. No había cambiado. Patrick había vuelto a casa como si ella le hubiese despachado y se preguntaba cómo narices iba a poder actuar con normalidad con Erica y su mujer cuando estuviesen juntos.

Pero, después, ella le llamó aquel lunes al trabajo —él no había podido pensar en nada más que en ella— y le pidió que fuera a su apartamento a la hora del almuerzo. Y esa había sido su rutina. Una aventura placentera, excitante, pero sin que significara nada más... para los dos.

Patrick está tumbado en la cama, despierto, con la mirada fija en la espalda de Stephanie, mientras piensa en el pasado y en todo lo que les ha llevado hasta este presente. Nunca había amado a Erica, había algo inherente en ella que hacía imposible quererla. Quizá fuese que ella misma parecía incapaz de amar a nadie. Erica le daba cierto miedo, incluso en aquella época.

Y, ahora, han pasado diez años y Erica lo ha echado todo a perder. Su mujer, que tanto le adoraba, cree ahora que es un asesino. Él tiene miedo de que le deje y se lleve su herencia con ella.

54

A la mañana siguiente, Stephanie se levanta de la cama tambaleándose y va cumpliendo con su rutina matinal como si fuese un robot. Ha notado la mirada de su marido sobre su espalda durante la noche mientras ella fingía dormir. Llegó a preguntarse qué estaría pensando él mientras ella se acordaba de la pistola.

Esto no puede seguir así.

Se le ocurre un plan. Le asusta, pero necesita buscar una salida. Le vino a la cabeza en medio de lo más oscuro de la noche, antes del amanecer, cuando en la mente aparecen cosas que no deberían sobrevivir a la luz del día.

Pero ya ha llegado la mañana, la luz se filtra por las ventanas y sigue pensando en ello.

Hanna la ha vuelto a invitar hoy. Stephanie no le ha pedido a su amiga que vaya a su casa porque está Patrick y está segura de que Hanna ya no quiere poner un pie allí. Hanna piensa que Patrick es culpable, por mucho que Stephanie haya fingido lo contrario. Había bajado la guardia aquella única vez, después del arresto, y ahora teme que Hanna sepa qué es lo que piensa de verdad.

Irá esta mañana a casa de Hanna porque es lo que desea —está desesperada por tener algo de normalidad— y también porque su vecina forma ahora parte del plan de Stephanie, aunque ella no lo sepa.

Lleva a las gemelas en el cochecito y llama a la puerta de Hanna. Saca a las niñas del carrito y las mete en la casa. Las deja en sus alfombrillas sobre el suelo enmoquetado de la sala de estar. A Hanna le ha dado por preparar dulces para cada una de estas visitas. Hoy Stephanie puede oler las galletas con trocitos de chocolate y se siente absurdamente agradecida por los intentos de Hanna por hacer que se sienta bien.

—Toma, coge una —le ofrece cuando vuelve a la sala de estar con una bandeja de galletas recién sacadas del horno—. Acabo de poner la cafetera.

—Eres un regalo del cielo, Hanna —dice Stephanie con total sinceridad. No tiene a nadie más a quien acudir, ni siquiera para pasar un rato agradable. Nunca antes se había dado cuenta de lo sola que estaba. Ahora piensa que no se esforzó mucho por mantener la relación con la gente del trabajo cuando se acogió a la baja por maternidad. Había dejado que las mujeres de su grupo de madres desaparecieran, sin tratar de evitarlo por culpa de todo lo que le había estado pasando. Se pregunta qué pensarán. Al igual que Hanna, probablemente crean que su marido es culpable. Todas saben que engañó a su primera mujer y cómo murió ella. Está segura de que se deben de estar preguntando por qué sigue con él. No sabe si Hanna hablará de su situación con las demás mamás del barrio. Se da cuenta de que probablemente lo haga, mientras se termina la galleta y se dispone a coger otra. Claro que lo hace.

Hablan de los bebés, de lo que han estado haciendo, de cómo duermen, de la última visita de Teddy al pediatra. Pero, entonces, hay una pausa y Hanna la mira, expectante.

Hay un largo silencio que solo se interrumpe con el sonido de los balbuceos de las niñas. Stephanie se arma de valor y empieza a hablar.

—Voy a dejar a Patrick. —Hanna no parece sorprenderse, más bien se la ve aliviada—. Me he dado cuenta de que para mí ya ha terminado todo, incluso aunque no sea así para él. Ya no confío en él. Engañó a Lindsey. Todo el mundo lo sabe. Y todo esto del accidente... nos ha perjudicado, Hanna, más de lo que la gente cree.

—Lo entiendo perfectamente —contesta Hanna—. Creo que estás haciendo lo correcto. Cuando la confianza desaparece...

—No creo que él matara a Lindsey a propósito —le aclara Stephanie—. Esa idea es ridícula. No le tengo miedo, Hanna. Pero... ya no le quiero. —Y añade—: Estoy resentida con él por haberme hecho pasar por todo esto, aunque no haya sido del todo culpa suya.

—Escogió a la mujer equivocada para tener una aventura —reconoce Hanna.

—Desde luego. Y ahora todos sufrimos las consecuencias —dice Stephanie con tono amargo—. Voy a ver a un abogado de divorcios el lunes. Tengo que pensarlo todo bien antes de comunicárselo.

—¿Y cuándo se lo vas a decir? —pregunta Hanna con preocupación.

Stephanie toma aire.

—Lo antes posible. Cuando vea al abogado, supongo. Necesito poner fin a esto.

—Como he dicho antes, creo que estás haciendo lo correcto —repite Hanna con firmeza—. Sabes que me tienes de tu lado, ¿verdad?

Stephanie le sonríe con tristeza.

—Lo sé. Y te lo agradezco. La verdad es que no tengo a nadie más con quien hablar. Esto está siendo muy duro. —Se coloca las manos sobre la cara—. Estoy preocupada por Patrick, por cómo se lo va a tomar.

—Puede que lo vea como una traición —dice Hanna con inquietud.

—Puede ser. Y ya está bastante deprimido. Todo esto ha sido terrible, Hanna. —Se muerde el labio para no llorar. Deja de hablar un momento y coge un pañuelo de la bolsa de los pañales—. Fue muy desagradable cuando le arrestaron. Ni siquiera habla de ello. —Hace una pausa para recuperar el control—. Yo creía que, cuando la policía le soltara, él lo superaría. Pero Niall le ha echado. No tiene su empresa. ¿Cómo se supone que va a empezar de nuevo? Su reputación está por los suelos, aunque hayan retirado los cargos. —Sabe lo desolada que debe de parecer—. Es muy injusto. Y cuando le diga que le voy a dejar...

Hanna la vuelve a mirar con impotencia.

—Dios mío, Stephanie, no sé qué decir.

—No parece el mismo —continúa Stephanie.

—¿Qué quieres decir?

—Se culpa por todo lo que ha pasado. Está de mal humor, deprimido, dice cosas.

—¿Qué cosas? —pregunta Hanna inclinándose hacia delante con gesto angustiado.

—Dice que nos iría mejor sin él. —Mira a Hanna con ojos de preocupación—. Tengo miedo de que si le dejo pueda hacer algo. Algo drástico, que se haga daño.

—Olvídate de él —se apresura a contestar Hanna—. A mí me preocupas tú. Stephanie, deberías dejarle. Llévate a las gemelas y vete. Ya.

¿Debería contarle a Hanna lo de la pistola? No, eso sería demasiado. Niega con la cabeza.

—Antes voy a ver al abogado.

—Eso está bien.

—Puede que con eso tenga las cosas más claras —conviene Stephanie.

—Pero ¿y si..., y si él os hace algo a ti y a las gemelas? —pregunta Hanna con evidente inquietud.

Stephanie niega con la cabeza.

—Jamás me haría daño a mí ni a las niñas, eso lo sé. Pero si le digo que le voy a dejar se sentirá completamente abandonado. Me siento muy culpable. Yo... no estoy segura de poder hacerlo.

—No tienes de qué sentirte culpable, Stephanie —contesta Hanna con firmeza—. Debes hacer lo que sea mejor para ti y las niñas.

Stephanie levanta los ojos hacia su única amiga. Hanna piensa que su marido es un asesino. Tiene razón. Probablemente crea que, si su marido se suicidara, sería lo mejor para todos. En eso también tiene razón.

Hanna la mira, angustiada.

—En serio, Stephanie, creo que debes dejarle si es lo que deseas, por muy deprimido que él pueda estar y a pesar de lo mal que pueda tomárselo. Piensa en ti, por una vez. Piensa en las niñas. —Lanza una mirada nerviosa a las gemelas, que están en su alfombrilla—. ¿Y si es peligroso?

Stephanie vuelve a hacer un gesto de negación.

—No lo es. No nos va a pasar nada. Nos quiere a mí y a las niñas. No nos va a hacer nada. Es él quien me preocupa.

Patrick se desploma en la mesa de la cocina mientras Stephanie está en casa de Hanna con las gemelas. Toma un café tras otro mientras piensa. Le ha contado a Stephanie que tuvo una larga aventura con Erica, que no la quería, que lo que le pasó a Lindsey fue un accidente. No confía en que ella le crea.

Había tenido la suerte de conocer a una mujer que ha heredado mucho dinero. Si Erica no hubiese vuelto a aparecer, todo sería distinto.

Cuando piensa en Erica, todo el cuerpo se le pone en tensión por la rabia. Se da cuenta de que sería feliz matando a Erica Voss. Debería haberlo hecho cuando aún tenía la posibilidad, antes de que ella fuera a la policía. Pero no había actuado con decisión, no había tenido tiempo de pensar en un plan lo suficientemente bueno, un plan con el que estuviera seguro de salir impune.

Pero, ahora, el daño está hecho. Ya no tiene sentido matarla y, además, todos pensarían que lo había hecho él. Aún creen que mató a su primera mujer. Aunque lo hiciera de modo que pareciera un accidente, seguirían sospechando de él. Dirían que su *modus operandi* es el de hacer que parezca un accidente.

Y Stephanie sabría lo que había hecho.

Su mujer va a dejarle. Está seguro de ello. Y también de que le tiene miedo. Que ella le abandone es lo peor que le puede pasar ahora.

Todos van a pensar que le ha dejado porque mató a su primera mujer.

Tiene que ver a un abogado. Necesita saber cuáles son sus derechos. ¿Cuánto va a tardar ella en obtener el divorcio? Si se separan, pero sin estar aún divorciados, ¿seguiría recibiendo su herencia si ella muriera?

Le da vueltas mientras mira el café. Pero no puede matar a su mujer, al igual que tampoco puede matar a Erica. No saldría libre. Ya no.

55

Ese mismo día, Stephanie está delante del vestidor de su dormitorio. Tiene que pensar en un plan. Su mente no para de girar de manera frenética. Piensa en ello cuando les da de comer a las gemelas. Piensa en ello cuando les cambia los pañales, cuando está cocinando. ¿Cómo va a librarse de los guantes?

Ha decidido que su marido debe suicidarse. Es la única forma de salir de este lío. Y él no va a hacerlo. Tendrá que ser ella quien lo haga por él.

Han llegado a esto en pocos meses: de ser una pareja feliz y acomodada a ser un par de asesinos despiadados. Qué rápido puede cambiar todo, piensa. Qué loca e impredecible es la vida. Como un circo, con equilibristas y gente escondida tras sus máscaras de payaso. Qué poco control tenemos, piensa; cuántas cosas se nos escapan de las manos.

Pero no todo. Esto lo puede hacer. Puede recuperar el control. Puede proteger a sus hijas. Va a hacerlo por ellas.

«No siempre podemos elegir».

Pero a veces sí, piensa.

Ya no le quiere. No está dispuesta a pasar el resto de su vida con él ni a compartir su herencia con un marido infiel y mentiroso que asesinó a su primera esposa. No está dispuesta a vivir con miedo, esperando a que algún día él la mate a ella o a las gemelas. Ya consiguió salir impune una vez.

Ojalá pudiera dejarle sin más. Pero no ve que esa sea una opción viable. En el mejor de los casos, a los ojos de la ley es un hombre inocente. Tiene derechos. Derecho a ver a sus hijas. Siempre formaría parte de sus vidas. Pero ella sabe lo que él ha hecho. En el peor de los casos, se enfadaría tanto si ella le abandonara que iría tras ella y las mataría a las tres. Como ese hombre que había asfixiado a sus hijos con unas almohadas y había matado a puñaladas a su exmujer. Como todos esos hombres que matan a sus familias. Hay muchos así. Hombres furiosos y frustrados que matan a sus mujeres e hijos.

Así que tiene que pensar en este asunto de los guantes, en cómo deshacerse de ellos rápidamente. Y, además, le preocupa lo de las balas.

Mira fijamente el armario abierto. Patrick ha salido y está sola en la casa. Gira la rueda de la cerradura de la caja fuerte y la abre. Lleva puestos los guantes de látex que se ha comprado para esto. Mira la pistola Glock 19 de nueve milímetros que vio por última vez en la mano derecha de Patrick. Sabe que la pistola tiene las huellas de él, que incluso su dedo estuvo en el gatillo. Es como un regalo. Pero ahora, mientras estudia la pistola, ve que no está cargada.

Tendrá que encargarse ella. No supone un gran problema porque lleva guantes y sabe cómo hacerlo. Ya ha usado antes una pistola. Pero le preocupa que las balas no tengan las huellas de Patrick y que la pistola sí. ¿Supone eso un problema? Su otra preocupación es que él pueda ir a ver su pistola y note que está cargada antes de que ella tenga ocasión de usarla. Así que deberá hacerlo pronto. Cuanto antes, mejor. Carga la pistola con las balas.

El lunes por la mañana, Stephanie le dice a Patrick que va a salir con las gemelas. Tiene preparada una excusa por si él le pregunta adónde va, pero él no lo hace.

Va a ir a un bufete de abogados especializados en divorcios. No tiene cita, pero imagina que si aparece allí y dice que es urgente, alguien la atenderá. Ha pensado en dejar a las gemelas con Hanna, pero ya se las ha dejado muchas veces y nunca ha podido devolverle el favor.

Empuja el carrito doble en el interior del ascensor y sube a la última planta. Ha estado investigando y Thompson Doyle es el mejor bufete de divorcios de Aylesford. Se disculpa por aparecer sin cita previa, pero le dice a la recepcionista que necesita ver a un abogado de divorcios. La joven le pide que espere. Stephanie toma asiento. La sala de espera tiene unas vistas magníficas del río, pero ella apenas mira. Se concentra en evitar que las niñas hagan ruido y en lo que va a decir.

—Gabriel Thompson la recibirá —le dice la recepcionista unos minutos después.

La acompaña a su despacho. Ella mira a su alrededor y sabe que esto será caro, pero no le importa. Puede permitírselo.

—¿En qué puedo ayudarla? —pregunta el abogado una vez ella ha entrado con las gemelas y se sienta delante de su mesa.

—Quiero divorciarme de mi marido —responde sin rodeos.

—Entonces, ha venido al lugar adecuado —dice el abogado con tono inexpresivo y una amable sonrisa. Es un hombre mayor, vestido con traje y corbata sobrios y un pelo canoso bien peinado.

—Mi marido es Patrick Kilgour.

El abogado eleva las cejas y se inclina hacia delante para prestarle atención. Stephanie se pregunta si estará bien informado del caso. Vacila un momento y traga saliva.

—Entiendo —contesta él—. Estoy algo familiarizado con el caso. —La mira con gesto alentador.

—Ha supuesto una tremenda presión sobre nuestro matrimonio. —Titubea y se toma un momento para recomponerse—. Todos saben que engañó a su primera esposa. Lo ha admitido. No sé si me ha engañado a mí. —Y añade—: En cualquier caso, el matrimonio ha terminado y necesito saber qué puedo hacer.

—Por supuesto.

—Recibí una cuantiosa herencia en mi último cumpleaños. Él no tiene ningún derecho sobre ella, ¿verdad?

—Ninguno en absoluto. En Nueva York, las propiedades heredadas no entran en los bienes conyugales que se han de repartir cuando se pone fin al matrimonio. No debe preocuparse en ese aspecto.

—Bien.

Él la mira con franqueza.

—¿Tiene hecho testamento?

—Sí. Tal y como está redactado, todo lo que poseo va para Patrick tras mi muerte.

—Creo que deberíamos cambiar eso. ¿Algún seguro de vida?

Empieza a pensar que este hombre ha seguido el caso con bastante atención. No le sorprende. Ha tenido mucha repercusión en Aylesford, igual que en Colorado.

—Sí.

Él la mira serio y le habla con tono de preocupación.

—¿Le inquieta su seguridad personal?

Ella recuerda qué es lo que ha venido a hacer aquí.

—No, en absoluto. Pero me preocupa cómo pueda Patrick tomarse la noticia del divorcio. Ya está muy deprimido, después de todo lo que ha pasado. Es una decisión muy difícil, pero tengo que hacer lo mejor para mí... y para las gemelas.

—Por supuesto —conviene el abogado, comprensivo—. Lo haremos con la mayor diligencia posible.

56

Esa noche, después de que las gemelas se hayan dormido, Stephanie trata de persuadir a su marido para que tome un par de copas con ella. Le vendrá bien que él se haya tomado algún whisky. Y ella necesita algo que le temple los nervios.

Tiene que conseguir que entre en la cocina. Que se siente en una silla de respaldo recto con una copa de whisky.

—Me vendrá bien una copa —dice Stephanie antes de levantarse del sofá. Él alza la cabeza—. ¿Quieres tú también?

—Casi parece encantado de que se lo pregunte. Ella debería sentirse mal por lo que va a hacer, pero no es así. Porque no es solo por ella. Es por Emma y Jackie. Merecen algo mejor que criarse con un padre mentiroso, infiel y asesino.

—Claro —responde él siguiéndola a la cocina.

Ella se sienta en la silla que siempre usa en la cocina, la que mira hacia la puerta, y deja a Patrick su silla habitual, de espaldas a la puerta.

Le ve abrir el armario de la cocina en el que guardan el alcohol. Saca dos copas.

—¿Qué quieres? —pregunta.

—Lo mismo que tú. —Cuando se gira para mirarla, sorprendido, ella le aclara—: Me vendría bien algo fuerte.

Asiente. Normalmente, él toma whisky solo. Sirve una copa generosa para cada uno. Ella piensa que está bien que él esté cogiendo la botella y los vasos. Piensa que, cuando todo haya terminado, lavará su vaso a conciencia y lo volverá a dejar en el armario si tiene tiempo antes de que llegue la ambulancia. Será mejor si él está bebiendo solo, piensa, mientras ella estaba en la ducha. Tiene suerte de que las gemelas sean tan pequeñas como para estar bien seguras en sus cunas. Sería mucho más arriesgado poner todo esto en marcha si fuesen mayores.

Ni siquiera se acordarán de su padre, son demasiado pequeñas. Ella podrá decidir lo que se les va a contar, decirles lo que quiera. De todas formas tendrá que irse de la ciudad, empezar de nuevo en otro lugar, pero no demasiado lejos. Quizá retome su nombre de soltera. Sí, eso hará.

—Stephanie —empieza a decir a la vez que se sienta en la mesa, frente a ella—. Ya sabes cuánto lo siento.

Ella asiente sin mirarle a los ojos. Ni siquiera desea oír sus disculpas, sus explicaciones una vez más. Ya es demasiado tarde para eso. ¿Qué es lo que se suele decir? Que cuando la mayoría de las parejas acuden a un consejero matrimonial, normalmente uno de los dos ya ha decidido que han terminado.

—He estado pensando en el futuro —dice él por fin.

Ella le va a seguir la corriente para que continúe sentado, bebiendo. Ya no le importa lo que diga. Ha encontrado su propia solución.

—Quizá deba abrir mi propio estudio de arquitectura.

Ella asiente. Ningún otro le va a contratar. No tiene muchas opciones. Ella da un sorbo a su copa. Siente cómo le quema la garganta y le calma los nervios. Necesita el whisky: lo suficiente para darle valor, pero no tanto como para cometer algún descuido.

—Probablemente haga falta mucho dinero para ponerlo en marcha, antes de que sea rentable.

—Menuda sorpresa —responde ella. No puede evitarlo.

Él se muerde el labio, como si le doliera su tono. Después, coge su vaso y se lo acaba de un trago. Coge la botella y se sirve otra copa.

Muy bien, piensa ella. Es completamente ajeno a lo que va a pasar ahora. No va a haber ningún estudio nuevo. Tiene que apartar los ojos mientras él habla. Decide seguirle la corriente. ¿Qué más da? Nada de esto va a ocurrir nunca. Finge tomar en consideración lo que él dice. Da otro sorbo a su vaso mientras ve cómo el rostro de él se ilumina un poco ante la perspectiva de que ella se va a sumar al proyecto. Al menos, va a morir contento.

Él se inclina por encima de la mesa para contarle más detalles de sus planes, pero ella solo finge que le escucha.

Debe de estar haciéndolo bien, porque él no deja de hablar. Se sirve otra copa. Ella no va a tener mejor oportunidad que esta.

—Espera un momento —dice—. Tengo que hacer pis. Vuelvo enseguida.

57

Sube corriendo. Nota cómo la cara le cambia nada más salir de la cocina. Se siente fría, decidida, implacable. Va rápidamente al baño y cierra la puerta, haciendo ruido, pero desde fuera, desde el pasillo. Entra a toda prisa en el dormitorio, donde se quita la ropa y la deja sobre la cama. Una vez desnuda, coge los guantes de látex de su mesilla de noche y se los pone. Va al vestidor, gira la combinación de la caja fuerte con manos temblorosas. La puerta se abre y coge la pistola. Vuelve al baño, abre la puerta en silencio y entra. Ve su reflejo brevemente en el enorme espejo encima del lavabo. Apenas se reconoce. Está completamente desnuda, aparte de los guantes de látex azul claro que trajo de la tienda. Está sujetando una pistola con la mano derecha. Tira de la cadena del váter, cierra la tapa; quiere que a Patrick todo le suene normal. No desea levantar ninguna sospecha, el cree que ha subido a hacer un pis.

Baja sigilosa las escaleras enmoquetadas. Reza para que él no se dé la vuelta cuando llegue a la cocina. No debería. ¿Por qué iba a hacerlo? Llega en silencio a la puerta de la cocina, descalza. Él está de espaldas a ella y no parece haberse dado cuenta de que está ahí. Se acuerda de girar la pistola ligeramente hacia arriba en su mano y, a continuación, con un único y rápido movimiento, da un paso al frente, aprieta la punta con fuerza contra el lado derecho de su cabeza y aprieta el gatillo. Todo ocurre muy deprisa.

Se esperaba el tiro de la pistola, pero, no sabe por qué, el disparo se oye más fuerte de lo que había imaginado. Él cae hacia delante, desplomado sobre la mesa. Hay salpicaduras del rojo fuerte de la sangre y los sesos por toda la mesa, por el suelo y por los armarios blancos de la cocina. Contiene un repentino deseo de vomitar mientras se queda mirándole y la sangre que sale de la herida de salida empieza a encharcar la mesa. Claramente está muerto. Oye el zumbido de su corazón en sus oídos y empieza a sentir el pánico. Respira hondo unas cuantas veces para recuperar el control. Se echa un rápido vistazo y no se ve manchas evidentes de sangre. Ninguna salpicadura sobre la mano que sujeta la pistola. Ha tenido cuidado de apretar la punta con fuerza sobre su cráneo. Se mira los pies. Limpios. No debe dejar ninguna huella arriba. Coloca la pistola en el suelo, en el lado derecho de él, y deja el casquillo donde ha aterrizado.

Después sube las escaleras todo lo deprisa que puede mientras se quita los guantes y los tira por el desagüe del váter de uno en uno. Abre el grifo de la ducha y se mete rápidamente, enjabonándose bien y poniéndose champú en el pelo lo más rápido que puede.

Cuando sale, empapada, se pone la bata sin secarse con la toalla y baja corriendo, dejando un rastro de gotas de agua a su paso. Llega a la cocina, coge el teléfono y llama a emergencias.

—¿Cuál es el motivo de su llamada?

—¡Mi marido se ha pegado un tiro! ¡Deprisa, por favor!

—¿Cuál es la dirección, señora?

—El número 17 de Danbury Drive.

—¿Me puede decir su nombre, señora?

—Stephanie Kilgour.

—¿Su marido respira?

—Yo..., creo que no.

Tiene que encargarse del vaso.

—¡Deprisa, por favor!

—El personal de emergencias va de camino, señora. Por favor, mantenga la calma y no cuelgue.

Stephanie apenas escucha lo que el operador de emergencias le está diciendo.

—¡Ay, Dios mío! ¡Ay, Dios mío! —repite sin parar al teléfono mientras contempla la carnicería. Tiene que quitar el vaso de la mesa y lavarlo. Pero, entonces, se da cuenta de que probablemente no debería abrir los armarios ni tocar todo ese desastre y tampoco quiere que el operador la oiga lavando el vaso—. ¡Dense prisa, por favor! —exclama entre sollozos y cuelga. Enjuaga el vaso y lo mete en el lavavajillas. Después, se da la vuelta y supervisa la escena. Patrick está desplomado sobre la mesa de la cocina con una herida abierta en la cabeza. Tiene los ojos completamente abiertos. En la mesa están la botella de whisky y un único vaso, los dos llenos de las huellas de él. Ella estaba en la ducha cuando ha oído el disparo de la pistola. No es malo que ella haya estado en la cocina, que haya sangre en el filo de su bata. Cualquier esposa habría ido a mirar.

Se queda mirando a su marido hasta que es consciente de las luces rojas que centellean en la oscuridad de la calle a través del cristal ondulado de la puerta y oye fuertes pasos acercándose por el camino de entrada. Va como puede hasta la puerta de la casa y la abre de par en par. La policía y el personal de la ambulancia han llegado a la vez. Se aglomeran en la entrada.

Ahora que ya lo ha hecho, llega la conmoción. Empieza a temblar de manera incontrolada mientras les señala hacia la cocina. Un agente de policía y los técnicos de emergencias entran en ella; otra agente se queda a su lado, junto a la puerta de la calle, vigilándola. Stephanie se permite desmoronarse. Cree que resulta convincente. Solo debe tener cuidado de lo que dice.

La agente la ayuda a entrar en la sala de estar, mientras ella llora y balbucea palabras, y la sienta en el sofá.

—Ponga la cabeza entre las rodillas —dice la mujer. Se sienta al lado de Stephanie, solícita, preocupada, con una mano rozándole ligeramente la espalda.

Stephanie mantiene la cabeza agachada e intenta escuchar. La cocina está en silencio. No hay nada que puedan hacer por él. Llegan más. De repente, hay mucha gente en su casa y no puede controlar nada. Están pasando muchas cosas y hay mucho ruido. No puede pensar con claridad. Tiene que recobrar la compostura. Ahora debe tener cuidado, no cometer ningún error. Puede oír murmullos, el sonido de cómo van tomando fotografías.

Permanece aún hundida en el sofá; no sabe cuánto tiempo lleva ahí sentada. El tiempo se ha detenido. Lo empieza a asimilar. Se ha librado de él y de toda su carga. Ya no puede seguir arruinándole la vida. Y ella continúa aquí, ella y las gemelas. Conservando la casa, su dinero. Todo saldrá bien, siempre y cuando no se ponga nerviosa.

El agente de policía que ha estado en la cocina se acerca. Se sienta en un sillón frente a ella y se inclina hacia delante.

—Siento mucho su pérdida —dice. Parece agotado y sincero.

Ella le mira y traga saliva. Vuelve a recuperar la concentración. Empieza a recuperarse del impacto de lo que ha hecho.

—¿Puede decirnos qué ha pasado aquí esta noche? —pregunta él.

Ella respira hondo. Aprieta en la mano los pañuelos que en algún momento le ha dado la agente que está su lado.

—Yo estaba en la ducha. —Se aprieta más la bata alrededor de su cuerpo, como si se avergonzara de estar desnuda debajo de ella. Sigue con el pelo mojado y enmarañado en la espalda. Le ha empapado la bata y tiene frío—. Patrick estaba en la cocina bebiendo cuando yo subí. Estaba terminando de ducharme cuando oí el disparo. Bajé corriendo a la cocina y... le encontré. —Se rompe, entre sollozos, y lo siente de verdad. Ha sufrido mucho, ha perdido mucho.

—Tómese su tiempo —dice el agente, que espera pacientemente.

Por fin, ella se recupera y sigue hablando.

—Últimamente ha estado sometido a mucho estrés. —Hace una pausa. Probablemente no sepan todavía quién es Patrick.

—¿Qué tipo de estrés?

—Esta noche le he dicho, después de la cena, que me iba a divorciar de él —explica con voz lúgubre. Y, a continuación, les cuenta todo, quién es él y las mismas mentiras que les ha contado a Hanna y a su abogado sobre su estado mental. Cuando termina, el hombre la mira como si también se viese abrumado por todos esos problemas.

—¿Sabe de dónde ha salido la pistola? —pregunta por fin.

—Probablemente sea la suya —susurra—. La guarda en una caja fuerte arriba, en el armario de nuestro dormitorio.

—¿Nos la puede enseñar?

Se levanta del sofá y les conduce arriba, al dormitorio. Apunta hacia el armario. La puerta está abierta y en el estante, en el lado de Patrick, está la caja fuerte, abierta, tal y como ella la dejó. La miran.

Cuando bajan, están sacando el cuerpo de la cocina en una camilla, metido en una bolsa para transportar cadáveres.

El agente ve los balancines vacíos de las bebés y la mira.

—¿Ha comprobado cómo están sus bebés, señora?

Y, de repente, está tan sumida en sus propias mentiras, en sus fantasías, sus temores y justificaciones que entra en pánico por las gemelas. Siente que la cara se le queda pálida. Sube corriendo al dormitorio de las niñas, abre la puerta y enciende la luz. Las gemelas están ahí, en sus cunas, intactas. Por supuesto que están ahí.

El agente está justo detrás de ella, con la respiración acelerada. Nota su aliento cálido en el cuello.

—Están bien —dice él con evidente alivio.

58

El jueves, día 1 de noviembre, el médico forense determina que la muerte de Patrick Kilgour ha sido por suicidio. Aparece todo en las noticias, acompañado de un resumen de la muerte de Lindsey, la pesquisa, el arresto..., todo. Vuelve a estar presente en la mente del público, en la boca de la gente. Pero no pasa nada, piensa Stephanie. Todos creen que se ha suicidado. Enseguida desaparecerá para siempre. Todo desaparecerá con él.

La verdad es que Stephanie no había esperado que hubiese ninguna duda, pero, aun así, el alivio que siente ante la declaración oficial es profundo. Ya ha terminado. Puede pasar página. A pesar de todo, desde que lo hizo, está temblorosa, insegura, no es la de antes. Su mente no funciona bien. Nunca se habría imaginado nada de esto. Todo terminará surtiendo efecto, se dice a sí misma mientras mira catatónica a las gemelas. Tardarán un tiempo en acostumbrarse.

El día que ocurrió todo, la policía pasó casi toda la noche en la casa. La cocina era zona prohibida. Le sugirieron que se fuera a casa de algún familiar, pero no tenía ninguno al que acudir. Hanna, como la mayoría de los vecinos, había salido a la calle al ver las luces y los vehículos de emergencias. Por fin, dejaron que Hanna entrara en la casa. Insistió en que recogiera a las niñas y se fuesen a su casa y Stephanie se alegró de poder irse a otro sitio.

En cuanto terminaron, al día siguiente, el equipo especial de limpieza fue a hacer su trabajo. Stephanie se sintió aliviada al saber que no esperaban que lo limpiase ella misma.

Esa noche volvió a casa, sola con las gemelas. Se obligó a entrar en la cocina para prepararse un té. Todos se habían ido y habían dejado tras ellos un silencio inquietante. Estuvo dando vueltas hasta la madrugada, como hacía antes, incapaz de dormir.

Anoche también fue igual, pero ahora ya no le torturan las dudas sobre la culpabilidad de Patrick. Ya no piensa de forma incesante y obsesiva en lo que debería hacer. Ya está hecho. Pero sigue viéndolo, una y otra vez, el momento en que apretó el gatillo. El modo en que le hundió la pistola en el pelo, contra el cráneo, y la lluvia de sangre y vísceras que salió volando por el otro lado. No se puede creer que lo haya hecho. Es como si se tratase de otra persona.

Hanna se acerca a su casa para ver cómo se encuentra. No es necesario que se mantenga alejada ahora que Patrick no está. Lleva a Teddy en el carrito y una lasaña que ha preparado. Aguarda en la puerta con su regalo, claramente preocupada por el bienestar de Stephanie. Esta vacila, sin poderse quitar de la mente la cocina, que está justo tras ella. El equipo de limpieza profesional la ha fregado y restregado y la ha dejado perfectamente presentable. Ni siquiera se puede decir que ahí haya pasado algo tan terrible hace tres días. Pero, aun así, va a resultar raro tener a Hanna en la cocina.

—Puedo volver más tarde si no es buen momento —dice Hanna.

Pero Stephanie niega con la cabeza.

—No. Entra. Me alegro de verte. Nadie más ha venido.

¿A quién se esperaba? ¿A Niall? ¿A su mujer? Se han mantenido apartados. También sus amigas del trabajo donde había pasado cuatro años de su vida antes de cogerse la baja por maternidad. Lo cierto es que no tiene a nadie más aparte de Hanna y ahora mismo se siente agradecida de que esté ahí.

—Lo siento mucho —contesta Hanna, incómoda, después de entrar con Teddy. Se queda ahí con el bebé en la cintura, como si no supiera qué hacer ni qué decir. Stephanie tiene en sus manos la bandeja de la comida y se da la vuelta para llevarla a la cocina. Hanna la sigue, vacilante. Sabe que sucedió en la cocina. Ella estuvo aquí aquella terrible noche, sentada con Stephanie en la sala de estar. Stephanie se gira y ve que Hanna mira fijamente, sin saber dónde sentarse.

—Puedes dejar a Teddy en la sala de estar con las niñas —le propone. Y Hanna se gira como si eso la aliviara y va a la otra habitación. Stephanie se dispone a preparar café. Ve que las manos le tiemblan un poco mientras mide la cantidad de café. Es importante lo que piense Hanna. Ahora está inquieta: ¿se había puesto demasiado en evidencia cuando le contó a Hanna que estaba preocupada por Patrick, que temía que pudiese hacerse daño? ¿Había sido demasiado exagerada? ¿Debería haberse estado callada y dejar que fuese más una sorpresa? Ahora se alegra de no haber mencionado la pistola de Patrick.

Respira hondo y se obliga a tranquilizarse. Hanna no va a sospechar la verdad. Estuvo aquí esa noche, vio lo destrozada que se encontraba. No va a pensar que Stephanie fue capaz de apuntar con una pistola contra la cabeza de su marido y volarle los sesos. Hanna es intuitiva y puede que sospeche que Stephanie se siente secretamente aliviada, incluso contenta, de que su marido haya desaparecido así de su vida, pero no va a pensar que Stephanie apretó el gatillo con su propia mano.

Lleva el café a la sala de estar. Se quedan sentadas en silencio un momento, ninguna de las dos sabe bien cómo empezar. Hablan de los bebés para romper el silencio. Por fin, Hanna se atreve a preguntarle:

—¿Y qué va a pasar ahora?

Stephanie suelta el aire. Deja su café.

—Hay un funeral mañana por la mañana. Será privado. Por favor, no te sientas obligada a venir. —Va a hacer que lo incineren.

—Iré si quieres —se ofrece Hanna.

—Preferiría que no —contesta—. De hecho, esperaba que pudieras quedarte al cuidado de las gemelas.

—Claro. —Es evidente que Hanna siente alivio por no tener que ir al funeral y se muestra encantada de hacer algo por ayudar—. Ya sabes que estoy aquí para lo que necesites, ¿de acuerdo? —dice a la vez que extiende una mano y la coloca con ternura sobre el brazo de Stephanie.

Stephanie asiente, agradecida. No tiene por qué preocuparse por Hanna. Aunque, ahora, las dos saben que todos los problemas de Stephanie se han resuelto.

59

Erica no asistió al funeral de Patrick. Pero al día siguiente está sentada en su coche enfrente de la casa de Danbury Drive. Nada de esto ha salido como tenía planeado. Nunca se puede predecir cómo van a ir las cosas. Siempre hay algún imprevisto.

Sabe que Stephanie está en casa. Es la hora de comer y el carrito doble está vacío en el porche delantero. Está dentro, probablemente en la cocina, dando de comer a las gemelas. Erica sale del coche.

Cruza la calle con decisión y llama al timbre. No tiene que esperar mucho a que Stephanie vaya a abrir. Cuando lo hace, Erica sabe que verla en la puerta le produce un impacto. Stephanie tiene un aspecto terrible, además; con el pelo lacio, sin maquillaje y la ropa sucia. Parece agotada, hecha polvo. Erica espera que esté cuidando mejor de las gemelas.

—¿Qué demonios haces aquí? —dice Stephanie.

—¿Puedo pasar?

Stephanie mira a Erica en la puerta con consternación. No quería volver a verla más.

—¿Por qué iba a dejar que entraras en mi casa? —pregunta con voz estridente—. No traes más que desgracias. —El corazón se le acelera y se dispone a cerrarle la puerta a Erica en las narices. Pero esta es más rápida que ella y bloquea la puerta con su cuerpo.

—Tranquila. Solo he venido a hablar —responde Erica.

Stephanie la fulmina con la mirada, con la respiración acelerada. No puede echar a Erica de su casa sin usar la violencia y no quiere hacer eso. Sospecha que Erica es mucho más fuerte que ella. Considera la posibilidad de llamar a emergencias, pero algo la detiene.

—Entonces, ¿es ahí donde pasó? —pregunta Erica mirando por encima de Stephanie hacia la cocina y haciendo un gesto con el mentón hacia donde las niñas están sentadas en sus tronas iguales.

Stephanie no dice nada mientras Erica pasa por su lado y va hacia la cocina. Cierra la puerta de la calle y la sigue.

—Así, sin más, todos tus problemas se han resuelto —dice Erica dándose la vuelta para mirarla.

—Tienes mucho valor —contesta Stephanie con tono ácido.

—Solo digo la verdad, y lo sabes —responde Erica—. Te has quitado de en medio a tu marido infiel y asesino.

Stephanie evita mirarla a los ojos. Erica le pone nerviosa. Tiene una sensación de náuseas en el estómago.

—Personalmente, no me importa —prosigue Erica—. Que se pudra Patrick. Recibió lo que se merecía, el muy cabrón. El mundo es un lugar mejor sin él, ¿no estás de acuerdo?

Stephanie no sabe qué es lo que se propone. ¿Por qué ha venido Erica?

—¿Qué quieres?

—Solo he venido a darte la enhorabuena —contesta.

Stephanie siente un nudo en el estómago.

—¿A qué te refieres?

—Me refiero a que, si le mataste tú, cuentas con mi bendición —responde con una pequeña sonrisa.

—¿De qué narices estás hablando? Se ha suicidado. Yo le dije que me iba a divorciar de él y que me iba a llevar a las niñas y mi herencia. Ya había ido a ver a un abogado de divorcios.

Erica la mira con frialdad.

—No nos engañemos —dice—. Patrick no era de los que se suicidan. —Deja que el silencio se alargue mientras ella se divierte—. No te preocupes, no voy a decir nada. Todavía. —Luego, vuelve a sonreír—. Me voy.

Después de que se haya marchado, cerrando la puerta al salir, Stephanie se gira hacia el fregadero de la cocina y vomita con fuerza hasta que no le queda nada en el estómago. A continuación, se enjuaga la boca y, sin hacer caso de las gemelas, que han empezado a revolverse y a llorar en sus tronas, empieza a dar vueltas por la cocina.

«Erica lo sabe. Erica lo sabe. Erica lo sabe».

Se detiene de pronto. Debería haberlo previsto. ¿Por qué no lo había previsto? Había creído que Erica había desaparecido de sus vidas: Patrick en libertad y Erica desacreditada. Había hecho lo que había podido y había fracasado. Stephanie había estado tan concentrada en deshacerse de Patrick... Las bebés lloran con fuerza, pero ella sigue sin hacerles caso.

Erica quiere su dinero, va a intentar chantajearla. Le hará a ella lo que le hacía a Patrick. Erica traficó con drogas, vendió a su propio hijo por dinero. Por supuesto que va a intentar sacarle dinero.

Por fin, Stephanie cede al agotamiento. Se deja caer en la silla delante de las gemelas —la silla en la que estaba sentado Patrick cuando ella apretó el gatillo— y coge la cuchara que había dejado cuando Erica llegó a su puerta. Emma y Jackie tienen la cara colorada y están chillando porque no les hace caso, con sus rostros afligidos y llenos de lágrimas, mocos y papilla. Levanta la cuchara llena de puré de zanahoria hacia la boca abierta y ansiosa de Emma. Pero, entonces, sus ojos miran por detrás de la cara de Emma y se fijan en el armario blanco que tiene detrás. Recuerda la sangre salpicada sobre él. Cierra los ojos. Las bebés vociferan.

Después, con enorme fuerza de voluntad, abre los ojos de nuevo y se centra en sus hijas. Coge unas toallitas húmedas de la mesa y limpia primero la cara de Emma, después la de Jackie. Pone una expresión alegre y usa su voz cantarina. Debe ser una buena madre. Debe estar pendiente de sus hijas. Ya se le ocurrirá algo. «¡Vamos allá!

¡Hoy toca zanahorias! ¡Ñam, ñam!». Introduce el puré de zanahorias, de un naranja chillón, en sus bocas abiertas. Ahora han dejado de llorar y las dos miran fijamente a su madre con sus grandes ojos azules y redondos. Son como pajaritos rollizos en un nido, con sus bocas abiertas, esperando.

—Vuestro papá os quería mucho —les dice con voz aguda—. Os quería mucho a las dos. La gente decía cosas terribles de él, pero todo era mentira. Era un hombre bueno. No hizo nada malo. Todo se lo inventó una bruja mala.

Mete cucharadas de comida en sus bocas mientras ellas le sonríen y gorjean. Recuerda cuando intentó atropellar a Erica con el coche aquella noche. Después de que dejara el regalo para las gemelas y Patrick se pusiese tan nervioso, supo que tenía que evitar que Erica fuera a la policía de Creeemore. Aquella noche le había dicho a Patrick que no podía soportar más los lloros, que se iba al cine para descansar un poco y le dejó para que se ocupara de las niñas solo. Fue en el coche al cine y compró una entrada, pero volvió a salir. Más tarde, le dijo a Patrick que se había quedado dormida durante toda la película. Pero condujo hasta Newburgh. Sabía dónde vivía Erica. Patrick se lo había dicho. No tenía ningún plan; estaba demasiado estresada y falta de sueño como para tramar nada. Estaba sentada en su coche, pensando en si llamaba al timbre y lo que le iba a decir, cuando la vio salir del edificio. Cuando Erica empezó a caminar por la calle, Stephanie la siguió en su coche desde lejos.

Actuó por impulso. Erica caminaba sola, por el arcén de un camino oscuro. No había nadie alrededor. Stephanie se descubrió agarrando con fuerza el volante, pisando el acelerador, con toda su rabia concentrada en la figura solitaria que tenía delante. No tuvo en ningún momento intención de atropellar a Erica, solo asustarla, pero le faltó poco. En plena furia, Stephanie estuvo a punto de no girar a tiempo.

Había vuelto a casa temblando durante todo el trayecto, sorprendida consigo misma, por su casi mortal pérdida de control. Pero lo que había hecho tuvo el efecto opuesto al que pretendía. Erica fue directa al sheriff.

Sin embargo, al menos, Stephanie sabe ahora la verdad sobre Patrick. Y lo cierto es que sí se siente agradecida. Tal y como Erica le había dicho. Es mejor saber.

Las gemelas sonríen y gorjean mirándola. Pero Erica ha vuelto a convertirse en un problema.

Stephanie tendrá que buscar una solución. Debe hacerlo.

60

Erica conduce de vuelta a Newburgh, bastante satisfecha consigo misma y por cómo ha ido todo. No podría haberse imaginado este giro en los acontecimientos, pero sabe cómo adaptarse a las circunstancias. Acude allí donde surgen oportunidades.

Patrick nunca había significado nada para ella. Se acostaban juntos, eso es todo. Nunca había sentido nada por él ni él por ella. Fue una relación puramente física, la satisfacción egoísta de unas necesidades, para los dos. Pero cuando Lindsey murió..., eso le sorprendió y le hizo pensar. Pensó en lo bien que le venía a Patrick la muerte de Lindsey. Pensó que podría haber sido el asesinato perfecto.

No hubo ninguna mirada silenciosa de triunfo entre los dos en el lugar del accidente aquel día. Pero sí le había observado y había dudado. Pensó que él había tenido algo que ver. Patrick no le había dicho nunca que fuera infeliz con su mujer, pero ella lo había deducido por su cuenta.

Si tan dichoso era con Lindsey, ¿por qué se estaba acostando con ella? ¿Y por qué parecía tan poco entusiasta con respecto al bebé? No hacía falta ser ningún genio para darse cuenta.

Erica no lo sabía con seguridad, pero en cuanto sospechó que él podría haber matado a su mujer deliberadamente, decidió alejarse de él y reservarse aquello para el futuro, cuando él tuviera dinero. Patrick era listo y ambicioso y ella sabía que algún día le iría bien. El hecho de que terminara casándose con una mujer rica no fue más que un extra. No debería haberle sorprendido. Patrick no era tan distinto de ella. Era exactamente igual de oportunista que ella. Solo que él tuvo mejor suerte. Bueno, hasta que esa suerte se agotó.

Había esperado el momento hasta que Stephanie había recibido su dinero. Y, a continuación, puso en marcha su plan. No había salido como esperaba porque Stephanie se había mostrado terca y se negaba a pagar.

Pero todavía puede salir todo bien ahora que Stephanie ha matado a Patrick, piensa Erica. No le cabe ninguna duda.

Mientras tanto, hay otros asuntos de los que ocuparse. Niall ha estado evitando sus llamadas. Ha resultado ser más resbaladizo de lo que se esperaba. Pero hablará con él por fin y, cuando lo haga, no le va a gustar lo que piensa decirle.

Y tiene a los Manning atados de pies y manos. Harán lo que sea con tal de proteger a ese niño de la verdad.

Nancy mira por la ventana de la sala de estar, oculta tras las cortinas. Niall y ella están de los nervios.

Erica ha tratado de llamar de nuevo a Niall. Incluso ha ido a su despacho, pero Kerri tiene órdenes de decir que no está. Ha funcionado, pero solo porque él ha dejado de ir a trabajar en su Tesla, así que Erica no puede saber cuándo está. Niall está usando mucho Uber últimamente. Pero es una solución fugaz.

Erica los tiene asustados, cosa que ellos odian. En eso, están unidos.

Nancy es consciente de que alejar a Erica de Niall en el trabajo los convierte en un blanco más fácil en casa. Erica sabe dónde viven. Ya ha estado ahí. Es solo cuestión de tiempo que vuelva a aparecer. Nancy pasa buena parte del día mirando por la ventana como ahora.

La única ventaja: Nancy no cree que su marido vaya a sacar de nuevo los pies del plato en un tiempo.

Los dos perciben la presencia cercana de Erica como una seria amenaza. No pueden vivir toda la vida asustados. Hay que hacer algo.

Gary Manning está sentado en silencio en su coche, un Lexus de alquiler, en el aparcamiento subterráneo del edificio de oficinas del centro de Denver donde trabaja. Ya ha oscurecido en la calle. Está retrasando su regreso a casa. Va a ser otra noche larga de lágrimas e histrionismos en el sótano y no sabe cuánto más lo va a soportar.

Ama a Cheryl y a Devin. Es su hijo. Es un buen chico y no van a dejar que su madre biológica vaya a joderle contándole cosas que no necesita saber.

Gary piensa en cuando fue a ver a Devin al campo de fútbol el otro día, lo orgulloso que le hizo sentirse. No podría estarlo más si Devin fuese de su propia sangre.

Y ahora este lío tan espantoso. Erica les está exigiendo más dinero a cambio de mantener la boca cerrada. Él quiere ir a la policía, pero no puede. Se imagina las consecuencias que tendría esa publicidad para su negocio. Le pagaron cien mil dólares por quedarse con Devin. Habían hecho un pacto con el diablo hace todos esos años. Erica sabe que no van a ir a la policía.

Gary odia ver a Cheryl tan enfadada a todas horas, pero lo entiende. Está aterrada por que puedan perder a Devin, que el contacto con su madre biológica y enterarse de la verdad sobre sus auténticos padres le traumatice. Incluso podría ponerle en contra de ellos. Probablemente no se equivoque. Gary no soporta perder la pequeña familia que tanto tiempo y esfuerzo les ha costado tener. Y Devin sabe que algo pasa. Ayer le preguntó por qué estaban tan raros últimamente. Es un niño listo.

A Gary le está costando reunir el dinero. Puede hacerlo, solo que va a ser difícil. Pero su familia es lo primero.

Ojalá Erica estuviese muerta. Todos sus problemas quedarían solucionados.

Epílogo

The Aylesford Record, 9 de noviembre de 2018

Las autoridades han determinado la identidad de una mujer cuyo cuerpo ha sido sacado del río Hudson a primera hora de la mañana. La fallecida es Erica Voss, de treinta y un años, vecina de Newburgh, Nueva York.

La policía del condado de Orange ha recuperado el cadáver hoy mismo cerca del puente de Newburgh-Beacon tras recibir una llamada poco antes de las siete de la mañana de un corredor que había visto el cuerpo flotando en el río.

La señora Voss había aparecido recientemente en las noticias tras prestar declaración en las pesquisas sobre la muerte de Lindsey Kilgour en Colorado en 2009.

La causa de la muerte aún sigue sin determinar.

Agradecimientos

Siempre estaré eternamente agradecida a mis editores de Gran Bretaña, Estados Unidos y Canadá por haberme dado una oportunidad hace cinco libros y no haberse echado atrás. Una vez más, y desde el fondo de mi corazón, gracias a Larry Finlay, Bill Scott-Kerr, Frankie Gray, Tom Hill y al resto del impresionante equipo de Transworld en el Reino Unido; a Brian Tart, Pamela Dorman, Jeramie Orton, Ben Petrone y al resto del excelente equipo de Viking Penguin en Estados Unidos; y a Kristin Cochrane, Amy Black, Bhavna Chauhan, Emma Ingram y a todo el entregado equipo de Doubleday en Canadá. También debo dar las gracias a los muchos otros editores de todo el mundo que realizan la magnífica labor de acercar mis libros a lectores de muchos idiomas distintos.

Muchísimas gracias de nuevo a Helen Heller, la mejor representante que podría tener una escritora que lanza una novela de intriga cada año. Gracias una vez más a Camilla y Jemma y a todos los de la agencia Marsh por su continua y espléndida labor de representarme en todo el mundo.

Sigo sorprendiéndome de encontrarme donde estoy ahora y la verdad es que todo os lo debo a vosotros.

Un agradecimiento especial, de nuevo, a Jane Cavolina por ser una correctora tan excepcional.

Gracias otra vez a mi asesor en temas forenses, Mike Illes, licenciado en Ciencias y miembro del programa de Ciencias Forenses de la universidad de Trent. ¡Te estoy muy agradecida por tu ayuda, Mike!

Gracias a Aurora Lydia Dominguez, que se ganó el derecho a prestar su nombre a un personaje de este libro, como apoyo a la Broward Public Library Foundation.

Como siempre, cualquier error en el manuscrito es enteramente mío. Me he tomado pequeñas libertades con los aspectos procesales de las pesquisas en beneficio de la historia.

También me gustaría dar las gracias a todos los lectores, libreros, blogueros, bibliotecarios y entusiastas que organizan sin descanso los festivales. Gracias a todos por vuestro apoyo a los escritores, a los libros y a la lectura. Los escritores de novelas de intriga son los más animados y divertidos y yo estoy feliz de formar parte de esta comunidad.

Y, por último, gracias a mi marido, a mis hijos y al gato. No podría hacer esto sin vosotros. Gracias especialmente a Julia por ser una de las primeras lectoras y por su perspicacia. Manuel, gracias por las flores en mi mesa durante el último tramo de la escritura. Eres el mejor.